誰說殺手不可以談戀愛

摸西摸西——著

目次

楔子

冷風吹拂，在一棟高樓的頂樓處，一個男人趴至在地。

他已經維持這個姿勢許久，眼睛放置在瞄準鏡前，不允許自己錯過任何機會。

他的呼吸毫不紊亂，可見他已經是個經驗老道的人了。

就在此時，他的嘴角微微上揚，「來了。」

視線中出現了目標的身影，而目標也進到了他的射程範圍內。

臉上的笑容越發明顯，手指漸漸彎曲。

「砰——」

僅此一剎那，微弱的槍聲呼嘯而過，槍口飄出淡淡的煙硝味。

支撐起身子開始收拾東西。絲毫不擔心自己沒有命中目標。

只見另一棟大樓內，人們驚慌失措開始逃竄。因為就在剛才，一位政商大老就在他們的面前遭到狙擊，倒臥在血泊中。

一通電話打來，他接起電話，「如何？」

「任務完成。」對方簡而有力的說。

「下一個任務地點在法國，組織的信物被黑嶽幫的人拿走了，首領指派你去把東西奪回來。」

男人無聲地冷笑，「黑嶽他們倒是越來越大膽了，竟然連我們鴞的信物都敢碰。說吧，首領給多少時間？」

「一星期內取回，以你的能力應該是小菜一碟。」對方語氣輕鬆的說。

男人笑了笑，背起裝有狙擊步槍的包包，平淡的說：「別忘了我是誰。」

掛斷電話，男人快步離開頂樓，漸漸的，他的身影消失在黑夜中。

夜，就這樣過去了。

前一晚發生的槍殺案件，當地的警方在追查過程中查無線索。

只能姑且推斷，這起槍殺案是因商業利益衝突而引起的。

但犯人的部分，他們根本無從追查。

他們不知道的是，前一晚的殺手可是在殺手界有著「夜剎」稱呼的男人。

「夜剎」是殺手界的傳奇。

第一章：殺手與舞者

輕快又帶有古典氣質的樂曲響起。

在舞蹈教室內，每一位舞者，身穿芭蕾舞裙，墊著腳尖，手在空中畫出漂亮的圓弧，隨著不同旋律變化姿態。

每位舞者的臉上都掛著笑容，在這之中，有一名少女，她臉上的笑容如此真誠，她的每一個動作都很到位，她是全心全意投入在舞蹈中。

音樂停，舞者們擺出最後的舞姿。

「好，大家表現得不錯。先集合一下，我有話要說。」舞蹈指導員是個帥氣的男生，但他每次說話語調總會不自覺提高。有時還會不小心翹起蓮花指。

舞者們全部集合到指導員面前坐了下來，正經的看著前方。

「明天我們就要出發到法國，這次的演出，各個領域的董事以及各國舞蹈界的精英舞者都會出席，因此，這次的演出千萬不能出差錯。這同時也是向外界再次證明我們舞團實力的大好機會。」指導員看向坐在最前排的夏恩星，「夏恩星，身為這個舞團最優秀的舞者，你的表現將成為整個演出的關鍵。我很期待你的表現。」

夏恩星很有自信的說：「指導員你放心，我一定會好好演出的。」

指導員點了點頭，表示他對夏恩星很有自信。

其他舞者看到這個情況有的人投射出羨慕的眼神，但在一旁，有一群舞者的眼光卻透露出不善。當中，又屬一位日本舞者的眼神，流露出憤怒以及忌妒。

夏恩星，雖然長相平凡，但她的舞技超群。

從中學起她就立志成為一名頂尖舞者，而她也透過不斷努力最終來到了亞紗曼學院。

但這也成為許多人嫉妒她的原因。

指導員和藝術總監都對她讚賞有加，但私底下有許多舞者對於這個現象非常不樂見。

「喂，夏恩星，你別以為指導員欣賞你就可以得意忘形。在我看來，你長得也不怎麼樣，家世背景也沒有我顯赫，你根本就不配跟我們一起在國際舞臺演出。」

說話的是一位來自日本的舞者。

亞紗曼舞蹈學院是各國舞蹈舞者都想進入的地方。

許多在國際舞臺上活躍表現的舞者都出自於此，每一年都吸引許多人報名。

不過，想要進入亞紗曼，入學考得難度極高，因此，能夠進入亞紗曼的學生，不單單是術科、一般測驗的成績優異，家裡的經濟程度也要有一定水準。

這位日本舞者就是因為打聽到夏恩星的家世背景一般，但她仍可進到亞紗曼這一點而感到不滿。

雖然，在看過夏恩星的舞姿後，她不得不承認夏恩星的實力真得很厲害，但從小嬌生慣養的她就是看不慣一個比她窮困的人卻比她獲得更多讚賞。

夏恩星對於她的挑釁毫不在意，「指導員及總監對我的信任是因為我真的有實力，我這句話並不是說你的舞技沒有我好，在這個圈子內本就是實力好的人就會被看見。」夏恩星理所當然的說。

她不擔心別人來找她麻煩，她反倒認為，有心結、誤會解開就好。

「你！」日本舞者神色凶狠的瞪著夏恩星。

但夏恩星卻淡然的說：「你什麼你，有本事你就去跟指導員說你願意擔當舞團的重任，不然我們就和平相處，畢竟就快要演出了。這個時間點吵架可能會影響到演出，要是最後因為我們吵架而出了差錯，我可負擔不起這個責任。」

日本舞者依然狠狠瞪著她，「夏恩星，我就看你可以囂張多久，我們走著瞧。」說完後她氣沖沖的離開了。

夏恩星深深嘆了口氣，說她不緊張絕對是騙人的，剛才對話的過程中她真的緊張到快吐。但她也是個不服輸的人，面對日本舞者，她可不想處於弱勢。

「每次都無緣無故針對我，我又沒有對你做什麼事，真的是……唉——」夏恩星再次無奈的嘆氣。

亞紗曼學院並沒有採取住校制，但是卻很要求舞者們自我控管，無論是健康或是交友方面。

而誠如剛才那位日本舞者所言，她的家境真的沒有特別好，頂多就是小康家庭。

之所以會進到亞紗曼也是因為學院主動邀約，不然她一開始並不是想要進到這裡就讀。若不是因為有獎學金，夏恩星他們家怎麼能付得起昂貴的學費呢？

夏恩星來到休息室換好衣服後，拉著行李箱回家去。

行李箱裡面裝的都是芭蕾舞裙、表演的服飾，以及一雙雙破舊的舞鞋。

有的舞鞋的頂端還殘留著血跡，這都是因為一再練習，指甲斷裂流血所留下的。儘管有的舞鞋已經破舊，而且還血跡斑斑，夏恩星也只是將她們清洗乾淨，然後好好收藏起來。

畢竟，那是她努力的最佳證明。同時也是在提醒自己，不要忘記過去的自己有多麼努力向上。

而回家，回的不是她的老家，而是距離學院不遠處的小套房。

她用她得到的獎學金買了一間小套房，但這裡也只是她短暫的休息處。

大多數的時間她都待在韻律教室練習。

而有一件令她好奇的是，她的隔壁鄰居她從來都沒有見過他，只聽說是個男生，長年不待在家也不知道他是做什麼行業的。

不過，她也很少有機會看到隔壁的燈光亮起，每次夏恩星回到家的時候都已經是凌晨兩、三點了。沒有見過鄰居也算正常吧。

她回到家後，先洗澡將身上的汗臭味洗淨，之後她便在房間內收拾行李。

她所在的S國，是個氣候宜人之地。雖說有四季之分，但是天氣都蠻炎熱的。法國的天氣是屬於海洋性氣候，比較多雨且潮濕，夏恩星覺得她到法國後可能要花點時間調適一下，所以在衣服方面她也費盡心思。

整理完行李後，她躺在床上，進行所有表演的模擬。在腦中進行整場演出的排練。

長年以來她都這麼做，再加上她有很好的記憶力，學習新事物對她來說沒什麼困難。

想著想著竟也就睡著了……

隔天五點一到，鬧鈴響起，夏恩星在鬧鈴響的那一刻就伸手按掉它。

從床上坐起，在洗漱前先在床上做簡單的伸展，好讓原本僵硬的筋骨拉開。

拉筋半小時後她便離開舒適的床鋪，到浴室內刷牙洗臉去了。

換上舞團的服裝，拖著行李箱便出門了。

到達機場，少數的團員已經抵達。

「恩星——」

夏恩星回頭，看到好友艾妲琳朝她走了過來。

艾妲琳是一個來自美國的舞者，聽說她在美國也很有知名度。

「艾妲琳你這次特別早到哦！」夏恩星笑著說。

不是夏恩星要虧她，是因為艾妲琳是舞團內出名的遲到大王。

所以對於艾妲琳今天特別早到，夏恩星會感到訝異絕對是正常的。

艾妲琳不悅的拍了夏恩星的肩膀，「恩星寶貝，就你最會欺負我了，因為要去法國所以我特別早起。一想到可以到法國，我的夢幻國度我就感到興奮不已。」

夏恩星明白她的心情，「我懂你的心情，我也是第一次到法國，我也很興奮。但我還是覺得你如果每次都可以提前抵達的話該有多好。」

艾妲琳無奈的聳聳肩，「看我心情。」

夏恩星苦笑了笑，勾著艾妲琳的手走到舞團集合的位置。

全員到齊後，登上專屬的飛機。

夏恩星和艾妲琳坐在一起，看著飛機慢慢上升飛至雲層上方，她閉上眼繼續在腦內模擬所有表演動作。跳舞是她所愛，跳舞也是她人生中不可或缺的一環。她想用她的舞姿呈現她的人生，同時也要向世界證明她的努力。

✦

一名一身黑的男子從一輛計程車下來，肩上背著一個黑色的行囊。

「小哥，你穿成這樣是要怎麼觀賞表演？」司機大叔一口流利的法文詢問男子。

男子先是愣了一下，隨即也以法文回答司機，「我不是來看表演的。」

說完，關上車門，直接走入建築物內。

他是寒凜，是個殺手。

眼下他最重要的任務不是欣賞演出，而是取回被黑嶽幫拿走的組織信物。

說起這個信物，寒凜也不是很確定它長什麼模樣。

畢竟信物這種東西只會出現在首領手中，至於怎麼會被拿走呢？聽說是首領在外面喝醉酒結果就被人偷走了。

寒凜聽到這個真相的時候也一臉不可置信。但隨即他也笑了出來。

他是不知道自家首領到底是發生什麼事啦，畢竟在他印象中，首領的酒量挺好的，不過既然會發生信物被偷走的事，代表首領當時若不是被下藥，就是被色誘了。也可以藉這個機會好好調侃首領一下。

「先生，請您出示邀請函。」門口外，保全將寒凜攔了下來。

寒凜將事先準備好的邀請函從外套內側取出，遞給保全。

保全接過後，確認邀請函不是捏造的，便放寒凜進入。

其實寒凜根本就沒有什麼邀請函，這是他從路上遇到的一位商業人士身上拿過來的。

至於為什麼要拿走呢？這不是廢話嗎？如果沒有邀請函他要怎麼進入館內？

而他又是怎麼拿到的呢？這當然是機密中的機密。

他壓低鴨舌帽，戴上黑色口罩。

低著頭看著手機螢幕上的館內地圖，趁著旁人沒有注意時，他溜進其中的一間小房間內。

換了一套黑色的西裝，戴上無線耳麥。

「非，有聽到我的聲音嗎？」

另一頭先是傳來些微的雜音後，馬上傳來一個男人的聲音，「凜，我這裡接收到了。」

「你立刻幫我找出黑嶽幫的那些人在哪，我直接過去。」

「OK，給我一分鐘。」

寒非，是鴞的首領的養子。

在貧民窟內被首領帶回組織，寒凜也是被首領帶回來的孩子，所以他們倆從小就玩在一塊兒。

寒凜對寒非很是信任，寒非的工作能力也真的很值得信任。

每每出任務，若不是有寒非的幫忙，即使是身手矯健的寒凜也有可能會遭遇不測。

此時，寒非的聲音透過耳麥傳了過來，「黑嶽幫來了四個人，其中一人身上帶著信物，他們現在全集中在F10的會議室。」

「好，有事再呼喚你，記得隨時待命。」寒凜關閉耳麥，走出小房間，來到電梯前。

這時有一大群穿著芭蕾服裝的女生走了過來。

寒凜看了他們一眼，而就在這時他跟當中一個女生對上了眼。

「恩星……恩星，你在看什麼看這麼出神啊？」艾妲琳搖了搖夏恩星的肩膀。

夏恩星這時才回過神，「誒？艾妲琳你別再搖我了。」

艾妲琳滿臉疑惑的看著她，「你是看到什麼帥哥嗎？不然怎麼會走神，明明剛才我們還在聊天的，突然停下來發呆很奇怪耶。」

夏恩星迷迷糊糊的說：「他的眼神怎麼會如此悲傷？他……」

「誰的眼神啊？」艾妲琳不明白夏恩星在說什麼。

夏恩星拚命搖頭，「沒事沒事，我只是突然在自言自語。嘿嘿……」

這時候電梯抵達，一行人進到電梯內，寒凜也跟著進入。

不愧是國際的表演廳，電梯內的空間足以承載20人，所以寒凜才可以跟著進到電梯內。

亞紗曼學院的演出是在今晚九點，在那之前他們會先到休息室去化妝。

寒凜從他們的對話中得知他們的來意後，對於剛才對上眼的夏恩星，他的心裡不知道為什麼如此會在意她。

就僅僅只是一次眼神交會，他的心就好似漏跳了一拍。

這是他從來都沒有過的感覺。

電梯來到了十樓，亞紗曼學院的舞者們以及寒凜的目的地都在這一樓層。

寒凜沒有再理會剛才心裡的異樣，他直接越過他們走到角落去。

夏恩星的視線從進入電梯後就一直放在寒凜身上，直到他的身影隱沒在黑暗當中，她仍癡癡望著他消失的地方。

「唉——」夏恩星嘆了一口氣。

「你又怎麼啦？」艾妲琳不解地問。

「覺得心累啊。」夏恩星一副無精打采的樣子。

「你是不是最近壓力太大？指導員跟總監都太看好你，你身上的壓力應該不是一般人可以想像的。雖然我知道你很辛苦，但是我卻無法幫你什麼。」艾妲琳心疼的看著她。

夏恩星無奈的笑了笑，她怎麼會說她是因為剛才男人的眼神而亂了手腳。

說心累其實是為了掩飾自己內心的慌亂。

「夏恩星，我們可以聊一聊嗎？」

之前一直針對夏恩星的日本舞者來到她的面前。

艾妲琳知道這位日本舞者對夏恩星的態度不佳，而且每次都與她針鋒相對，所以艾妲琳果斷的將夏恩星護在她的身後。

「你找我們恩星有什麼事嗎？你們根本沒什麼好聊的。」

夏恩星也不太想理會日本舞者，所以對於艾妲琳幫她說話她也不反對。

日本舞者雙手交錯放置胸前，一臉無辜的說：「艾妲琳，你不要多管閒事好嗎？我跟夏恩星有一些私人恩怨要處理，等我們聊完後我就帶她回來，所以你就別擔心了。」

「就是因為你們有私人恩怨我才不能讓你們獨處，我不會讓你做出傷害恩星的舉動。」艾妲琳把夏恩星視為她的親姐妹，所以她絕對不能接受她的姐妹被欺負。

「呵，我又不能對夏恩星怎麼樣，況且等等就要演出了，她可是我們舞團內的重心耶！我現在對她做出什麼不利的事對整個舞團可是一大損失呢！」日本舞者淡定的說。

「就算你這麼說我還是……」

「你要談什麼我給你十分鐘。」夏恩星站到艾妲琳面前。

日本舞者聽到夏恩星答應後，臉上露出不明的笑容，但那也只是一瞬間，夏恩星跟艾妲琳都沒有察覺。

「那好，你先進去放東西，我已經預約了房間，我等等傳房號給你。」

「嗯。」夏恩星簡單回答她，然後牽起艾妲琳的手走進舞團休息室。

日本舞者眼看他們走進休息室後，拿出手機撥打電話，「等一下就麻煩你們了。千萬不要給我出差錯。」

刪除通話記錄後她便將手機收了起來，「夏恩星，我說過我會給你好看的，千萬別怪我。」

✦

夏恩星放置行李後就收到日本舞者傳來的簡訊。

「F10-1023房。」

夏恩星記下房號後，跟艾姮琳說了一聲就前往目標房間。

她完全沒有多想就來到對方指定的房間外頭，夏恩星敲了敲門，「我是夏恩星，請幫我開門。」

門被打開，夏恩星進到房內，她看到房間內沒有日本舞者的人影，只有四個穿著黑西裝的男人。

男人們看到夏恩星只是緊盯著她，沒有做出任何反應。

「她人呢？把我叫到這裡的人自己為什麼沒有出現在這裡？」夏恩星對著其中一個男人大聲的問。

但是男人沒有回答她的問題。站在原地目不轉睛地盯著她看。

她這才發現事情不對勁，急忙要離開房間。

不過就在她要轉開門把的時候有一個人拉住她的手臂將她拉回房內。

「小姐命令我們不准讓你離開。不，或許你已經出不了這個房間了。」

夏恩星瞪大眼睛，她出不了這個房間？這個男人到底在說些什麼。難道她真的被騙人？

「不要，我還要上臺演出，你們快讓我離開。外面有沒有人啊，我被人困在裡面出不去了！」夏恩星想要掙脫男人的手，然後藉著大喊讓外面的人聽到她的聲音。

但是男人的力氣比她大上許多，無論用什麼法子也沒辦法掙脫。

他們也不怕夏恩星大吼大叫，因為他們已經調查清楚這一時段不會有人經過這裡。

「你們放開我，你們這樣已經犯法了，我要去報警。」

但是四個黑衣人仍不為所動，根本沒有被夏恩星的話嚇到。

夏恩星又開始放聲大叫，她不相信老天爺會如此殘忍要置她於死地。

即使事前調查過了，黑衣人仍舊擔心夏恩星的大叫會引來他人靠近，從她的後頸處重重一打，夏恩星隨即暈了過去。

「這女人該怎麼處理？」其中一名黑衣人問。

「看小姐對這個女人的態度就知道小姐一定很討厭她，但這個女人跟我們組織無冤無仇的也沒辦法殺了她，不如我們就把她帶回組織，相信兄弟們會很感謝我們的。」男人說著這句話時，眼神還停留在夏恩星的胸口處。

雖然夏恩星人長相一般，但她的身材可好著呢！況且，現在她的身上又穿著芭蕾服，那誘人的體態完全呈現在外，這叫人如何不多看幾眼。

其他黑衣人默默的點點頭，私底下決定如何處置夏恩星。

他們還將一個握柄處雕有貓頭鷹圖騰的匕首藏在夏恩星的腰間，並用一條麻繩將夏恩星的雙手牢牢綁住。

昏迷中的夏恩星渾然不知自己的人生將從此有了變化……

「凜，你聽到了嗎？凜？」

寒凜緩緩睜開雙眼，「怎麼了？」

寒非沉著的說：「黑嶽幫那四人現在就在1023房，他們的戒備鬆懈，現在是你奪回信物的最佳時機。」

寒凜的臉上浮現笑容，「可讓我等到機會了。四個人都在嗎？」

「四個都在，但是奇怪的是房間內還有一個女人，但是她已經昏迷，雙手被綁住。」寒非傳了一張照片到寒凜的手機內。

寒凜點開寒非傳來的照片，當他看到照片中的女人是跟他有過眼神交會的女人後他的眉頭皺了一下。

「她怎麼會出現在那裡？」寒凜心想。

「凜，你覺得呢？」

寒凜當然知道寒非這麼問的意義為何。鴞這個組織絕對不是為了救人而存在的，在鴞的組織規章中有一條就是不准成員做出非任務的舉動。

什麼是非任務的舉動？殺手的任務就是暗殺，至於救人的事他們從不插手。

寒凜一直一來都遵守這條規章，現在的他亦是如此。

「非，任務外的事不在我的思考範圍。一切就順其自然吧。那個女人的命，我管不著。」

「凜，你可千萬不可以心軟，記住我說的話。你絕對不可以背叛首領。」寒非嚴厲的說。他其實相信寒凜絕對不會背叛組織，但心裡還是有不好的預感。

寒凜沒有再回答，尋到1023房後，先在房門上貼上一個小磁鐵的東西，然後戴上口罩先離開一段距離。

從口袋中拿出一個小小的按鈕開關，按了下去。

「嗶——」

貼在房門的東西開始發出吵雜的聲響，這時1023的房門也被打開，一個黑衣人從裡頭走了出來。

寒凜抽出藏在褲管的手槍，一槍斃命。
他立即衝進房內，三個黑衣人舉著槍朝他掃射。
但寒凜沒有半點畏懼，這種小場面對他來說根本就連開胃小菜都算不上。
從西裝內側拿出短刀，直接仍向其中一名黑衣人。
黑衣人措手不及，被刺中右手臂，他痛苦的按著手臂跪了下來。
寒凜的眼神發光，對他來說殺人絕對是平常事，他覺得只有在殺人的時候他才感覺到自己是活著的。
既冷血又令人恐懼的存在，他才會有「夜剎」這個綽號。
舉凡在殺手界說出這個綽號無人不知寒凜這號人物。
槍林彈雨之間，寒凜的視線還是會不小心落在倒臥在地的女人身上。
「切。」寒凜沒來由的心煩，他也不知道他怎麼了。
在此同時另外兩個毫髮無傷的黑衣人正準備逃離這個房間，因為他們知道寒凜絕非他們可以戰勝的，最上策的選擇就是逃跑。
雖然這跟他們黑獄幫一直以來所堅持的信念不同，但他們也顧不的這麼多了，先逃命最重要。
他們料想不到的是，寒凜完全沒有想要讓他們離開的想法，從一開始他接收到的任務雖然是取回信物，但眼下他是真的想要殺了這些黑衣人。
黑衣人眼看情勢不對，從女人的腰間拿走信物就要逃之夭夭。
「你們真以為逃得了嗎？」寒凜將槍指著那兩位正在逃跑的黑衣人，兩枚彈殼落下。黑衣人雙雙倒地。
寒凜走到他們身邊要找尋組織信物的時候，突然他的背後傳了物品摩擦的聲音。
他立即轉過頭去，看到那一開始被他用小刀刺傷手臂的男子將正在燃燒火焰的打火機丟到床上。

瞬間，火勢開始蔓延，床鋪以及一旁的櫃子都陷入火海。

寒凜眉頭深皺，朝著黑衣人的頭部就是一槍。

他從地面拾起組織的信物準備離開火場。

「不要走……求求你帶我離開。」

夏恩星有氣無力的說。

剛才劇烈的聲響她早已恢復了意識，但她卻無力起身。

雙手被綑綁住了，她也沒辦法支撐起身體。

看到眼前準備離開的寒凜，她用盡身上的力氣呼喚他，希望他可以帶他離開火場。

寒凜只是將信物以及手槍收進西裝內側，然後轉身背對夏恩星。

「抱歉，我做不到。」說完後就走出了房間。

夏恩星絕望地看著最後的希望離開，她開始後悔，後悔自己當初為什麼要答應日本舞者，為什麼自己要自作主張，她應該要聽從艾姮琳的話才對。

但，再後悔也無濟於事了。

火勢一發不可收拾，濃煙密布，夏恩星被嗆到無法呼吸。

視線逐漸模糊，呼吸越發困難，她的眼神仍注視著門口，渴望有一個人能夠帶她離開。

在她的意識快要消逝的前一刻，她看到了一個人走進了房間，輕輕的將她抱起。

「別怕，我帶你出去。」

夏恩星已經無法回應他，但她仍微微點了頭後，便陷入了昏迷。

✦

「別走，求求你別走——」

夏恩星睜開眼睛，發現四周不再是火焰。環視四周，這裡似乎是她跟艾妲琳的房間。

「恩星！」

夏恩星還來不及反應，艾妲琳就撲到她的身邊。

她想要從床上坐起，但是她發現自己的手完全使不上力。

「恩星恩星，你先躺在別亂動。醫生說你因為吸入濃煙，所以現在身體還很虛弱。」艾妲琳急忙將她按回床上，還幫她蓋好棉被。

夏恩星無奈的看著艾妲琳，她一直都知道艾妲琳對她有多好，但是她竟然會不聽從艾妲琳的話就跟日本舞者見面，結果害得自己現在躺在床上。

「艾妲……」夏恩星才剛開口，她發現自己的聲音沙啞，喉嚨有股火在燒的感覺。

「好了，先別說話。不都跟你說你吸入了濃煙，現在你的喉嚨是不是很痛？」

夏恩星點了點頭。

「這就對啦，醫生說你靜養幾天聲音就會恢復了。所以你就乖乖躺在，需要什麼我都會幫你服務。」艾妲琳溫柔的說。

但其實她的心裡很生氣，她氣自己怎麼會就這樣相信了日本舞者，她如果再堅持，堅持不讓夏恩星與日本舞者單獨見面的話，夏恩星就不會發生危險了。

當她看到夏恩星倒在他們休息室外頭，衣服還被煙燻黑，她怎麼能不著急。

「你真的嚇死我了。」艾姮琳跪在床邊，握住夏恩星的手。

她真的很害怕夏恩星會發生什麼事。

夏恩星因為好友的舉動開始落淚。

她的淚，是因為艾姮琳為她擔心，她覺得很對不起她而流。

她的淚，是因為感到自己的愚蠢，她覺得自己真的太天真了。

夏恩星突然間驚覺自己遺忘了很重要的事，「艾姮琳，你知道是誰救我的嗎？還是說你有看到救我的人的樣子？」她以沙啞的嗓音緩慢的說。

艾姮琳搖了搖頭，「我看到你的時候把你帶離火場的人已經不見蹤影了，不過他還蠻體貼的，還幫你戴上了黑色的口罩，用一條毯子蓋住你的身體，避免你著涼。真希望救你的人是個帥哥啊！」

夏恩星疑惑的看著她。

艾姮琳急忙澄清，「雖說我希望他是個帥哥，但是我連他是男是女都不知道。可能救了你的人是個美女也不一定呢，一個力大無窮的美女，像某個韓劇裡面不是就有這樣的女生嗎？」

艾姮琳在澄清的時候夏恩星完全沒有聽進去。

她很肯定救她的人一定是個男人。因為她聽到了他的聲音。

「那演出呢？」夏恩星問。

艾姮琳拿出手機，將畫面轉向夏恩星，「因為表演廳的套房發生火災，此外，撲滅火勢後，警方人員進行現場查證時發現裡頭有三具已經燒成焦黑的遺體。因此，不排除有人為縱火及幫派械鬥的可能。也因為這場意外，原定九點亞紗曼學院及後續的演出通通延期，詳細時間還有待表演廳公布。」

夏恩星鬆了一口氣，幸好沒有造成更多人員的傷亡，至於那些困住她，想對她不利的黑衣人，她也只能默默祈禱他們來世能夠當個好人，能夠長命百歲。

夏恩星躺在床上，那聲音不斷在腦中迴盪著。

「別怕，我帶你出去。」

一想起這句話她的臉不禁微微發燙，她拉起棉被將整個人從頭到腳藏在棉被裡。

「恩星？你會冷嗎？需要幫你把空調溫度調高嗎？」艾妲琳以為夏恩星會冷，起身走到空調控制面板前。

「不……沒關係，我不會冷。」夏恩星心虛的說，「那個，艾妲琳，你應該也累了吧，你可以先去休息，我一個人沒關係的。」

「不行！」艾妲琳立即回答，「要是我一離開，那個女人又帶人要傷害你怎麼辦？這次我絕對不會妥協。」她很堅持自己的立場。

夏恩星就知道艾妲琳會這麼說，但她不想讓艾妲琳看到她這副模樣。

「那你可以給我一點空間嗎？我想要休息，你看看可不可以拿到隔壁房的房卡，如果我有發生什麼事的話會立即傳訊息給你。」夏恩星在心裡偷偷先向艾妲琳道歉。她這麼多關心她的艾妲琳說就像是要趕她出去一樣，心裡對她很過意不去。

所幸艾妲琳並沒有聽出夏恩星話裡的意思，「好吧，既然你想要獨自休息的空間，我給你。但是一有狀況就要傳訊息給我喔！對了，除了我以外，你不准幫其他人開門知道嗎？我們的通關密語是『小星星』知道嗎？」

夏恩星真的對艾妲琳的一連串叮嚀很無可奈何，但基於艾妲琳是站在關心她的角度，她也不能說她很煩。

「好，我知道了。你快點去休息吧！」夏恩星說。

她不再說話，直到聽到門被開啟又被關上的那一刻，她拉開棉被大聲尖叫，「啊——」

此刻，她若不放聲大叫她覺得自己一定會內傷。

雖然尖叫後自己的喉嚨馬上向她發出抗議，她乾咳了幾聲後，喉嚨才有些微好轉。

為什麼就只是那一句話，她的心跳就止不住地加快速度，臉上的微熱感越發明顯，溫度高到讓她懷疑自己是不是發燒了。

「天啊——他到底是誰？」夏恩星自言自語道。

她身體蜷曲，開始在床上打滾，「真想知道他是誰，我多麼想好好向他道謝。」夏恩星心想。

夏恩星不知道的是，那個救了她的人其實一直都待在這間套房內。

寒凜躲在落地窗的簾幕後方看著這所有的一切，他的臉上不知從何時開始漸漸有了笑容。

早在夏恩星被帶到這間套房前他就已經躲在這裡了，至於為什麼，當然是因為他對她有股莫名的在意。這是以往的他所沒有的陌生情緒。

他想知道她的狀況如何，雖然他以自己了解的一些醫療觀念先幫她看過，確認她並無大礙，但他就是想要知道他所在意的這個女人是否真的如他確認過的平安無事。

所幸夏恩星只是因為吸入濃煙暫時無法正常說話，懸在心頭的感覺才漸漸淡去。

「真是奇怪的女人。」寒凜悄悄打開落地窗的鎖，離開了套房。

他利用早已懸掛在那裡的繩子攀上頂樓，儘管下方就是人來人往的大街，儘管離地面有十五樓之遠，他的內心依然是平靜的。

殺手是不允許對任何事物感到恐懼的，因為這會對他們執行任務時造成很嚴重的影響。

而殺手也是不允許戀愛的，所以寒凜才會對這種心跳加速的感覺感到陌生。

但，他不知道的是，這就是戀愛的預兆。

✦

休息了三天後，夏恩星的嗓音終於恢復原狀。

「呼——恩星啊你的美聲終於回來了！原來我已經忍受你那難聽的聲音三天了！這樣想想我也是很厲害呢。」艾妲琳露出不可思議的表情。

夏恩星無奈的翻了她白眼，「艾妲琳你可以再過分一點沒關係。我會讓你嘗嘗更厲害的東西。」沙啞難聽的嗓音又不是她自願要這樣的，就算她知道艾妲琳這麼說並無惡意，純粹朋友之間開開玩笑，但她還是不想聽到這種話。

「好啦，對不起嘛。我有一個好主意，我們今天去逛街買衣服吧！」艾妲琳興奮的說。

「可是我們演出期間不是不能隨意外出嗎？指導員和總監應該不會答應吧。」夏恩星雖然嘴上這麼說，但是她其實也很想外出的。

被關在套房內太久，人也是會發霉的。

但是她也知道想要外出是多麼艱難的一件事。

畢竟亞紗曼的管理是很嚴格的。之前到國外演出時因為發生有舞者擅自外出大吃特吃，導致影響了後來的演出，所以亞紗曼從此規定，不准舞團成員演出期間隨意外出。

艾妲琳沒有因此而放棄，「安啦！我們要外出只要你去跟指導員他們說一切就ok啦！你可是他們手中的珍寶耶，你去說一定會成功的。」她以期待的眼神看著夏恩星。

夏恩星受不了艾妲琳熱切看著她的眼神，「好啦好啦，我去說說看不就好了。但是你要請我吃東西喔！」

「沒問題！」艾妲琳笑著回答。

一想到可以外出艾妲琳就開始調查法國有哪裡是可以買到物美價廉的商品。

她只要一開始調查就把夏恩星的存在忘記得一乾二淨。

好幾次夏恩星在她背後大聲呼喚她的名字，艾妲琳竟然都毫無反應。

「明明就還不知道能不能外出，現在就已經開始調查會不會太早了？重點是還忽略了我的存在。」夏恩星在心裡忍不住抱怨。

她膽戰心驚的來到指導員他們的套房，鼓起勇氣去敲門，「我是夏恩星，我有事情要找指導員和總監。」

過了幾秒門被打開了，開門的人是指導員，「誒？夏恩星你已經沒事了嗎？怎麼沒有多休息？」

「謝謝指導員的關心，我已經沒事了，今天來找指導員是想提出一個請求。」

「什麼請求你說說看。」指導員一臉輕鬆的說。

夏恩星在腦內想了又想，想要找到最適合提出請求的方式，「那個……指導員，我今天可不可以帶著艾妲琳到外面買點東西？」

「要買什麼你直說，我可以請專人幫你們買進來。」

指導員說完後夏恩星頓時就不知道怎麼接下去了，「……這個東西還是我自己去買會比較好。畢竟是私人用品。」

指導員疑惑的看著她，「私人用品？你是忘記帶什麼私人衣物來嗎？還是……」

「我發現我的內衣褲少帶一套。」夏恩星說完還不好意思的壓低頭，心情五味雜陳，她這脫口而出的內衣褲真的讓她自己也很不好意思。

「啊——我一定是吃錯藥了！」夏恩星的腦內小劇場大崩潰。

指導員聽完後也尷尬的笑了笑，「喔，呵呵……原來是這樣，那好吧，我允許你跟艾妲琳外出，只不過要在晚上八點前回來喔！」

夏恩星大力的點頭，「好的，我一定會準時回來。」

她向指導員道謝過後趕緊回到她跟艾妲琳的套房。

「艾妲琳！」夏恩星激動的推開門。

只見艾妲琳還是保持著夏恩星離開前看到的姿勢，一臉正經的看著手機，嘴裡還不停碎念。

「艾妲琳！」夏恩星直接走到她的身邊在她耳邊大聲呼喚她的名字。

艾妲琳被嚇到整個人尖叫出聲，「啊——什麼啊？夏恩星你幹嘛嚇我？」她一臉怨恨的看著夏恩星。

夏恩星苦笑了笑，「拜託，在我去找指導員前你就已經忽略我的存在了。然後我已經得到指導員的允許回來要告訴你這件事情，你還是沒聽到我在叫你。唉——早知道我自己去就好，不叫上你了。」

夏恩星突然後悔跑回來叫艾妲琳了。

「什麼！夏恩星你成功了嗎？」艾妲琳瞪大眼睛看著夏恩星，「哈哈，我就知道你一定會成功的啦！我一直都相信你喔！」

夏恩星忍不住吐槽她，「是是，你早就在那邊研究了，我都有看到。所以你就狠心拋下我一個人去找指導員嗎？你也太不夠朋友了！」

艾妲琳知道自家好友生氣了，她急忙從床上爬起來，赤腳站在地面，抱住夏恩星，「齁——恩星。對不起嘛，我就是因為太相信你了，而且也只有你去說才有可能成功啊！」艾妲琳開始向夏恩星釋出柔情攻勢，她就不相信夏恩星不吃這一套。

果不其然，夏恩星開始偷笑，但為了給艾妲琳一個教訓她依然故作嚴肅，「咳，我告訴你，艾妲琳，你這麼做對我是沒用的。」

艾妲琳沒想到夏恩星竟然沒有因為這波攻勢而原諒她，她決定使用下一招，「恩星啊恩星，我這是多麼有誠意的想跟你道歉啊！不如……等等去吃飯我請客。」

「這話你說的喔！可不能食言。」夏恩星在艾妲琳說完後馬上接著說。

艾妲琳這才發現自己被夏恩星騙了，「好啊夏恩星，你原來一直在等我說這句話。忍很久了齁？」

「嘿嘿，艾妲琳好姐妹，我知道你是個說話算話的人，你應該……」

「好啦，請客就請客，反正以你的小鳥胃也吃不了多少東西。」艾妲琳暗自竊喜。

夏恩星猜到了艾妲琳的小心機，「那我點最貴的。我看就來個最貴的套餐吧。」

艾妲琳吃驚的看著她，「吃最貴的？你在跟我開玩笑的吧？」

她不是沒有錢啦，但是夏恩星說的最貴的，如果是去米其林餐廳吃飯的話，她一定瞬間破產！

「我知道有一家藏在巷弄裡的小餐館，我們去那邊吃吧！」夏恩星並沒有刻意刁難艾妲琳的意思。

艾妲琳再次抱住夏恩星，「恩星啊——我就知道你是最好的。如果你要交男朋友，一定要經過我的同意，不然我不會輕易將你交給他的。」

夏恩星簡直哭笑不得，「有這麼誇張嗎？重點是我要找得到才對吧。」

她不是沒有交過男朋友，但是那都是在她尚未進入亞紗曼的事。

那時的男朋友其實都只是看上她的身材，她從小身材保持就不錯，只是不是大美女罷了。

會分手也都是夏恩星提起的，因為她都會不經意發現男朋友私底下的一些桃色生活，所以她就果斷的跟他斷絕關係。

她的男朋友條件可是很嚴格的。必須要有肩膀，有足夠的能力。而且只能愛著她一個人，不能花心。

沒多久，夏恩星跟艾妲琳如願地從表演廳的套房離開。但在他們離開的同時，有一雙眼睛一直盯著他們。

來到大街上艾妲琳激動到靜不下來，「欸欸恩星，那個男人好帥喔！他該不會是模特兒吧。喔——你看你看，那個人也不錯耶。」

夏恩星看著到處張望又大聲喧嘩的艾妲琳，腦中興起了想要偷偷落跑的想法。將頭轉向一邊，假裝不認識艾妲琳。

「好丟臉喔。」夏恩星心想。

他們走進一間服飾店，艾妲琳看到琳瑯滿目的服飾後馬上陷入瘋狂，留下一句「別跑太遠喔，我先去血拚了。」之後便進入自己的小世界。

夏恩星站在原地無奈地傻笑，她並沒有特別想逛什麼店家，現在她的腦中全部都只有一件事——她想知道救她的那個男人到底是誰。

失神的走在華麗的服飾間，伸手輕輕撩起一件白色長裙的裙角，微微抬起頭看向櫥窗外，突然，她的瞳孔瞬間放大。

她匆忙跑出服飾店，但外頭已經沒有她剛才看到的人。

夏恩星失望地低下頭，又緩慢走回服飾店。

她剛才看見了她那天在表演廳看到的男人，雖然沒有正面看過他的臉，但是夏恩星很確定她剛才看到的那個人絕對就是他。

而他，也是那日救她的人。

第二章：鄰居

夏恩星透過櫥窗看到的人的確是寒凜。

那為什麼夏恩星匆忙跑出服飾店卻沒看到寒凜的身影？其實寒凜在夏恩星看到他的瞬間，就加快了移動速度，躲進巷弄內，避免被夏恩星看到他。

他，已經做出了違背組織規章的行為。

這是他從未料想到的，而這一切都是因為夏恩星這個人。

「凜，有聽到嗎？」寒非的聲音從耳麥傳出。

「有，怎麼了？」其實寒凜隱約知道寒非準備要跟他說的事。

寒非頓了一下，說：「首領他說要見你。」

寒凜閉上眼沒多久又再次睜開，「我知道了。我這就回去。」

他知道自己難逃被懲罰，這還是他頭一遭因為違背組織規章而被處罰。

寒凜走出空無一人的小巷弄，從服飾店的死角處看著夏恩星，不到一分鐘的時間他便離開了。

寒凜來到鴞的大本營，每一個人看到寒凜都低下頭，一臉恭敬的樣子。

畢竟寒凜也算是首領的養子之一，又因為他的實力實在是無人能敵，放低姿態才不會明天就消失在人間。

寒凜穿越許多門扉，進到最內側的房間。

他沒有多想，直接推門而入。

房間裡頭，一個翹著二郎腿，手中叼著菸的男人看到寒凜開門而入他立即將菸熄滅，起身走到寒凜面前。

寒凜低下頭，微微彎腰，恭敬的說：「首領。」

眼前這位便是鴞的首領寒御天，一手創造鴞的巔峰時期。他收養的幾位孩子，像是寒凜以及寒非也都被他培育成頂尖的高手。

在殺手界他也是無人不知無人不曉的狠角色，要不是因為他現在已經將殺手的工作都交給手邊的孩子，不然殺手榜上的榜首一定是他。

寒御天雖然是殺手界的老手，但是他實際年齡也不過年近四十，英俊的臉龐上隱約有幾條砍傷的痕跡，這都是他曾經經歷過許許多多組織間的械鬥所留下的。

「凜，你應該清楚你做錯什麼吧。」寒御天冷冷說道。

「執行任務時擅自做出非任務的舉止。」寒凜輕描淡寫的說。

他不怕受到懲罰，因為這都是他自找的。

寒御天若有所思地走到書桌，從抽屜內拿出一把手槍。

「我收養你並不是要讓你到外頭救人的。身為殺手，我們的手上早已經沾滿鮮血，那些都是我們榮譽的戰績，你為什麼會想要親手抹除掉呢？」寒御天把玩著手中的手槍沒有看著寒凜。

「首領是因為看上我的潛能才會把我帶回鴞的，這次做出違背規章的行為，寒凜確實做錯了，我願意接受懲罰。」寒凜跪了下來，等著寒御天說出懲罰的內容。

凡是違背鴞的組織規章被懲罰的人，下一次都不會再做出違背的舉止。

理由很簡單。懲罰的內容太過殘忍，只要被罰過一次就不想再被罰。那是一種會令人絕望，令人想自殺，但是又做不到的感覺。

寒凜從前不是沒有被懲罰過，但那都是因為他犯的錯只是微不足道的小規章，跟現在的情形相比簡直天差地遠。

寒御天沒有說話，只是拿著槍來到寒凜面前，然後拿槍指著他，「以你犯下的錯我絕對有理由在這裡直接殺了你。但是我絕對不會這麼做的，畢竟這樣我就會失去手中重要的棋子。更何況你還是我的兒子呢，你叫我怎麼狠心殺了你呢？」

他放下槍，將槍丟到地上，冷淡地說：「凜，你敢對我發誓，你未來不會再犯這種錯誤嗎？」

「是！寒凜向首領發誓，往後出任務絕對不會做出非任務內容的舉動。若再犯，寒凜自願受死。」寒凜一臉嚴肅的說。

他說的話絕對都是真話，絕非開玩笑。

他的命早就在成為寒御天的養子那一刻起就是屬於寒御天的，之所以出任務從未因場面而感到畏懼，也是因為他覺得即使自己在任務過程中喪命至少他是為了組織付出。為了組織犧牲這點事，他早就有心理準備了。

寒御天的臉上因為寒凜的誓言而有了笑容，「不錯，真不愧是凜。真不愧是我的兒子。今天你說出的話都給我牢牢記在心裡，千萬別忘了。」

「遵命！」寒凜二話不說立即回答。

「下去吧。」寒御天臉上的笑容已不見蹤影，他快步回到沙發坐了下來，手中捧著平板看著近日整個黑社會的動靜。

寒凜默默離開了房間，隨即有人引領他來到另一個房間休息。

寒凜剛準備要休息，這時突然有一個人推開門進到房間，之後便上前抱住寒凜。

「凜，你可終於回來了。」

寒凜拍了拍他的背，「非，你這話聽起來怎麼有點奇怪，我們不是幾小時前還在聯繫的嗎？」

寒非穿著深藍色西裝，看來是剛從外地回來，「實際見面跟用耳麥聯繫是不一樣的，你也不想想我們多久沒有見到面了，我記得很清楚，快要一年了！」

這跟耳麥內嚴肅警告寒凜的聲音落差很大，因為寒非跟寒凜算起來相差也有五歲。

一直以來寒非都把寒凜當成親哥哥一般，他也相當崇拜寒凜。

「凜，你這次要待多久？該不會很快又要去執行任務了？」寒非拉開與寒凜的距離，「凜，這一次讓我跟你一起去可以嗎？」

「不行！」寒凜嚴厲的說。

「為什麼？」寒非不明白寒凜拒絕他的原因，「我已經十九歲了，已經成年了，我為什麼不能跟你一起去？」

「唉——」寒凜嘆了口氣，「我不讓你跟著是有原因的。」

「什麼原因？」寒非窮追不捨，想要追問到底。

寒凜看著寒非如此迫切的樣子，但是他已經在心裡下定決心，像他這樣的人只要有他一個就足夠了。

「對你來說你比較適合做助手，殺手的工作你不適任。」寒凜平淡的說。

寒非看起來還是不死心，「我也已經歷練過了，首領安排的訓練內容我都完美的達成。為什麼我會不適任？凜，你不也在十六歲時就已經出過任務了嗎？我都已經十九歲了，現在都還沒實際出過任務，這樣還能算是首領的兒子嗎？」

「你就這麼想要陷入黑暗嗎？」寒凜拋下這一句話後，越過寒非走出房間。

他希望寒非自己能夠想通。殺手的世界真的太黑暗，太殘酷。

他早已深陷於黑暗當中，但是寒非不同，他的前途是一片光明，在他的雙手尚未染上鮮血之前，寒凜想要讓寒非放棄成為殺手的念頭。

寒凜拿出口袋內的手機，傳了一則訊息給首領。

「請允許我休假一個月。」

他最近特別的疲累，他想要藉這個時間點休息一下。

身為殺手，他的身上背負著太多人的生死。

只要一個指令一下，他就無法違抗組織的命令。

殺人不眨眼是因為他已經無感了，不再有同情心。按下扳機，湧上心頭的不是哀傷，而是喜悅。因任務成功而喜悅，因殺人而感到興奮。

如同寒非說的，他十六歲起就開始執行殺手的任務。

但，此時他的心竟開始有了動搖。

他決定回到他自己的住處，重新整理自己的心緒，然後再次回到這深不見底的黑暗世界。

就這樣不斷循環，僅此罷了。

✦

亞紗曼學院的演出時間已經確定了，就在明天晚上八點鐘。

距離發生火災也才過了短短的一個星期，表演廳方面真不愧是國際等級的，處理快速且有效率。

表演前一天，亞紗曼學院的舞者們沒有一個人是懈怠的。

指導員及總監監督著舞者們的練習，從熱身到舞曲排練，整個過程中每一個人都是聚精會神。

一次又一次的排練，為的就是要達到最好的狀態，去面對明日的演出。

練習結束後，夏恩星和艾妲琳回到套房。

一進到房間後艾妲琳就像是失去控制的木偶，整個人攤在床上，一動也不動。

「恩星……我不行了。我連開口說話都覺得好累啊。」艾妲琳無精打采的說。

夏恩星也沒好到哪去，「既然累到不想說話了那就別說了吧。你先休息，我先去洗澡，洗完澡我就要睡了。」

她迷迷糊糊的走進浴室，將身上濕透的衣物全部丟到籃子裡，站在蓮蓬頭下方，打開熱水讓水淋濕她的身體。

「啊——好舒服。」夏恩星擠了一點沐浴乳抹在身上。

全身放鬆的情況之下，睡意再次侵襲。

但同時她的腦內也很清楚。

明天的演出絕對不能再出什麼意外，她多想回到她在S國的小套房，然後好好睡一覺。最好是一覺到下午，她已經好久沒有過上這種日子了。

「別怕，我帶你出去。」

突然她的腦中再次閃過這句話，她急忙將熱水轉向冷水。

「呼呼，好熱好熱。」她的腦袋發熱，因為那一閃而過的話。

梳洗完畢後她包裹著浴巾走出浴室。

艾妲琳早已抵擋不住睡魔的攻勢，已經投降，睡得不醒人事。還發出微微的鼾聲。

夏恩星走到她的身邊用力搖晃她的身體，「艾妲琳……艾妲琳，別睡了，你還沒洗澡耶。」

艾妲琳只是稍稍動了一下，連眼睛也沒睜開，繼續睡覺。

「唉——」夏恩星無奈的搖搖頭，只好明天一大早把艾妲琳叫起來洗澡囉！

夏恩星爬到床上，伸手拿過放在旁邊矮桌上的手機，點開最新的一則訊息。

「舞蹈界的女神歸來！真的假的，莫霏兒回國了！」夏恩星忍不住發出驚嘆。

莫霏兒雖然不是生在舞蹈著名的國家，她和夏恩星一樣都是S國出身的，但是莫霏兒的實力卻是整個舞蹈界所認可的。

她同時也是夏恩星的偶像，夏恩星開始練習舞蹈全都是因為她。

從國中看到電視上莫霏兒的演出後，夏恩星便下定決心，決定成為像莫霏兒一樣優秀的舞者。

前陣子，莫霏兒都是待在俄羅斯，在當地指導舞蹈選手。這一次歸國的消息一出，外界便開始猜測她未來的動向。

因為如此夏恩星更想要趕緊回國了。

繼續滑著手機的夏恩星不知不覺就睡著了……

隔天，夏恩星設定的鬧鐘在七點準時響起。

夏恩星關閉鬧鈴，在床上躺了一分鐘後才緩慢的從床上坐起。

這時她想起艾妲琳還沒有洗澡，她趕緊拉開棉被，下床走到艾妲琳的床邊。

「艾姮琳，你要起來了，你還沒有洗澡耶！再不快點會來不及趕上集合時間的。」夏恩星使勁搖晃艾姮琳的身體。

艾姮琳的眼睛微微睜開，「你誰啊？這麼早把我叫起來你找碴嗎？不知道本小姐在睡覺的時候不喜歡有人打擾嗎？」

夏恩星都忘記艾姮琳有嚴重的起床氣了，不過現在的情況她才不管她是起床氣還是什麼氣，「艾姮琳！你要是再不起床我就去跟指導員說你前幾天外出時吃了很多油炸食物，而且還喝了冰沙，我看指導員知道後會給你什麼魔鬼訓練。你還不起床嗎？」

艾姮琳聽到這句話就算想睡也睡不著了，「不要不要，我不要魔鬼訓練啊！恩星，求求你不要去跟指導員打小報告啦。我現在就起床，我不睡了，不睡了。」艾姮琳急急忙忙下了床，從行李箱內隨便挑了一套衣服後就衝進了浴室。

夏恩星看到這一幕，扶著額頭搖頭嘆氣。

「我這個朋友有時候真的很不給力呢。」夏恩星心想。

不過，夏恩星沒想到的是，艾姮琳在浴室內竟然待了整整一個小時。

夏恩星看著集合的時間慢慢逼近，她直接站在浴室前敲打著門，「艾姮琳！你該不會洗澡洗到一半又睡著了？集合時間快到了，你快點出來啦！」

夏恩星剛說完，浴室的門就被打開了。

只見艾姮琳頭髮用毛巾包了起來，一臉鐵青的看著夏恩星，「恩星，我完蛋了啦。」

「是啊，你早該完蛋了。」夏恩星面無表情的說。她今天所有的耐心都被艾姮琳用光光了。

「齁！夏恩星，我是認真的啦。我是真的完蛋了！」艾姮琳直接將頭上的毛巾扯了下來。

當毛巾扯下後夏恩星終於知道艾妲琳的「完蛋了」是什麼意思，「哦，你這個髮型不錯嘛，哪裡設計的我也要去用一個一樣的。」

艾妲琳就知道夏恩星會這樣吐槽她，她現在的心情已經差到谷底了，真多虧夏恩星還有心情虧她。

「恩星小朋友，如果你有需要的話我現在可以馬上幫你做出一模一樣的。還不需要給錢喔，免費的。」艾妲琳做勢要對夏恩星的頭髮動手腳。

夏恩星馬上跳開，拉開兩人的距離，「等等嘛艾妲琳姐姐，請保持冷靜，不要做出犯罪舉動。」

夏恩星的目光再次來到艾妲琳的頭上。頭髮打結嚴重，不只如此，頭髮像是爆炸頭一樣澎了起來。

「怎麼辦啊？我這樣怎麼上臺演出？」艾妲琳都快哭了，早知道她昨天就算累得半死也要爬起來洗澡的，現在頭髮變成這樣她是要怎麼見人啊！

「不如你就保持這個樣子然後上臺演出吧！你應該會在這場演出後一夜爆紅喔！還是你要選擇戴假髮也是可以啦。」夏恩星搗著嘴憋笑。

艾妲琳想了想夏恩星的提議，雖然她知道夏恩星口中的一夜爆紅是因為她那頭爆炸頭，不過眼下她也沒時間再去處理她的頭髮。

「恩星寶貝，就照你說的去做吧！想開一點，或許就像你說的，我會一夜爆紅，可能比你還紅喔！」艾妲琳再次展開笑容。

夏恩星倒是鬆了口氣，因為她剛才那句話其實也是脫口而出的，沒想到艾妲琳真的可以接受！好吧，順其自然囉。

一夜爆紅，頂著一頭爆炸頭一夜爆紅嗎？一想到那個畫面，夏恩星忍不住笑了出來。

等到夏恩星和艾妲琳來到集合地點時幾乎全部的舞者都已經到齊了。

「夏恩星、艾妲琳，你們怎麼這麼晚才來，時間都快到了。」指導員忍不住斥責他們。

「指導員我真的很抱歉，恩星都是為了等我才會這麼晚到的。」艾妲琳站在夏恩星的前方，首先道歉。

指導員原本想說什麼，但當他看到艾妲琳那一頭爆炸頭後驚訝到說不出話，「……艾妲琳！你的頭髮是發生了什麼事啊！老天，這……這太誇張了吧！」

其他舞者看到後也忍不住笑了出來。

艾妲琳害羞的抓了抓頭，「這一切說來話長啦。不過，恩星說這樣我就可以成為觀眾的焦點，可能這樣觀眾也會更加專注於我們的演出喔。指導員，我今天就要一夜爆紅。」

夏恩星倒是沒想到艾妲琳會這麼說，她真的懷疑好友的智商了。

她這樣的反應正常嗎？不正常吧。

指導員的眼皮止不住抽蓄，「既然都已經這樣了就隨它吧！」就連指導員都束手無策。

艾妲琳只是傻笑了笑沒有再說話。

接下來整個亞紗曼舞團的舞者們都不再說話，整齊有秩序地跟在指導員及總監的後頭來到後臺。

「沒有失誤只有成功。」總監對著全體舞者喊話。

全體一致點頭，然後解散後就定位。

夏恩星沒有跟艾妲琳在同一個預備點，反倒是和日本舞者一起。

「看來你沒事嘛。你出事那一天指導員他們還緊張到快昏倒了，不過，看你現在就跟從沒發生過意外一樣，那我就放心了。」

夏恩星沒有回嘴，只是給了她一個微笑。

日本舞者看到夏恩星沒有要跟她爭辯的樣子，像是失去了樂趣一般，也沒有再找夏恩星的麻煩。

「接下來的演出將由從S國遠道而來的亞紗曼舞蹈學院帶給我們精彩的表演。」主持人一口流利的英文介紹著亞紗曼學院的演出。

之後，現場一片寧靜，直到音樂慢慢出現，表演正式開始。

✦

隨著音樂響起，有舞者慢慢的從幕簾後方走了出來。

這一次亞紗曼學院的表演曲目為《胡桃鉗》，這是相當具有代表性的芭蕾舞曲。

由俄羅斯作曲家柴可夫斯基所創作的，而「胡桃鉗」這三個字是源自於德國，此故事的原著為德國作家霍夫曼的童話故事《胡桃夾子與鼠王》。

雖然現在距離聖誕節還有一段時間，不過亞紗曼學院的總監還是選擇《胡桃鉗》作為演出的曲目，就當作是提前慶祝聖誕節。

夏恩星飾演女主角克萊兒，她輕巧的舞步，配上甜美的笑容，一出場就是全場的焦點。

腳下踩著硬鞋可以使踮起腳尖時整個人看起來會比較有精神，且舞姿特別華麗。

艾妲琳在沒有戲份的時候一直專注看著舞臺上與胡桃鉗王子對戲的夏恩星。

她真的很喜歡夏恩星跳舞時的樣子，整個人充滿自信，而且只專注於演出，沒有被周遭人的一點小失誤而影響她的表演。

但，同樣在簾幕後的日本舞者就不是這麼想了。

「可惡，上一次沒有除掉她真的是一大敗筆。」日本舞者黑田毓方看著夏恩星，臉色十分兇狠。

一旁的艾妲琳沒有放過黑田毓方臉上的表情，只要日本舞者一有動靜，她就會立即制止她。

絕對不能再讓她傷害夏恩星！

不過黑田毓方也算安分，到演出結束前她都沒有動手腳，想必她也清楚這場演出的重要性，艾妲琳這才放下戒心。

演出結束後，所有舞者來到臺前接受觀眾們的掌聲。

夏恩星仍喘著氣，但臉上的笑容卻毫不掩飾。

順利完成演出，心裡滿是成就感。

「演出終於結束了，可以回家了！」

是的，這就是夏恩星的心聲。

全員下臺後，指導員及總監對於今天的演出表示讚賞。

舞者們各個綻放出笑容，畢竟在演出結束前他們的心情都很緊繃。稍微鬆懈都是不被允許的。

雖然已經不是第一次在如此盛大的舞臺上表演，但是看到臺下滿滿的觀眾，說不緊張是騙人的。

「夏恩星。」指導員把夏恩星叫了過去。

「今天的表現實在是太出色了，回去後我讓你多放幾天假。你就好好休息吧。」指導員拍了拍夏恩星的肩膀。

夏恩星因為指導員的話更加開心了，「謝謝指導員，我會繼續努力的。」

指導員點點頭，心裡對夏恩星越是喜歡，「有夏恩星在我們亞紗曼果然就不同，既然如此也希望你可以幫忙指導其他舞者，讓他們的舞技也可以像你一樣優秀。這樣我們亞紗曼就會越來越出名。」

「每一個人都很優秀啦！我只不過是因為運氣好被指導員以及總監看上，所以有比較大的空間，還有機會可以展現我的舞技。請指導員也給其他舞者們鼓勵吧！相信大家都會很高興的。」夏恩星不想要指導員把全部的功勞都算在她的頭上，「如果沒有他們，我也無法好好發揮。每一位舞者都是很重要的。」

艾妲琳聽了夏恩星的話，感動的來到她的身邊，將她抱住，「恩星……你真的是我的天使。」

夏恩星摸了摸她的頭，「乖，艾妲琳也是我的守護天使喔！當然有時候也會是豬隊友。」

之後的時間，亞紗曼學院的所有人各自回到自己的套房去收拾行李。

等到全部的人都準備好後，便搭車前往機場，準備返回S國。

在飛機上，夏恩星還是和艾妲琳坐在一起。

此時艾妲琳已經把頭靠在夏恩星的肩膀上呼呼大睡，夏恩星無奈的笑了笑，看向窗外，腦中一閃而過一個人影。

「我們還會再見面嗎？」夏恩星小聲的自言自語。

她還想再見那個男人一面，心裡這種想法越發明顯。

一想到那個男人，心跳不自覺加速，她甚至可以聽到自己的心跳聲。

坐在飛機上好幾個鐘頭，終於抵達S國的亞紗曼學院，每一位舞者的臉上難掩疲倦。

指導員簡單說幾句話，叮嚀要注意的事項後便宣布解散。

夏恩星跟艾妲琳道別後拖著行李箱，攔了一輛計程車。

在車上她禁不住睡意侵擾，就這樣睡著了。

「小姐，小姐已經到了。」

夏恩星頓時清醒，「哦哦，不好意思，先生謝謝你載我回來，這裡給你不用找了。」

夏恩星將錢遞給司機後，急忙下車。

從後車廂拿出行李箱後，夏恩星再次向司機道謝，便拖著行李箱回到小套房。

拿出鑰匙轉開門把，屋內隱隱約約有一股霉味。

但是已經累到不行的夏恩星才顧不了這麼多，來到房間後，把行李箱丟在地上，也不管有沒有洗澡，就直接爬到床上去睡覺了。

她沒有注意到的是，隔壁套房的燈是亮的……

一睡到天亮的夏恩星，瞇著眼睛找尋著手機。

當她終於找到手機看到現在時間的時候，她不禁發出驚嘆，「哇——破紀錄了耶！」

手機顯示的時間為下午六點，都已經是晚餐時間了。

「嗯——還是好累啊。」夏恩星坐了起來，伸展身體。

這時，她看到了隔壁的套房燈是亮的，她匆匆忙忙下了床。

站在落地窗前，看著對面的套房，「這還是第一次看到對面的燈亮起呢！」

可惜對面的窗簾是拉上的，不然夏恩星真的很想看看她的鄰居長什麼樣子。

到底她的鄰居是男是女，是胖是瘦，她完全不清楚。

這時夏恩星靈機一動，她想到了一個可以見到神祕鄰居的方法。

「現在已經六點多了，到了吃飯時間，雖然不知道他吃飯了沒有，但是我可以藉這個機會去拜訪他。如此一來我不就可以見到他的廬山真面目了。」夏恩星覺得自己真的是太聰明了。

決定後，她馬上先去梳洗，然後就進到廚房內開始準備晚餐。

好久沒有開火的她，冰箱內也沒什麼食材，她翻箱倒櫃後終於讓她發現兩包速煮乾麵。

她先煮開水，然後把麵丟進去蓋上鍋蓋，就先去換衣服。

換完衣服麵也好了，她撈出鍋裡的麵條，放到早已準備好的醬汁裡頭攪拌攪拌。

鍋裡飄出淡淡的香氣，夏恩星滿意的將麵再倒入另一個比較大的鍋子。

之後她又用煮麵的湯來煮蛋花湯，裡面還加了幾顆小丸子。

等一切都準備好後她來走出套房，站在隔壁的套房門前，伸出手敲了敲門。

叩叩叩——

「不好意思，我是隔壁套房的夏恩星，不知道你晚餐吃了嗎？我煮了晚餐，我們一起吃吧！」

沒有人應門，夏恩星站在門外不斷呼喚。

她相信裡面一定有人，她今天的目標就是要見到她這位鄰居。

「這位朋友，我們當鄰居這麼久了卻從沒碰過面，我很想認識你。可以請你開門嗎？」夏恩星第一次如此迫切想要認識這個人。

她的心也不知為何跳動如此快速。

許久，等到夏恩星端著鍋子的手開始有麻痺的感覺，門才開了一個小縫。

夏恩星看到這一幕高興的說：「你願意開門了嗎！我煮了乾麵還有蛋花湯，我們一起吃好不好。」

對方看了夏恩星一眼後，緩慢的把門打開。

「進來吧。」男人平淡的說。

夏恩星跟在男人後方，來到客廳的位置。

她張望了四周，發現這間套房內，除了簡單的家具其他什麼都沒有。

連電視機的上方都覆蓋著厚厚的灰塵。

「先生，請問我該怎麼稱呼你呢？」夏恩星覺得一直以先生稱呼他不太好，她想知道這位鄰居的名字。

男人猶豫了許久，說：「叫我凜就好，威風凜凜的凜。」

「凜。」夏恩星默默唸了一次，當她唸出這個字時心跳加速的感覺越來越明顯。

夏恩星想要掩飾這莫名的感覺，她往門口的方向走去，「凜，你先吃，我去把蛋花湯端過來。對了，我的名字是夏恩星喔！」

寒凜沒有說話，看著夏恩星走出大門，他才鬆了一口氣，「怎麼會是鄰居啊！」這實在是太神奇了，連他也感到不可思議。

✦

夏恩星將蛋花湯端過來時，看到寒凜以已經動起筷子在吃乾麵。

她笑著走到桌邊，將蛋花湯放下，自己也跟著坐了下來，「怎麼樣？味道還可以吧。」

「很好吃，我從沒吃過這麼好吃的東西。」寒凜吃得很急，像是很久沒吃東西一樣。

夏恩星看他吃東西的樣子忍不住笑了出來，「呵呵——沒有那麼誇張啦！就只是速煮的乾麵而已。吃慢一點，沒有人跟你搶。」

看到寒凜吃得像個孩子一樣，夏恩星臉上的笑容一直掛在臉上從沒消失。

「這個麵是怎麼做的，可以教我嗎？」寒凜咬著筷子，抬起頭來看著夏恩星。

夏恩星楞了一下，然後指著鍋子裡剩下不多的乾麵，「你說這個乾麵嗎？好啊！很簡單的，你想現在學嗎？」

寒凜點點頭，「你告訴我怎麼做就好，其他的我想自己嘗試。」
「沒問題，我告訴你，我很擅長教人喔，等我教完後你一定會自己做出好吃的東西。」夏恩星信心十足。
寒凜倒是沒再說什麼，逕自起身走到廚房的位置。
夏恩星急忙跑回家去，在櫃子內東翻西找又找到了一包麻醬麵。
「原來我的櫃子裡還藏著這麼多好吃的，以前都沒注意呢，下一次大掃除的時候看看能不能找到錢好了。」
她怎麼都不知道櫃子裡有這麼多包速煮的麵食啊。不過也多虧如此她才有辦法教寒凜怎麼煮麵。
雖然她覺得這個年頭還不會煮麵是一件很奇怪的事，而且她也注意到了寒凜的眼睛。
跟她一直忘不了的眼神多麼相似。
「是錯覺嗎？還是真的是他？算了算了，現在想這麼多也不管用。」夏恩星拍了拍臉頰，拿了麻醬麵後回到寒凜的套房。
夏恩星進到廚房後發現寒凜已經將水煮滾了。
「原來你知道第一步是什麼啊。」她還以為他連煮開水都不會。
「剛剛上網查的。」寒凜面無表情的說。
這還是他第一次下廚，而且還是跟一個女人一起。
夏恩星把麻醬麵的外包裝拆開，然後將麵條丟進熱水中，「接下來就等麵煮熟後把它撈起來放到另一個鍋子內，然後把這個。」夏恩星將調味包拿到寒凜面前，「麻醬麵最重要的部分就是這個醬料了，絕對不可以忘記。少了這個就等於人類少了氧氣，這個醬料就是如此重要的存在。」

寒凜輕輕點了頭，「我知道怎麼做了，讓我自己來吧。你先去休息。」

「好，有問題就問我喔。」夏恩星離開廚房回到客廳。

她坐到沙發上，環視著這間屋子。

每一件家具都是差不多的配色，不是黑色就是白色。還真是個簡約風的套房啊。

屋子內的擺設也很整齊，只是上面都覆蓋著一層厚厚的灰塵。

「他是多久沒有回家啊？沒有回家的話他都住哪呢？」夏恩星滿腦子的疑惑，想要等會兒找機會問問寒凜。

在屋子內來回走動的夏恩星也發現，這間屋子毫無生氣，跟她的套房真的是天差地遠。看看她滿屋子的偶像照片還有床上各式各樣的娃娃就知道了。

這時寒凜從廚房走出來，手裡端著鍋子來到客廳。

夏恩星聽到聲音，走回到客廳。

當他將鍋子放在桌上時，夏恩星立即探頭過去瞧瞧。

「哇——凜，你成功了耶！而且你把麻醬攪拌得好均勻喔。」夏恩星忍不住讚嘆。

寒凜拿了一個碗遞給她，「這是煮給你吃的。」

夏恩星疑惑的看著他，「煮給我？不是吧，你不是還想吃嗎？」

「剛才我吃很多了，反倒是你都沒吃吧。快點吃吧，放涼了就不好吃了。」寒凜平淡的說。

夏恩星聽寒凜這麼說，臉不禁開始發燙，「謝謝你。」

她盛了一碗麵，坐在沙發邊緣低頭吃著麵。

她的肚子確實很餓了，不過剛才她是真的想要煮麵給寒凜吃的，沒想到他第一次煮的麻醬麵竟然是煮給她吃的。

夏恩星的心暖暖的，覺得身體的疲倦也跟著消失殆盡。

吃到一半時，有一顆小丸子落入她的碗裡。

「給你。」

寒凜說完後也替自己盛了一碗蛋花湯，裡面有著一顆小丸子。

夏恩星看著湯裡的丸子發呆，剛才寒凜的手伸過來時她看到他的手上有一條一條的傷疤。她想知道這些傷疤是怎麼來的，而他又是什麼人，為什麼會時常不在家。

不過，她覺得對一個第一天認識的人問這些問題應該很奇怪，畢竟這關係到隱私的問題，還是過些日子，等到彼此更熟悉後再來詢問他好了。

當夏恩星在發呆時寒凜也偷偷盯著她看。

他看著夏恩星的臉，心想，「這個女人也不是長得特別漂亮，為什麼上次跟她對上眼後我的心就怪怪的。難道我的身體出了狀況？看來回組織後得找醫生幫我檢查一下。」

兩人之間再無對話，直到他們把麵和湯都吃完，夏恩星才起身打算幫忙整理桌面。

寒凜也站了起來，「我來吧。」他把夏恩星手裡端著的鍋碗拿了過去。

「謝謝，不過我可以幫忙洗碗。」夏恩星跟著進到廚房。

寒凜負責將餐具放到洗碗槽，而夏恩星負責洗碗。

兩人之間莫名地有種默契，這是他們倆都無法理解的現象。

而從後方看來，他們倆的舉止簡直就像是夫妻。

結束後夏恩星就準備回到自己的小套房。

寒凜說餐具的部分等到烘乾後明天再送過去，夏恩星也答應了。

離開前夏恩星鼓起勇氣問：「凜，我有空可以再來找你嗎？」

「不行。」寒凜冷漠的拒絕她。

「可是我覺得跟你相處起來我很快樂，而且不知道為什麼我很想要更加認識你，我想要跟你成為朋友，我……」

「夏恩星。」寒凜打斷她說話，「我不是你可以隨意靠近的。你最好離我遠一點。我們之間不可能是朋友的。」

寒凜說完便關上了門，將夏恩星關在門外。

她那剛伸出的手，停滯在半空中，許久，慢慢地放下。

她以為他們可以成為好朋友，但是他卻狠狠拒絕她。不知為何，她的心隱隱作痛。

失落地回到自己的小套房，隨著兩邊的門都緊緊關上，原本溫馨的氛圍全然消失。

回到房間的夏恩星，覺得剛才消失的疲倦再次湧了上來。

看著床上不斷閃爍光芒的手機，夏恩星拿起手機，點開訊息。

「恩星，我跟你說喔，我睡到剛剛才起床耶！有沒有很厲害？」

「對了對了，我明天要去逛百貨公司你要不要跟我一起去？我們好久沒有一起去買衣服了，走嘛走嘛。」

夏恩星沒有回覆艾妲琳的訊息，因為她現在完全沒有那種心情。

躺在床上的她，腦中只剩下寒凜拒絕她時所說的話。

「我不是你可以隨意靠近的。你最好離我遠一點。我們不可能是朋友的。」

「明明直到剛才還一起吃晚餐的，為什麼要叫我離他遠一點？他的身上到底藏在什麼祕密？唉呦，我好想知道啊——」夏恩星對著空中拳打腳踢。

突然，她坐了起來，雙手握拳，說：「我夏恩星可不是這麼輕易就放棄的人，我一定要跟凜成為好朋友！我決定了。」

夏恩星從床上下來，走到落地窗前，對著對面大喊，「凜——我一定要跟你成為好朋友！我說到做到！」

夏恩星喊完後覺得心情舒暢多了，便回到床上開始滑手機。

另一頭，寒凜聽到夏恩星大喊的內容，臉上竟帶有淺淺的笑容。

「都說不要靠近我了，竟然還想跟我當朋友。呵——真的是個很奇怪的女人。」

寒凜在書房用著筆電，雖說是休假，但是他手上仍有一堆公務要執行。

扭開紅酒的軟木塞，倒入高腳杯內輕輕晃動著。

「凜。」

寒非的聲音從電腦傳了出來。

「嗯。」寒凜簡單發出個鼻音。

「你什麼時候要回來？」寒非問。

寒凜心不在焉的回答，「不是一個月嗎？我休假還沒結束呢。」

「那我可以去S國找你嗎？」寒非期待的問。

「不行。你還有訓練。」寒凜再次拒絕他。

寒非不高興了，「齁——凜你不在我好無聊哦。你沒出任務我也算是跟著放假了，我想去找你啦！拜託拜託。」

「我可以請首領幫你安排多一點的訓練。這樣你就不無聊了。」

寒非聽完寒凜的話後就不敢再說要來找寒凜了，「凜，你不要跟首領說啦。我……我不去找你總行了吧。」

「嗯，乖。」寒凜像是在哄小孩一樣對寒非說。

寒非離線後寒凜闔上筆電，走到陽臺，從上衣的口袋中抽出一根香菸。

點燃香菸後他眺望著遠方，心裡覺得這樣的生活其實也不錯。

沒有鮮血，沒有槍械，有的是某個人的笑容。

✦

隔天一大清早，寒凜正準備出門晨跑。

多年訓練下來，他養成了每日清晨四點多就起床出門晨跑的習慣。

即使休假期間他仍維持這個習慣，畢竟殺手這個行業可是體力活，若體力上出了問題，可能喪命的就是自己。

他穿著一件黑色帽T，戴上藍芽耳機準備開始跑步。

「凜！」

寒凜感覺到有人拍打他的肩，他馬上轉過頭看向後方。

沒想到出現在他身後的人竟然是夏恩星。

「嘿嘿，想不到吧。」夏恩星對著他傻笑。

「你怎麼會？」寒凜困惑地看著滿臉笑容的她。

一大清早的，像她一樣的女孩子不是都還窩在被窩裡睡美容覺嗎？怎麼會出現在這裡！

夏恩星穿著一件白色運動服配上運動小短褲，她笑著說：「我也有早上運動的習慣，剛好看到你就來跟你打招呼囉！」

她確實有早上運動的習慣，但絕對不是這樣一大早起來跑步。

只是因為想著如何能夠跟寒凜成為朋友，想來想去結果就失眠了。

然後她整夜拉著椅子坐在落地窗前，一看到對面有動靜她就有所反應。

所以說，這絕對不是巧遇，而是夏恩星看到寒凜出門，她也趕緊換了一身衣服跟著出來。

寒凜若有所思的看著她，「昨天都已經狠狠拒絕她了，還真的不放棄呢。」寒凜心想。

「欸，凜，不是要跑步嗎？我們快點開始吧！」夏恩星催促著他。

她開始期待跟寒凜一起跑步了，現在的她只要跟寒凜在一起她的心情就特別興奮，也不知道他身上有什麼神奇的力量，如此吸引著她。

「我又沒有說要跟你一起。」寒凜冷漠的說。

但是夏恩星才不會放棄呢，「一個人跑步應該很孤單吧。有我在旁邊陪你聊聊天，跑起步來也會比較輕鬆喔。」

「你跟得上？」

夏恩星毫不退縮，「哼哼，千萬別小看我。身為一個舞者，我的體能也是不錯的，你就跑你自己的，我自然而然就會跟上你的。」

「哦——那我倒想看看呢。」寒凜一副等著看好戲的樣子。

「你就好好看著我吧！」夏恩星說。

接著她就跑了出去，「嘿嘿，我先開始囉。」

寒凜看著她的背影，腳也不自覺的開始跑動。

以他的速度絕對可以追上夏恩星，甚至超過她。

但是他並沒有這麼做，而是跟在夏恩星的後方，眼神沒有從她身上離開。

跑了兩公里後夏恩星的速度有明顯的下降，寒凜直接跑到她的身邊，「怎麼？不行了嗎？」

夏恩星喘著氣，說：「還沒呢……我還可以跑……」

不過她說著這話時她的重心開始不穩定，她的頭暈暈的。

「喂，你看起來快不行了，快停下來。」寒凜說完就跑到夏恩星的前方將她擋了下來。

夏恩星被擋下後，整個人朝前方倒下。

寒凜看到馬上接住她，「夏恩星你怎麼了？怎麼突然倒下？」

夏恩星虛弱的說：「我現在頭暈想吐……看來是我自己的問題呢。」

昨晚沒睡覺又一大早跑步的副作用出現了。

寒凜看到她臉色發白，閉著眼睛痛苦的樣子，心裡有一處狠狠揪了一下。

他二話不說一把將她抱起。

夏恩星睜開雙眼訝異的看著寒凜，「凜，我可以自己走，你不用……」

「你休息，我帶你回家。」寒凜抱著她就往回走去。

夏恩星先是閉上眼，然後又睜開。

她看著寒凜的側臉，覺得他抱著她好像不是第一次了。

寒凜真的是個帥哥，臉部線條明顯，臉上除了有一些淡淡的疤痕，看起來保養的很好。

夏恩星不知不覺就伸出手摸到了寒凜的臉，才剛碰到，她又馬上縮了回去。

「抱……抱歉。」夏恩星小聲的說。

「沒關係。」寒凜平淡的回答。

寒凜抱著夏恩星回到自己的套房，他把她輕輕放在他的床上。

「你在這裡休息一下，等恢復後再回自己的家。」寒凜說完後便離開了臥室。

夏恩星躺在床上，她的身邊被一股不屬於自己的味道包圍住。

「真好聞。」夏恩星躺著躺著意識慢慢模糊，睡著了。

等到寒凜一回到房間看到的就是一個睡到衣服下擺微微掀起的夏恩星。

他愣在原地不知如何是好。

他走到床邊將夏恩星的衣服拉好，然後幫她蓋上被子。

之後他便坐在床邊看著熟睡的夏恩星。

看了一陣子後他才起身走到陽臺去抽菸。

等到夏恩星醒來，她才發現自己竟然躺在寒凜的床上睡著了。

「醒了？」

寒凜走進臥室。

夏恩星看到他，臉蛋漸漸泛紅。

因為寒凜赤裸著上半身，有水滴順著他的頭髮滴了下來，腰間只綁了一條浴巾，這副模樣真的是太刺激了。

那結實的上身，肌肉線條明顯，重點是還有六塊肌啊！

夏恩星覺得自己的鼻血快要流出來了，真的是太帥了！

「沒事了嗎？」寒凜的的右腳跪在床上，伸出手放在她的額頭上，「看起來沒有發燒。」

夏恩星從頭到尾都不敢隨意動彈，寒凜的手很大還有些粗糙，不過卻很溫暖。

「凜，謝謝你。其實是因為我昨天沒有睡覺所以才會突然不舒服啦！現在睡一下後有比較好了。」夏恩星不好意思的說。

「為什麼沒睡覺？」寒凜問。

夏恩星尷尬的笑了笑，「這說來話長啊，嘿嘿——就是在想事情……」

寒凜將手從她的額頭移開，然後走出臥室，不久就捧著一個小碗回來。

「喝一點熱湯吧。還有，以後身體不舒服就不要出來跑步。」寒凜將湯遞給夏恩星。

夏恩星接過後將鼻子湊到上頭，「好香！這是蛋花湯耶。」

「我照著昨天你放的配料做出來的。」寒凜說。

夏恩星迫不及待的喝了一小口，「嗯，這個味道我喜歡，應該說，跟我做的味道幾乎一模一樣呢！」

夏恩星接著把全部的湯都喝完。

喝完後她一臉滿足的看著寒凜，「凜，真的很好喝喔！謝謝你。」

「嗯。」

寒凜拿過夏恩星手中的碗然後又走出了臥室。

在他轉身後他的臉上有微微泛紅的跡象，但就只是一瞬間，馬上又消失。

第三章：寒凜的星星

當一個從未感受過溫暖的人，有一天他黑暗的內心被閃爍的光芒照亮，他也漸漸體會到當「人」的感覺。

星星，有指引人們正確道路的功能。

在寒凜身邊，有一個人的出現就如同星星一般，指引著他走向光明。

而那顆明亮的星星，正逐漸將他內心的黑暗一一消除。

寒凜休假的日子快要結束了，這幾天他一直在思考一件事——到底什麼叫做喜歡一個人？

他百思不得其解，因為他從來都不知道怎麼愛人，他跟人相處一直都保持著適當的距離。不會輕易對任何人顯露出他最真實的樣貌。

就算是寒非也是如此，更別說寒御天了。

不過，與夏恩星在一起的時候，他能夠輕易地敞開心胸，不需要刻意壓抑自己的情緒。

在殺手的世界裡，感情是被壓抑的，但是此時的他多麼想知道如何愛人。

叩叩叩——

「凜，我又來找你囉。」夏恩星的聲音從外頭傳了進來。

寒凜猶豫片刻，起身走到門邊將門打開。

只見夏恩星手裡抱著一個盒子，上面寫著「大富翁」。

「嘿嘿，我又來玩了，今天我帶了一組益智遊戲，你一定會喜歡的。」夏恩星說。

「嗯。進來吧。」寒凜的語氣還是很冷淡，但是他已經不會拒絕夏恩星接近他。

兩個人來到客廳，夏恩星將盒子內的所有物品都拿出來，向寒凜逐一介紹。

過程中寒凜只是一味點頭，沒有說話。

「我把規則都告訴你了，你清楚它的遊戲規則了嗎？」夏恩星問。

寒凜還是不說話，只點頭。

接著遊戲開始了。

一開始遊戲夏恩星就想要掌握先機，趁寒凜還沒熟悉規則時先取得遊戲的主導權。

可惜的是，她小看了寒凜的學習能力以及經驗。

就算從沒玩過大富翁，但是在他聽完夏恩星講解規則時，他就大致知道這個遊戲要怎麼玩勝算最大。

除此之外，像這種投資理財的事情在現實中他早已有經驗。

別以為殺手只負責殺人，沒有任務的時候組織內的大小事也是他們分擔的。

寒御天就有在投資一些企業，寒凜跟在他的身邊這種事他當然也會。

夏恩星開始察覺情況不對勁。她雖然早一步買下較好的地段，而且也不斷蓋房子提升過路費，但是寒凜都不會停在她買的地啊！

「凜，你確定你是第一次玩大富翁嗎？」夏恩星好奇的問。

「嗯，第一次。」寒凜平淡的說。

夏恩星瞪大眼睛說不出話。

雖然說新手通常玩遊戲會有新手運，但照她這樣看，寒凜的實力根本就不是新手運的問題。

「可是看你這麼會玩，已經贏我那麼多了，你根本就不像是新手啊！」夏恩星嘟著嘴，埋怨地看著他。

寒凜看到夏恩星嘟著嘴對他表示不滿的模樣，覺得夏恩星這個樣子真是可愛極了。

等等，他剛才在想什麼！他竟然會覺得一個人可愛？這還是他第一次使用到這個詞彙。

「凜？凜——你怎麼啦？想什麼想這麼出神？」夏恩星的手在他眼前晃啊晃。

突然，寒凜抓住了夏恩星的手腕。

夏恩星震驚地看著寒凜。

兩人對視著，氣氛開始轉變，室內的溫度悄悄上升。

「夏恩星。」寒凜輕喚她的名字。

「嗯。」夏恩星呆呆的看著寒凜。

突然寒凜的臉逐漸靠近她。

夏恩星緊張地閉上眼睛。

「你的頭髮上有小蜘蛛我幫你拍掉了。」

「誒？」夏恩星瞬間睜開眼睛。

只見寒凜已經離開她的身邊，手也鬆開了。

她好似期待著什麼，但是那種感覺卻在寒凜離開後轉變為失望。

她急忙將桌上大富翁的東西全部放進盒子內，「凜，我今天先回去囉。我們的勝負還沒有分出來呢，下次我們繼續。」

寒凜正想說什麼夏恩星就已經溜走了。

「她是怎麼了？」寒凜不明白夏恩星態度反常的原因。
夏恩星從寒凜的套房離開後就把自己關在房間裡面。
她在做什麼呢？
夏恩星坐在地板上，眼睛直盯著筆電。
「跟男人同處一室，臉紅心跳加速是正常的嗎？」夏恩星將自己的疑問上傳到社群媒體上。
然後摸著自己的左胸口，發現心跳速度越來越快了。
過沒多久就有人回覆她。
「星星，告訴你，這就代表有好事要發生了！請容許我先去向世界宣傳這件事。」
「恩星寶貝——身為好友的我先在這裡對你說聲恭喜啦！」
夏恩星完全沒有搞清楚他們是在恭喜什麼。
「到底是怎樣啊——」夏恩星快要急死了。
接著就看到留言越來越多，但是沒有一則是告訴她問題的解答。
「星寶寶，你這麼問不就代表你的春天來了嗎？」
「小星星——等會兒記得傳照片上來喔！」
夏恩星繼續看下去，發現自己越來越困惑了。
她決定直接打電話問剛才向她說恭喜的艾妲琳。
「喂——請問是親愛的恩星寶貝嗎？」艾妲琳嬌滴滴的聲音傳入夏恩星的耳裡。
聽到這種聲調夏恩星起雞皮疙瘩都上來了，「艾妲琳，你可以再正常一點沒關係。認真啦，我是有很急的事要問你。」

「好啦好啦，本小姐知道你要問什麼。夏恩星，你就別這麼急嘛。」艾妲琳的語氣有些隨便。

「那你趕快回答我的問題啊！為什麼大家都只有說恭喜，說什麼我的春天來了，那到底是什麼意思啊？」夏恩星急著想知道答案。

艾妲琳一聽就知道夏恩星這個戀愛白癡現在一定獨自在那邊發牢騷，「你要我直說還是給你提示？你先選一個我再告訴你。」

「你直說吧！」夏恩星想都沒想就回答她。

電話的另一頭艾妲琳在那邊偷笑著，「很急嘛，好啦，我說囉。」艾妲琳停了下來清了清喉嚨，「咳，夏恩星小姐，首先讓我恭喜你，你戀愛啦！」

艾妲琳說完後又再次哈哈大笑起來。

夏恩星滿頭霧水，艾妲琳說她戀愛了！她是不是說錯啦。她怎麼會是戀愛呢？

「艾妲琳，你剛才的話可以再說一次嗎？我好像沒有聽清楚耶。」

「好啊，要說幾次都行。夏恩星，你戀愛啦——」艾妲琳在電話內大聲歡呼。

「蛤？」她戀愛了！這真的就是戀愛的感覺嗎？好不真實。

對一個人不只一次的心跳加速，而且還會有想見到他的渴望。

跟他在一起是輕鬆自在的，覺得想要更加了解他，想要成為他的日常。

「我的天啊！」夏恩星整個人身體向後躺，躺在地上。

原來她真的喜歡上寒凜了！喜歡上這個跟她認識不久的鄰居。

但夏恩星同時也在思考著一個問題。她對於寒凜這個人的瞭解還未深，他的身世直到現在仍是個謎。

而且，她也很想知道寒凜是怎麼看她的。

「他……對我也會有一樣的感覺嗎？」

✦

其實夏恩星煩惱的問題也出現在寒凜身上。
但是他完全不知道他這樣就是戀愛了。
沒有在使用社群媒體的他，只能靠著網路上的資訊，以了解自己的狀況。
「嗯……根本沒用。唉——」寒凜看著眼前的螢幕嘆了一口氣。
螢幕顯示的畫面為「什麼是愛」，寒凜看完後只是對自己的感受更加摸不透。
他的腦中突然閃過一個人的名字，他立刻撥打電話。過沒幾秒電話就被接聽。
「凜，你要回來了嗎？」
寒非的聲音傳了出來。
「還沒。」寒凜簡短的說。莫名的覺得寒非好煩。
「那你打電話來做什麼？」寒非問。
寒凜聽他這麼問不禁皺眉，「難道沒事就不能打給你？這樣的話我掛電話了。」
「欸欸，說笑的，凜只要沒事都可以打給我。」寒非真的很怕寒凜真的不打電話給他。
寒凜微笑了笑，說：「我有很重要的事要問你，你應該可以幫我解答吧。」
寒非挑眉，很好奇寒凜會問什麼，「凜，你就直說吧。」
寒凜思考怎麼開口比較合適，「……非，你知道腦袋中一直浮現某個人的身影，會莫名其妙的想保護她，而且和她在一起會很開心，這種現象是怎麼一回事？」

「非？」

過了很久，寒凜聽到電話另一頭傳來大吼大叫的聲音。

「啊——寒凜你完蛋了啦！」寒非慌張的說。

「很嚴重嗎？」

「不行不行，這件事絕對不能讓首領知道。」寒非遲遲不肯說清楚到底是什麼情況。

因為這樣，寒凜的怒火悄悄燃起，「寒非，我警告你，最好告訴我實情，否則我一定要你好看。」

寒非最害怕的人是寒御天其次就是寒凜了。

他戰戰兢兢的說：「凜哥哥你先別生氣啊，我說我說。但凜哥哥要保證不生氣喔。千萬不能生氣。」

「嗯，我答應你。」

「凜，如果小弟我沒猜錯的話……你應該是墜入愛河了！啊——凜竟然也會談戀愛！」寒非又開始鬼吼鬼叫。

「戀愛？墜入愛河？」寒凜掛斷電話，眼睛睜得大大的看著前方。

這個樣子停滯了大約五分鐘，寒凜才回過神來。

「為什麼會……嗯。」

寒凜突然想到寒非剛才為什麼要說不能被首領知道了。

若是寒御天知道這件事，不只他會被懲罰，可能連夏恩星也會跟著遭殃。

寒凜急忙收拾東西，他必須趕回組織一趟。

當他推開門，就看到夏恩星蹲在他的套房門口。

夏恩星看到寒凜出來後馬上站了起來。

但是，可能是蹲太久腳麻掉了，她一站起來重心不穩就要往前撲。
幸好寒凜即時攬住她的腰，夏恩星才不至於撲倒在地。
「謝謝你。」夏恩星不好意思的說。
寒凜將她扶起後，說：「小心一點，這已經是第二次了。」
「我會注意的。」夏恩星低著頭不敢直視寒凜。
「我走了。」寒凜說完就要離開。
夏恩星聽到寒凜要離開了，她猛然抬起頭，「你要去哪裡？」
寒凜回頭瞥了她一眼，「不甘你的事。」
說完頭也不回的離開夏恩星的眼前。
夏恩星看著寒凜的背影，眼角有一滴淚水悄悄滑落。

寒凜離開的日子裡，夏恩星每一天都專注看著對面的動靜。
她不知道寒凜什麼時候會回來，他又到哪去了，為什麼要說出「不甘你的事」這種話。
確實，他們倆真的沒有明確的關係，但，都已經相處好幾天了，為什麼他遲遲不肯告訴她他的事情？
夏恩星越想越難過，整天除了望著對面的落地窗，不然就是躺在床上滑手機。
很快的她的休假也結束了，她必須回到舞臺繼續她的舞蹈生涯。
另一方面，寒凜回到鴞的根據地。
他一回來馬上就有人來通知他，寒御天有事找他。
寒凜接到通知後馬上就來到寒御天的辦公室。

「首領。」寒凜一進門就先給寒御天深深一鞠躬，「凜接到通知來向您報到。」

寒御天走到他身旁一拳打在寒凜的臉上。

力道之大，寒凜往後退了好幾步才穩住身子。隨後他立即跪了下來。

「這些照片裡的男人是你沒錯吧。」寒御天將一疊照片丟到寒凜面前。

寒凜不用看也知道這是什麼照片。

照片中，他跟夏恩星對視著。還有一張是他抱著夏恩星返回他的住家時所拍下的。

「是您派人偷拍的？」寒凜問。

「是又如何。我以為你會是我手中最忠誠的棋子，沒想到你就是這樣背叛我的，你甚至背叛了鴞！」寒御天朝著寒凜大吼。

寒凜的表情依然維持著鎮定的樣子，即使他的內心慌亂不已，他也不可以在寒御天的面前露出一點蛛絲馬跡。

「我並沒有背叛您，也從未想過背叛鴞。我的命是首領給的，寒凜是生是死也是首領決定的。如果首領要懲罰，甚至於偷拍寒凜，凜也絕無怨言。」

「怨言？假如你真有的話我現在就可以給你來個痛快。我早就說過了，你是我們組織重要的棋子，你更是我最寶貴的手下，我現在還不打算對你動手。但……」寒御天從外套的內側拿出手槍對著地上的照片就是一槍。

「這個女人我絕對不會輕易饒過她。」

寒凜的眼睛無止境的放大，看著地面上的照片，夏恩星的臉被子彈貫穿，他的心狠狠揪在一塊。

「我現在指派給你一個任務。」寒御天嚴肅的說。

「是。」寒凜簡潔有力的回答。

寒御天將一把槍塞進寒凜的胸前，「把這個女人給我解決掉，給你兩個星期的時間。我相信到時候你傳來的訊息一定是任務成功完成。殺手，是不需要有女人的。」

「是！」

雖然回答時是如此鏗鏘有力，但是他根本無法想像他會有面對選擇的時候。

若沒有依照首領的命令殺了夏恩星，那最後夏恩星仍然會被首領另外派去的手下殺死；但若是由他動手，他又怎麼下得了手呢。

若是以前的他，一定不會有下不了手的場面，但現在不同了。

知道自己對夏恩星的感情後他怎麼可能忍心下手殺了自己好不容易產生感情的女人。

身為殺手，真的不能去愛一個人嗎？

可，偏偏愛上了又該如何是好？

兩難之下，寒凜也無法違背首領的命令。

他將寒御天塞進他胸前的槍藏好，準備搭機回到Ｓ國。

✦

「一點二踏三踮四收，一點二踏三踮四收……」指導員一個口令舞者們就跟著口令一個動作接著一個做下去。

做著基本練習的夏恩星，她的心思早已不知飄向何處。

「Stop！夏恩星，你剛才的拍子慢了，今天的你明顯注意力不集中。到旁邊去倒立清醒一下。」

「是，很抱歉影響大家的練習。」夏恩星的語氣充滿歉意。

然後獨自一人到牆邊倒立。

她真是失態，以往練習專注力最集中的她，被指導員和總監極度信任的她，今天竟然因為寒凜的事情而分神。

「恩星啊，你該不會是因為想著喜歡的人結果就分心啦。」

休息時間艾妲琳蹲在夏恩星的身邊想要知道夏恩星今天心不在焉的原因。

就因為這句話，夏恩星差一點就要翻下來。

要不是有艾妲琳撐住她的腳，否則這樣翻下來一定會受重傷。

「謝謝你，艾妲琳。」夏恩星喬好姿勢，繼續倒立。

「你看看你，根本就是陷入愛情的深淵就無法專注練習的人。你一定就是在想喜歡的人！」艾妲琳堅定的說。

夏恩星覺得艾妲琳再說下去的話，自己就真的要翻了。

所以她果斷的放棄倒立。

「艾妲琳小姐，你說的一點也沒錯，這樣可以了嗎？每一次都要逼我說實話。」夏恩星無奈地說。

艾妲琳神祕兮兮地看著夏恩星，「恩星寶貝，快跟我分享你跟你darling都是如何相處的？」

夏恩星就知道艾妲琳根本就是為了聽八卦才來找她的，「我們又沒有在一起，何況我連他現在去哪了都不知道。」

「蛤！你們沒有在一起？然後他現在也失蹤了！我的天啊，你到底是喜歡上什麼樣的人啊。一向乖巧又有責任感的夏恩星，怎麼會喜歡上這種男人。」艾妲琳搖了搖頭。

夏恩星小力打了艾妲琳的大腿，「喂！就算你是我的好友，我也不准你說凜的壞話。」

「真是的，有了喜歡的人就可以這樣對待你的好姐妹了？」艾妲琳忍不住虧她。

「哪有，我只是實話實說嘛。」夏恩星嘟著嘴說。

艾妲琳安慰的拍了拍夏恩星的肩膀，「恩星，那個男人對你好嗎？如果對你好為什麼你對他的一切全然不知？」

夏恩星也想不透啊！在明白自己對寒凜的感情後，她對他的一切越發好奇。但是他總是神祕兮兮，她想要窺探他的內心也探不著。

「艾妲琳，我跟你保證。凜真的是個好人，他的溫柔，他的神祕我都喜歡。但我不懂為什麼明明已經相處一段時間了他仍不肯告訴我他的事，連一點小事也不說。還有，我只知道他叫凜，他的全名我也不清楚，到底我為什麼會喜歡上他啊！」

「這一切都是因為愛啊！」艾妲琳在夏恩星面前比了大大的愛心。

夏恩星看著那個愛心，「小姐，你可以再噁心一點沒關係。」

艾妲琳聳聳肩，「你不相信就算了，但是愛情的力量是很偉大的。喔——我們偉大的愛情邱比特，你何時要將愛情的箭射中我？讓我也感受『愛』吧！」

夏恩星無言以對……

結束一天的練習，夏恩星從亞紗曼學院回到小套房。

她看見寒凜的套房燈光是亮的，她匆忙跑上階梯，來到寒凜的套房大門前。

「凜——你回來了嗎？如果回來了能夠跟我聊一聊嗎？」夏恩星大聲的說。

寒凜確實回來了，但是他不想幫夏恩星開門。

他走到門前，冷漠的說：「回去吧，我不會幫你開門的。以後也別再來了。」

夏恩星聽到他這麼說，心隱隱作痛，「你到底怎麼了？前陣子我們都還可以說說笑笑的在裡面玩大富翁，我們還可以一起去晨跑。你煮的麵跟蛋花湯真的很好吃，是令我難忘的味道。」夏恩星頓了片刻，「……為什麼現在的你卻變回我們第一次見面時的冷漠？」

「我說過了，這不甘你的事。我們根本沒有熟識過。」寒凜的語氣依舊很冷淡。

「可是……已經來不及了。我已經喜歡上你了。」夏恩星說完後，淚水滑落臉龐，「我真的已經喜歡上你了，我想要更加了解你這個人。所以求求你，讓我看看你，我很想見你。」

夏恩星慢慢蹲了下來，身體靠著門小聲啜泣。

門後方，寒凜不是沒有聽到夏恩星在哭泣。

他的手一直放在門把上，遲遲沒有轉動它。

心，疼痛不已。

他痛苦的將手按在左胸的位置，頭靠在門上，小聲喘著氣。

「回去。我們……不可能的。」寒凜說完後就離開門邊。

夏恩星整個人坐在地上，放聲大哭。

臥室內，寒凜聽著夏恩星放聲大哭，他的心也不好受。

但是他真的沒辦法，他是有任務在身的。

若是夏恩星知道他是個殺手，而且他現在的暗殺目標是她，她會有什麼反應呢？

想也知道，一定會害怕的逃離他，也不再喜歡他。

這時寒凜的電話響了。
他看了一眼來電顯示，然後就把手機丟到床上不想理會。
不過，對方看起來不想放過他，電話鈴聲不斷響起。
寒凜最後還是接聽了電話。
「凜你可終於接電話啦！」寒非的語氣聽起來很著急。
「找我有什麼事？」
寒非聽出了寒凜的語氣中夾雜著怒氣，他也收起了開玩笑的心態，正經地說：「首領叫我提醒你，期限快到了。」
寒凜怎麼會不知道寒御天給他的期限快到了。
但，這叫他怎麼下手！
「非，回去告訴首領，我不會讓他失望的。」寒凜平淡的說。
「但願如此。我會幫你轉達的。」寒非說完便掛斷電話。
寒凜無力的將手放下，把手機扔上床，自己也向前倒在床上。
為什麼上天要這麼捉弄人？讓他遇見了她，愛上了她，但現實卻是要他親手殺了她。
殺手一旦愛上他人，便會無法專心於執行任務。
這一點他深深體會到了。
難道就沒有辦法了嗎？真的只能讓他的雙手沾滿她的鮮血？
他起身離開床鋪，走到一個櫃子前拿出黑色的包包。
他將包包的拉鍊拉開，裡頭是他多年來使用的狙擊槍。

將狙擊槍拿了出來，開始擦拭瞄準鏡。
執行任務的時間就是明天！

✦

黑暗中，寒凜站在一棟大樓的頂樓，從他的眼神中看不出他的心情。
有一陣強風吹過，他的頭髮被吹亂，但他毫不在意。
他的目光從他站在這裡開始，就一直放在下方的其中一棟套房。
套房內，有一個女人正熟睡著。
「對不起。」他對著空氣自言自語。
他不再看她，開始架設狙擊槍。
五分鐘內，他就完成一切的準備。
從準星看去，目標就是那個躺在床上的女人。
那個女人就是他的目標——夏恩星。
趴在地上，手指放在扳機。
他從沒有懷疑過自己的射擊準確度，因為他從沒射偏過。
但此時此刻，他按在扳機上方的手指，微微顫抖著。
心裡上上下下，找不到一個平衡點。
若是現在扣下扳機，夏恩星只有一個下場——死。
他就要這樣扼殺了他的心，扼殺他的愛人。

寒凜閉上眼睛，瞬間，他與夏恩星這段時間相處的所有情境都在腦中晃過。

那是甜蜜的，那是溫暖的。他的內心從沒有這般激烈跳動，從沒有因為想要保護一個人，興起了背叛組織的想法。

當他睜開眼，眼前就是夏恩星。但，他是拿著槍對著她。

即使如此這就是他的命，他無法逃脫的命運。

最終他還是扣下了扳機。

子彈劃破了寧靜的夜晚，直直射入夏恩星的房間中。

寒凜沒有再待下去，他拿出手機打給寒非。

電話接聽後，他搶在寒非說話之前，說：「替我轉告首領，任務完成。」最後四個字咬字特別清楚。

沒再多說什麼就把電話掛斷，開始收拾……

被玻璃的破碎聲驚醒的夏恩星，急忙從床上爬了起來。

但，她看到了床上的不明物品後就不敢再隨意亂動了。

她的床上右半邊有一攤紅色的液體，有一顆子彈卡在她的床上。

她嚇得從床上跳起，迅速打開房內的電燈。

「怎麼會有子彈？剛剛我……」她想到一件事，雙腳便無力支撐住身體，坐在地上說不出話。

如果子彈再偏向左邊的話，她一定會中彈。

「怎麼會……我又沒有跟人結怨，為什麼會有人想殺我？」夏恩星害怕得直掉淚。

她的第一個念頭就是想要找人幫忙，但是要找誰呢？

不知道寒凜有沒有在家，若是沒有的話又該找誰來幫她？

這時，夏恩星聽到了敲門聲。

她努力地撐起身體，緩慢地走到門前，「請問是哪位？」

她不敢隨意開門，深怕是想殺她的人找上門來。

「夏恩星，是我。」

夏恩星聽到這個聲音馬上解開門鎖，打開門。

打開門的瞬間夏恩星也朝著寒凜撲了過去。

寒凜穩穩地接住她。

夏恩星緊緊抱著寒凜，眼淚停不下來，「凜，剛剛……有人想殺我……我真的沒有跟別人結怨，我平常做事都很低調的，為什麼會有人想要殺我？」

寒凜沒有安慰她，就只是回抱住她，緊緊回抱住。

夏恩星因為寒凜的舉動越哭越傷心了。

明明他一句安慰的話也沒有說出口，但，他的一舉一動就是會讓她感受到溫暖。

即便寒凜的身上總是帶著神祕的色彩，臉上的表情也總是很冷漠，不過夏恩星就是喜歡這樣的他。

「凜，我……凜？」夏恩星正想說話，寒凜便將她抱了起來。

「凜，你……你要做什麼？」夏恩星的臉微微泛紅。

寒凜突然的舉動令她措手不及。

他還是沒有說話，抱著她進到自己的套房內，然後走到臥室，將夏恩星輕輕放在床上。

「今天在這裡睡覺吧。」寒凜淡淡的說。

「睡這裡？那你怎麼辦？」夏恩星問。

寒凜壓低身子，嘴巴靠在夏恩星的耳邊，說：「怎麼？需要我陪你睡嗎？」

夏恩星的臉紅通通的，心跳加快，她都快暈倒了。

「沒……沒有，我自己可以。」夏恩星的話斷斷續續的，她對寒凜真的沒有抵抗力啊！

「是嗎？那你就安心在這裡睡覺吧，我去睡沙發。」寒凜說完後轉身就走。

但是他突然感覺後方有人拉住他的衣服。他轉頭看向夏恩星。

「凜……你在這裡陪我，好嗎？」夏恩星小聲的說。

天知道她說出這句話是要鼓起了多大的勇氣。

寒凜挑眉，臉上出現淡淡的笑容，「好，我陪你。」

寒凜爬到床上，側身躺在夏恩星的身邊。

夏恩星與他對視著，她從他的眼眸中看到自己。

「快睡吧，你應該很累了。」寒凜伸出手摸了摸夏恩星的頭。

「嗯。凜，晚安。」夏恩星在閉上眼前給寒凜一個大大的笑容。

「晚安。」寒凜溫柔的說。

他難得如此溫柔的對她說話，她好想繼續聽他說話，繼續與他談話。

但是眼皮子不知道為什麼特別沉重，慢慢的她就睡著了。

寒凜直到夏恩星熟睡後，他用手掌輕輕撫摸著她的臉龐，然後才起身離開床鋪。

他還有一件要緊的事要完成。

寒凜來到夏恩星的套房，直接走到房間。

床上那一攤鮮紅的液體特別醒目，他走了過去將子彈從床鋪中拔了出來收進口袋內。
接著他將一個小小的夾鏈袋從床單下方拿了出來，裡頭還殘留著一點紅色液體。
早在他決定執行任務前他就已經打算這麼做了。
他不想要傷害他心愛的人，但他同時也要完成他的任務，所以他設局欺騙了寒御天。
以寒凜對寒御天的了解，對於已經打破過組織規章的寒凜，寒御天一定會額外派人盯著他執行這次的任務。
他就是利用了這一點，讓寒御天派來的人誤以為他真的已經射殺夏恩星。
這些紅色的液體其實是血漿，寒凜趁著夏恩星早上去亞紗曼學院時，潛入她的套房內，然後先在床單下方藏了這一包裝著血漿的夾鏈袋。
他還調整了枕頭的位置，讓它向左移了一些。
也幸好夏恩星沒有再去調整枕頭的位置，否則，他好不容易設計好的局面就會就此泡湯。
不過，他相信寒御天不會就此放棄對他的監視。
他絕對不可以讓寒御天知道夏恩星還活著這件事，若被發現了，可能就連他也無法確保她的安全。
也因此他在腦中又想出了一個計劃。
他必須先將夏恩星藏起來，等到負責監視的人不再出現，他才得以確定夏恩星是安全的。
至於他該把夏恩星藏在哪呢？他突然想到有一個地方是再適合不過的了。

✦

「什麼！凜，你說要帶我去旅遊嗎？」夏恩星驚訝的看著寒凜。

她完全無法相信寒凜會主動邀約她。

該怎麼說呢，男女授受不親啊，這樣行嗎？

但……夏恩星覺得，只要可以跟寒凜在一起她就心滿意足了。或許他們之間真的可以有所進展，應該吧。

寒凜輕輕點了頭，「你沒聽錯，就是要帶你去旅遊。」

夏恩星高興地跳了起來，「凜要帶我去玩耶。好期待喔，我們要去哪裡呢？」

「等我們到了你就知道了。不過，你不用向學院請假嗎？」寒凜問。

夏恩星這才想到自己還沒有請假，因為太高興了，所以她竟然就這樣忘記了。

「我馬上跟指導員請假。」夏恩星翻找著包包，最後在最裡頭的地方找到她的手機。

但是她該以什麼理由請假呢？要直白的說自己跑去玩嗎？這樣好像不太好呢。

她想了半天，最後決定先打電話給艾妲琳。

電話響了許久才被接聽，「喂——恩星啊，你怎麼這個時候打給我？等等在亞紗曼不是就會碰面了嗎？」

「那個……艾妲琳，我想請你幫我一個忙。」夏恩星懇求地說。

「哦？要幫什麼忙？」艾妲琳蠻好奇夏恩星要叫她做什麼。

「你可以幫我向指導員請假嗎？」夏恩星問。

「蛤！夏恩星你要請假！」艾妲琳簡直不敢相信自己的耳朵。

在她印象中夏恩星可是從沒請過假的全勤乖寶寶耶，今天怎麼會突然說要請假？事情不單純。

「夏恩星，你給我說清楚，你請假的理由是什麼我再考慮要不要幫你這個忙。」艾妲琳覺得她有必要知道這件事。

這可是多麼驚人的一件事啊！

每一天都勤奮練習的夏恩星，不只從沒請過假，就連練習時也是最早到的那個人，現在竟然會提出請假！

夏恩星搔搔頭，覺得要說出實情挺難為情的，「呃……我要出去玩。」

「出去玩？跟誰啊？也不帶我去。」

「跟凜一起。」夏恩星說完抬起頭看著寒凜。

寒凜還回了她一個微笑，夏恩星馬上害羞的低下頭。

「不笑就已經很帥了，現在一笑我看了都快暈了。」夏恩星心想。

「你跟你家男人要一起去玩！夏恩星你什麼時候變得如此大膽啦，現在都敢跟男人獨自去玩囉。」艾妲琳真的是不敢置信。

「什麼我家男人啊！」夏恩星看到寒凜看著自己，她發覺自己這話說得太大聲了，她先降低音量，才接著說，「都還沒在一起怎麼是我家的。」

「還沒在一起？你們的進度真的很慢耶。話說，還沒在一起就一起出去玩哦，嘖嘖，夏恩星真是不簡單。」艾妲琳忍不住吐槽她。

夏恩星也不敢確定她跟寒凜的關係到底是什麼，是朋友還是已經到戀人的地步？

因為寒凜什麼都沒有表示嘛。

「好啦好啦，我現在還在努力奮鬥，你就幫我請假就好。不准說出實情，知道了嗎？」夏恩星覺得再繼續說下去艾妲琳一定會越問越深入。

「好吧，我就在心裡默默幫你加油……我現在這裡也出了點狀況，我要處理一下，掰囉！」
艾妲琳說完就直接掛斷電話。
夏恩星將手機放進包包，然後抬起頭看到寒凜也正看著自己。
看著彼此，兩個人都忍不住笑了出來。
「走吧，不用帶任何東西，只要你跟著我就好。」寒凜說完拉起夏恩星的手牽了起來。
夏恩星低著頭看著兩人牽在一起的手，心跳越來越快速，「凜，手要牽在一起嗎？」
寒凜的手握得更緊，「不喜歡？我可以放手沒關係……」
「不要！」夏恩星急忙說。「我不想放開。」
「那就不放吧。」寒凜溫柔的說。
夏恩星覺得自己的小心臟真的會承受不了一再的加快速度，會不會等一下真的就暈了啊！

兩個人一起走下階梯，夏恩星看到前方停著一輛黑色的跑車。
她指著跑車，問：「凜，這該不會是你的車吧？」
寒凜點頭，「嗯，是我的。」
夏恩星驚訝的看著寒凜，「你到底多有錢啊！」
雖然她對車子沒有特別的研究，但是她爸爸可是個跑車迷呢。
夏爸爸雖然買不起昂貴的跑車，但是家裡收藏了一堆模型，自己看了也很開心。
每當到了新車展示的時間，夏爸爸從未放過第一手消息。
她還記得爸爸曾經說過有一臺限定全球只有五輛的黑色跑車是他心目中最想要的款式。

他還給她看過照片，簡直跟夏恩星現在所看到的完全一模一樣。
「這是全球限定只有五輛的跑車嗎？」夏恩星問。
「好像吧，我只是因為需要代步工具所以就買了它。」寒凜雲淡風輕的說。
夏恩星睜大眼睛，對寒凜更加好奇。
他難道是個富豪？還是個商人呢？不然怎麼會這麼有錢！
跑車的價錢可是幾千萬上去的，寒凜竟然說得好像錢根本就不是問題！
「上車吧。」寒凜牽著她的手走的跑車旁。
他拉開副駕駛座的車門。
夏恩星愣住片刻後才坐了進去。
她膽顫心驚的坐著，心裡壓力好大。
她可從來都沒有坐過這麼昂貴的車，也從來也沒想到會有機會看到真正的跑車，而不是模型。
如果不小心刮傷了，是不是就要賠上好幾百萬啊！
寒凜也進到車內，坐在駕駛座上，發動車子。
「放輕鬆一點，怎麼看起來很緊張的樣子？」寒凜含笑看著夏恩星。
「覺得自己真的太幸福了，可以坐在限定的跑車上。如果我爸爸知道這件事，他一定會羨慕死我的。」
夏恩星激動的說。
「喔？你爸爸喜歡跑車？」
夏恩星興奮的點頭，「對啊！他超喜歡的，只是我們家買不起就是了。」
寒凜默默記起這件事。

在日後的某一天，當夏爸爸看到自家門前停著一輛千萬跑車，他當下整個人興奮到昏了過去。不過，這都是後來的事了……

寒凜載著夏恩星來到S國的邊境，邊境再過去就是一望無際的大海。

在路上，夏恩星眼睛發亮地望著窗外的風景。

她還是頭一次來到S國的邊境，所以她也感到特別新鮮。

「到了。」寒凜將車停了下來。他們下了車。

夏恩星看到的是一棟豪華的別墅，前庭的位置還有一個漂亮的花園。

「哇——」夏恩星忍不住發出驚嘆，因為這棟別墅真的太美了。

別墅的旁邊就是大海，風景絕佳，景色宜人，夏恩星立刻愛上這裡。

「這也是你的別墅嗎？」夏恩星看向寒凜。

「嗯。」寒凜簡單的回答她。

接著寒凜帶著夏恩星進到別墅內，裡頭的裝潢也很氣派。

「凜，我可以問一個問題嗎？」夏恩星小聲的問。

「問吧。」

「你到底是什麼人？為什麼你會這麼有錢？」這個問題夏恩星早就想問了。

寒凜看著她，停頓許久才回答她，「我是誰這件事我還不能告訴你。這棟別墅是我用薪水買下來的。但，我也是前幾天才知道這裡。」

薪水，也就是達成任務時領到的獎勵。

這些錢基本上都是建立在人命上頭……

至於為什麼會買下這棟別墅，其實是因為拿著這麼多錢他也不知道怎麼辦，寒非就建議他買房子，可以當作休閒的地方。

他覺得很麻煩，所以就讓寒非全權負責，錢再跟他拿。

夏恩星只是不停的點頭，發現自己真的愛上一個不得了的男人呢！

第四章：渴望更多

看著他，就會忍不住想要依偎在他的身旁。
英俊的臉龐，完美的身材，令她著迷，甚至於瘋狂。

看著她，就會忍不住想要將她抱進懷裡。
甜美的笑容，姣好的體態，令他目不轉睛，想要擁有更多。
渴望更多……

別墅內，夏恩星開啟了探險模式。
這裡的一切對她來說都太具有吸引力了。
該怎麼說呢，身為女生從小就會有一個夢想，想要住在城堡中，像個公主一樣。
可以盡情的在花園裡面玩耍，自由自在的多快樂啊！
今天，她就有一種美夢成真的感覺。
「夏恩星，這個給你。」寒凜拿了一個紙袋遞給夏恩星。
她接過紙袋，疑惑的看著寒凜，「這是什麼？」
「泳衣。」寒凜一臉正經的說。

「泳……泳衣！」夏恩星打開紙袋，發現裡面裝著的真的是泳衣。

「我們是要去游泳嗎？」夏恩星害羞的問。

不對不對，寒凜怎麼會知道她的尺寸？

寒凜好像猜到夏恩星要問什麼，搶在她之前回答，「尺寸的部分……」寒凜指著自己的眼睛，「我是用目測的。」

夏恩星的臉瞬間炸紅，什麼目測啊！重點是用目測就知道了嗎？

「去換上吧，等等去玩水。」寒凜說完，轉過身背對夏恩星。

「好，我馬上回來。」夏恩星紅著臉跑向更衣室。

寒凜背對著她，臉上也微微泛紅。

他剛才一說完話就羞恥到想要跑出別墅，說出那樣的話不害羞才奇怪。

說到跑向更衣室的夏恩星，她一進到更衣室後，第一件事不是換上泳衣，而是在裡面大聲尖叫。

「啊——這太刺激了啦！啊——」

也幸虧更衣室的隔音做得還不錯，而且寒凜也走遠了，不然他一定聽得一清二楚。

夏恩星緩慢的將手伸進紙袋，將泳衣拿了出來。

剛拿出來，她馬上又放了回去。

她大口吐氣，然後用手在臉邊搧啊搧，「天啊，怎麼是這種款式！難道寒凜就喜歡這種的？」

最後她還是鼓起勇氣換上寒凜幫她準備的泳衣。

等到寒凜到外頭抽了一根菸回到別墅內，夏恩星用浴巾把自己包得緊緊的，站在原地等他。

寒凜領著她來到露天泳池，然後自己走到更衣室去換泳褲。

夏恩星無聊地坐在泳池邊的躺椅，手緊拉著身上的浴巾。
「久等了。」寒凜穿著一件黑色的泳褲出現在夏恩星面前。
夏恩星看了一眼後，視線便趕緊從寒凜身上移開。
再看下去鼻血真的要流出來了。
雖然上次有看過坦露上半身的寒凜，但這一次露的地方更多啦！
「怎麼還包著浴巾，不是都要下水了？」寒凜拉了拉夏恩星身上的浴巾。
夏恩星站了起來，低聲地說：「你先把眼睛閉上，不可以偷看喔。」
寒凜想也沒想，照著夏恩星的要求閉上眼睛。
她確定寒凜閉上眼後，先進行了幾次深呼吸，然後把身上的浴巾扯了下來。
聽到聲音的寒凜還沒等夏恩星說話就先睜開眼。
瞬間，他看著眼前的夏恩星驚訝到說不出話。
她的身上是一件兩截式黑色的泳裝。
泳衣的部分是用一個蝴蝶結將兩邊固定住的，所以如果蝴蝶結被扯掉，不用想就知道會發生什麼事。
寒凜目不轉睛地看著夏恩星，她白皙的皮膚與黑色的泳裝形成強烈的對比。
那微微泛紅的臉蛋，咬著唇一臉害羞的模樣看起來特別誘人。
他用力吞了一口口水，不知為何他的呼吸竟變得急促，身體開始發熱。
「凜？你怎麼了？難道是我穿這樣很奇怪嗎？」夏恩星說完低頭看著地面。
從剛才開始寒凜就沒開口說話，寒凜一定有見過比她漂亮而且身材比她好的女人，她這樣一定無法入他的眼。

但是夏恩星完全想錯了。

寒凜這樣痴痴地看著她，她竟然還不明白他如此反常的原因。

「夏恩星。」寒凜平淡的說。

「嗯，怎麼了嗎？」

「我們快下水吧。」寒凜吞回原本想說的話，逕自走到泳池旁，然後回頭看著還站在原地的夏恩星。

夏恩星急忙走過去。

兩人都進到水裡，夏恩星頓時感到全身涼快。現在的天氣真的是太熱了，能泡在水裡真的很消暑。

這時，夏恩星想要對寒凜小小的惡作劇。

她走到寒凜的身後，拍了拍他的肩膀。

當寒凜轉過頭後，她直接將水潑在他的臉上。

「哈哈哈——要玩水就要這樣玩嘛。」夏恩星笑得很開心。

寒凜把被水潑濕的頭髮撥到後方，臉色沉了下來。

夏恩星發現寒凜的臉色不對，她以為他生氣了，「凜，你生氣了嗎？」

夏恩星的臉才剛靠過來，寒凜馬上也還以顏色，將水潑向夏恩星。

「啊——凜，你潑我？」夏恩星怎麼也沒想到寒凜竟然會反潑回來。

「我是個會記仇的人。」寒凜一本正經的說。

夏恩星覺得自己絕對不可以輸給他，用雙手捧起水潑向寒凜。

會記仇的寒凜當然也不會手下留情。

就這樣兩個人互相潑水一段時間後，夏恩星才發覺他們兩個是多麼幼稚。

「凜，你好幼稚喔。」夏恩星說。

「彼此彼此。」寒凜平淡的說。

待在水中久了，夏恩星想上岸休息。

她慢慢游向岸邊，但她的腳突然抽筋。

她慌了手腳，用力拍打水面，想讓自己不要沉下去。

「凜——凜——」夏恩星大聲呼喚寒凜。

原本已經游到另一邊的寒凜，聽到夏恩星的呼喚又看到她快要沉下去的樣子，他再次潛入水中。

他以自由式的方式快速來到夏恩星的身邊，游到她的身後，讓她的重量全放在自己身上，然後慢慢將她帶到泳池邊緣。

他一把將她抱起，先把她放在岸上後，自己也上了岸。

「抽筋了嗎？」寒凜蹲在夏恩星的身邊，語氣難掩慌張。

「對不起，又讓你幫我了。」夏恩星忍不住道歉。

她覺得自己自從遇到寒凜後就不斷接受寒凜的幫助。

她覺得這樣的自己真的很沒用。

「沒事。你我之間不需要說對不起。」寒凜抬起她的腳踝，「我幫你按摩，等等應該就沒事了。」

他開始幫她按摩，力道適中，夏恩星不會感覺到疼痛。

夏恩星看著認真幫自己按摩的寒凜，淡淡說道：「凜，你真的很善良，很溫柔。」

「呵，是嗎。」寒凜苦笑一聲，沒有抬起頭，但夏恩星卻偷偷看到他眼睛一閃而過的悲傷。

那種眼神，她從沒忘記。

就是之前救她離開火場的人的眼神。
都是帶著……無盡的悲傷。

✦

最後，是寒凜抱著夏恩星回到別墅內。
他將她帶到一間裝潢及家具基本上都是粉色的房間。
「好夢幻哦。」夏恩星簡直看傻了眼。
她不是不喜歡粉紅色，只是如果整間房間的所有物品都是粉色系的話她也不太能接受。
「抱歉，我會派人把它重新裝潢的。」寒凜也不知道這間房間會是這種風格。太粉紅了。
「寒非……」看來回去後得找寒非好好聊聊。
「哈啾——」遠在鴞的根據地的寒非忍不住打了個噴嚏。
「呃……怎麼回事啊，怎麼突然間變冷了？」寒非抱緊身體，覺得室內的溫度突然下降。
等到後來寒凜開始找寒非一一算帳後，他才知道那日氣溫突然下降的真正原因……
夏恩星一個人待在房間內，她躺在床上看著天花板，覺得房內太安靜了。
打開電視機正想要開始看節目的時候，有人來敲門了。
「夏恩星，你有空嗎？」寒凜的聲音傳了進來。
此時就算沒空也要說有空，「有空哦，怎麼了？」
夏恩星爬下床走到門邊將門打開。
她的眼前出現了一盒東西，她先拉開點距離後，清楚看到盒子上的文字。

「大富翁！凜，你怎麼會有？」夏恩星覺得很驚訝。

「提前準備的。」寒凜說，「想玩嗎？」

夏恩星趕緊點頭，「想！原來你還記得，太好了，我一個人待在房內都快無聊死了，幸好你出現了。」

「無聊？你不是在看電視嗎？」

夏恩星無奈地說：「其實我很少看電視的，我都是用電腦追劇比較多。」

「原來如此。」寒凜淡淡的說。

「好啦，凜你快進來，我們趕快開始玩吧！這一次我要很認真的玩，不會放水了。」夏恩星拉過寒凜的手將他帶進房間內。

「你上次真的有放水嗎？」寒凜忍不住挖苦她。

「……」夏恩星決定不說話為妙。

真是的，寒凜什麼時候學壞的啦。

夏恩星果斷地坐在地上，她覺得坐在地上玩大富翁最合適。

「地板冰冰的，不要坐地上。」寒凜伸手想要把夏恩星從地上拉起。

但是夏恩星才不想乖乖聽話呢，「齁——讓我坐地板啦。我坐在地板上我的勝算會比較大。」她充滿自信地看著寒凜。

寒凜拿她無辦法，只好從床上拿了一個枕頭遞給她，「就算你這麼說，還是拿個枕頭墊著，這樣你才不會著涼。」

「看在你的好意上我就乖乖聽你的吧。」夏恩星將枕頭墊在地板上坐了上去。

之後遊戲便開始了。

雖然說之前的勝負尚未揭曉，但是那一次很明顯的就是寒凜獲勝，只是夏恩星打死不承認罷了。

他們一玩就玩到半夜，夏恩星最終敵不過睡魔侵襲，低著頭睡著了。

寒凜來到夏恩星的身邊將她抱起，放到床上，並幫她蓋上被子。

他已經習慣了這樣抱著她，他也不知道這是第幾次抱著她。

從在法國的表演廳對上眼後，兩個人的命運就已經牽在一起。

那日他救了她，原本以為兩人不會再有交集。

但，命運就是如此愛捉弄人。

他們倆非但是鄰居，而且他還發現自己喜歡上了夏恩星。

夏恩星主動告白的那一次他心裡確實挺高興的，但是基於他的身分他只能無情的拒絕她。

他覺得他們真的不合適，也不可能在一起，直到現在他還是這麼認為的。

但，他現在有股衝動，想要化不可能為可能。

最近這種想法越來越明顯。

今天一整天的相處，他覺得自己對夏恩星的用情越來越深。

他也想要對夏恩星說出他心裡最深的感受，也很想告訴她關於自己的事情。

但這是被允許的嗎？

她能夠接受身為殺手的他嗎？

「好捨不得喔。」夏恩星看著豪華別墅不捨的說。

今天她就要回去舞團繼續練習了，不然不知道指導員會怎麼懲罰她呢。

寒凜在離開別墅前接到了寒非打來的電話。

「凜，你昨天跑哪了？我打了好多通電話你都不接。」寒非忍不住抱怨。

「不關你的事。」寒凜冷漠地說。

寒非聽了整個人快抓狂了，「寒凜，你說不關我的事？你知道昨天首領一直在找你嗎？我好心想要打電話提醒你，你卻這樣回答我。你真無情，我以後都不幫你的忙了啦。」

「等等，你說首領找我？」寒凜心裡有不好的預感。

「對啊，他說有一個重大的任務需要你去處理，而且還說非你不可。」

寒凜聽到是任務後稍稍鬆了一口氣。

看來寒御天是真的相信夏恩星已經死了，畢竟寒御天還是相信寒凜的忠誠度以及他的槍法。

「把任務內容傳給我。」

「等我一下。」

寒凜聽到電話那一頭傳來急促敲擊鍵盤的聲音。

不久就收到寒非傳來的訊息。

「先這樣，然後期限是五天。唉——就叫你不要惹首領不開心了，你看看，給你的時間都越來越短了。」

「我無所謂。」寒凜對於期限這種事本來就沒有太在意。

只要他想殺，隨時都可以殺死一個人。該死之人，多給他一點時間喘口氣，也是對他最後的慈悲。

在真正將目標解決前的時間都是為了探查整個環境以及調適情緒。

畢竟人生苦短，何必趕在任務下來的第一時間就把人殺了呢。

他想起夏恩星昨天說的話。「凜，你真的很善良，很溫柔。」
他怎麼會善良，怎麼會溫柔呢？
他善良？他都可以殺人不眨眼了還能叫善良？
他溫柔？他的溫柔也是只對她，對其他人而言他就是個冷酷無情的殺手。
對，他是殺手，是殺手界的傳奇。
他是雙手沾滿鮮血的——殺手。

寒凜載著夏恩星來到亞紗曼學院。
車子停在學院外頭，引起經過的學生以及民眾關注。
「哇——那輛跑車超帥的！不知道是哪一位富商開的車呢？」
「天啊！這是全球限量只有五輛的跑車耶！沒想到能夠親眼目睹，真是太幸運了。」
坐在車內的夏恩星不知道該不該下車。
圍觀的人越來越多，這時寒凜推開了車門先一步來到外頭。
寒凜一出車外，馬上又引起熱烈的討論。
「老天，這車主也太帥了吧！看起來冷冷的，跟車子好配喔。」
「好想搭訕他，他該不會是某個明星吧！」
寒凜沒有理會周遭的眼光，逕自走到副駕駛座的車門前，拉開門。
他向夏恩星伸出手，「下車吧，夏恩星。」
她看著寒凜向她伸出的手，遲疑片刻後才握了上去。

「誒，那是夏恩星嗎？她怎麼會從那輛跑車下來？」

「是夏恩星耶！難道那個帥哥是她的男朋友嗎？」

夏恩星不好意思地低著頭，周遭熱烈的眼神看著她，讓她難以招架。

「我會有一段時間不在，等我回來我會告訴你有關我的事。」寒凜低聲的說。

夏恩星驚喜的看著他，「你願意跟我說了嗎？」

「嗯。」寒凜點了點頭。

「我等你。我會等你回來的。」夏恩星激動的說。

寒凜不再說話，鬆開夏恩星的手走回駕駛座的車門邊，拉開門坐了進去。

夏恩星看著寒凜發動車子，車子慢慢駛離她的視線內，逐漸變成一個小黑點，然後再也看不見。

夏恩星進到韻律教室，許多人都以異樣的眼光看著她。

這時有個人從後方勾住了夏恩星的脖子。

「夏恩星！我看到你男人了。」

聽得艾妲琳的聲音，夏恩星才稍微放鬆，不然剛才那突然的舉動真是嚇壞她了。

「艾妲琳你真的嚇到我了啦！還有我說過我跟他還沒在一起。」夏恩星說。

「切。」艾妲琳發出不屑的聲音，「都一起出去玩了，還開跑車載你來學院，你竟然還說還沒在一起！」

「他叫我等他回來，他說他會告訴我他的事情。」夏恩星小聲的說。

「哦——看來有稍稍進展啦。恭喜恭喜，我很贊成你們倆在一起。」艾妲琳高興的說。

輪到夏恩星疑惑了，「你怎麼這麼快就贊成啦？」

「因為你男人太帥了，我無條件的支持他。帥哥總是佔有優勢。」艾妲琳一本正經的說。

「……」

夏恩星無言以對。

之前艾妲琳還說她如果要交男朋友一定要經過她的審視，結果呢，現在看到寒凜的外表就直接把她送出去了。

真的是說變就變呢。

✦

一早的事情傳得轟轟烈烈，很快地，幾乎整個學院的人都知道夏恩星從一輛跑車下來，而且車主還是個大帥哥。

指導員也在休息的時候把夏恩星叫過去問話。

「夏恩星，你昨天沒來難道是跟男朋友出去玩了？這很不像你的作風哦。」

「很抱歉昨天沒有來練習，但是那個人真的不是我的男朋友。」夏恩星再次強調這一點。

因為就真的不是嘛，她也沒有說謊。她也希望對方是她的男朋友嘛，但現實是殘酷的。

指導員半信半疑的看著她，「昨天艾妲琳是說你是生理期來，嚴重到無法下床，但看起來你現在氣色不錯了呢。」

夏恩星傻笑著，沒想到艾妲琳想出來的請假理由還蠻正常的，她還以為會是更恐怖的內容。

「喔對了，艾妲琳還說你除了生理期來之外還跑去祭祖。我當下就覺得很奇怪，你不是都已經下不了床為什麼還有辦法去祭祖？」

事情果然沒有那麼簡單。

眼神偷偷瞄向在一旁休息的艾妲琳。

艾妲琳像是接受到夏恩星埋怨的眼神竟然就這樣跑出韻律教室了。

「好啊艾妲琳，你等等就知道我夏恩星也是個有仇必報的人。」夏恩星心想。

夏恩星花了一點時間跟指導員解釋，好不容易他才放過她。

她發誓自己絕對不要再請艾妲琳幫她請假了，真的會越幫越忙！

之後舞者們便繼續練習。

最近亞紗曼學院即將迎來一位新的指導員，每位舞者都很好奇。

現在的男指導員不會離開，他將會與新來的指導員一起合作，為了亞紗曼學院更好的未來一起努力。

「大家能夠先集合一下嗎？」總監一走進韻律教室就大聲的說。

所有舞者全集中到中央，坐在地上看著總監。

總監的臉上滿是笑容，看來新來的指導員應該是國際上有名的舞者退休後選擇擔任指導員。要不然就是現在仍在舞臺上發光發亮的舞者。

總監看向一旁的指導員向他點頭示意後，他拉高嗓音，說：「想必各位都有聽說了，我們亞紗曼學院新來的指導員今天已經來報到。現在我們就用最熱烈的掌聲歡迎——莫霏兒。」

夏恩星聽到「莫霏兒」三個字，頓時眼睛睜得大大的。

一旁的艾妲琳更是嘴巴張開開，一臉不敢置信。

在掌聲中，有一個女人走了進來。

每位舞者都是滿臉驚訝，夏恩星也不為過。

因為，那個身著一席黑色長裙的女人真的就是她崇拜的偶像莫霏兒啊！

莫霏兒看著坐著的舞者們，語氣溫和的說：「亞紗曼學院的舞者們大家好，我是莫霏兒。很高興能夠成為你們的指導員，跟你們一起努力，一起在舞蹈界締造佳績。之後的日子裡，我會將我所學的傳授給你們。」

說完後所有舞者們紛紛拍手，莫霏兒擔任他們的指導員他們當然沒有意見。能夠被國際舞者教授舞蹈，這種機會真的太難得了。

夏恩星也用力的幫莫霏兒鼓掌。

至於她身旁的艾妲琳已經感動到哭了出來。

莫霏兒又繼續又說她對於整個舞團的願景，她也針對以前亞紗曼學院的演出進行了分析。

夏恩星專注的看著前方的莫霏兒，能如此靠近舞蹈界的女神她真的萬萬也沒想到。

「請問上次你們在法國表演廳表演時，出演克萊兒這個角色的人是誰呢？」莫霏兒問。

全部的人通通看向夏恩星。

看到這麼多人在看著她，她慢慢的舉起手，「是我。」

莫霏兒上下打量了夏恩星，然後滿意的點點頭，「嗯……原來如此。你叫什麼名字呢？」

「我的名字是夏恩星。」夏恩星說。

「恩星啊，你表演得不錯，我很喜歡你的表演喔！繼續加油。」莫霏兒對夏恩星莞爾一笑。

夏恩星聽到莫霏兒稱讚她，心裡高興的不得了，她激動地說：「是！謝謝莫老師的讚賞，我會繼續加油的。」

「欸欸，連你的女神都稱讚你，看來你離夢想越來越接近囉。」艾妲琳拍了拍夏恩星的肩膀。

夏恩星沒有回答她，因為她現在心情激動到不知如何反應。

解散後夏恩星看到莫霏兒要離開，她急忙跟上前，「莫老師，可以請您等一下嗎？」

莫霏兒停下腳步，轉過身面向夏恩星，「怎麼了嗎？」

夏恩星結結巴巴的說：「莫老師……我從國中的時候看過您的演出後就開始學習舞蹈，您是我……我的偶像。」

莫霏兒聽完後忍不住笑了出來，「真的嗎？那真是太謝謝你了。我覺得恩星你跳舞的姿態也很美，一點也不輸年輕時的我喔。」

「不，老師您過獎了。我現在的實力怎麼能跟老師相比。在我心目中，老師的舞姿我永遠無法忘記，而且一直以來都是我學習的對象。我希望自己有一天也可以像老師您一樣厲害。」夏恩星越說越激動。

「能成為你學習的對象真的是太好了，其實我以前對自己也不是很有自信。但是，看到你這樣崇拜我，我不禁有點自傲呢。」

「老師雖然有一陣子消失在舞蹈界，但是我沒有放棄崇拜老師的心情。」

莫霏兒曾有一段時間沒有參與任何的演出，而且也很少有她的消息。不過夏恩星認為莫霏兒一定是因為時常演出，身體出了狀況才會暫時休息。

莫霏兒聽到夏恩星提起這件事，臉上的笑容微微僵住，但又立刻恢復原樣。

「哎呀，往事不堪回首啦。好了好了，恩星你趕快回去練習吧，我去完洗手間就回去看你們練習的狀況。」

夏恩星沒有去猜測莫霏兒剛才臉部的變化，她覺得人都有難言之隱，還是不要多問好了，尤其對方還是自己的女神。

她直接回到韻律教室，繼續練習。

另一邊，莫霏兒匆匆忙忙來到洗手間，她的雙手撐在洗手臺上，大口喘著氣。

「那個孩子，她竟然跟以前的我犯了同樣的錯。不行，我絕不能讓她變得像我一樣。」

開始執行任務的寒凜，他搭乘鴞的專屬飛機來到義大利。

這一次寒御天派給他的任務是要處理一件走私案。

黑嶽幫近期經常在暗處進行武器的走私。

據消息指出，黑嶽幫購入的武器對於鴞來說，具有很大的威脅性，所以寒御天才會指派寒凜負責處理這件事。

每一次出任務都是冒著極高的風險，這一次更是如此。

他不再像以前那般對於自己的性命看得很輕，他想要安全的完成任務，並且早點回到S國。

因為S國有夏恩星。他想早日見到她。

他觀察到黑嶽幫的人與對方約在義大利偏鄉的港口。

他也已經在廢棄的房屋內待命許久，狙擊槍也早已架設完畢。

「來了。」寒凜就預備姿勢，趴在地上，眼睛放在瞄準鏡前方。

但是他的心裡隱約有一種不好的預感。

這一切都太順利了，事情不應該這麼簡單就被解決。

雙方人馬都已到齊，有一邊的人拿了一個黑色的大箱子交到黑嶽幫的人的手中。

寒凜正準備扣下扳機，這時他聽到了有人開槍的聲音。

他立刻離開原來的位置，躲到一旁的衣櫃後方。

果然在他原本待的位置處有一顆子彈卡在地面。

寒凜的臉上浮現笑容，那是唯有在他感到興奮時才會出現的表情。

「想跟我玩是嗎，那我就跟你玩到底。」

✦

寒凜謹慎的移動步伐，敵人的位置他大致掌握了，但是實際的方位他沒辦法得知。

他放下手中的狙擊槍，從胸口處拿出手槍舉在胸前以備隨時展開攻勢。

「砰──」

又是一發子彈落在寒凜的腳邊。

他漸漸可以抓到敵人的正確位置，現在就等敵人自己落入他已經好的圈套。

看來對方因為遲遲無法射中目標也開始著急了，不再是緩慢誘導寒凜出現，而是直接展開猛攻。

一發發子彈打在寒凜躲藏的衣櫃上，時機還沒到，他還不可以反擊。

突然槍聲消失了，反之出現了腳步聲。

寒凜知道敵人已經落入他設下的陷阱，子彈早已上膛。

感覺得到敵人越來越靠近，對方也不是簡單人物，移動時幾乎沒有半點聲響。這是訓練有素的人才有辦法做到的。

寒凜閉著眼，讓自己的聽力更加靈敏。

在木質地板上，一點細微的聲音，他聽起來是多麼清楚。

敵人踩到了一個小物品的聲音傳入寒凜耳裡。
反擊的時機到了。
寒凜從衣櫃後方出現，對著敵人就是一槍。
對方雖然有稍微閃躲，但還是被打中右手臂，整個人朝後方倒下。
他痛苦的壓住自己的傷口，想要趕緊撤退。
但是寒凜不可能會給他這個機會。
他走到對方面前，準備給他致命一槍。
但是他又立刻退開，因為有人正用紅外線瞄準著他。
「竟然不只一個人。」寒凜發現自己的預測錯誤。他沒有想到敵方派了這麼多援手。
第二個人也進到了室內，他將倒在地上的同伴扛在肩上。
寒凜沒有攻擊的想法，他可以確定的是，敵方的人一定還在遠方看著。
他的所在位置已經暴露了，現在情勢對他不利。
若是他現在貿然出手，他可能會小命不保。
「別以為你們鴉可以持續囂張下去。」一慢來的男人對著寒凜說完便背著同伴離開了。
寒凜鬆了一口氣，雖說是身經百戰，但是他也會擔心自己的安危。
他將手槍收進原本的位置，向後退讓自己的背貼在牆上。
「沒想到黑嶽現在也有如此棘手的人物。這件事有必要告知首領。得趕緊想出應對之道呢。」寒凜緩和情緒後便趕緊離開現場。
因為剛才的槍擊聲已經引起警方的注意，他已經聽到遠方傳來的鳴笛聲。

在警方來到現場時，僅發現地上的彈殼，以及卡在衣櫃上的子彈，並沒有看到任何人影。

寒凜匆忙搭機趕回鴞，他看到寒御天在根據地前站著，像是早知道他會來似的。

「任務失敗了？」寒御天問。

「是。」寒凜迅速回答。

寒御天的臉上看不出他此時的情緒，但寒凜知道他內心一定很憤怒。

「有什麼收穫？」

寒凜將執行任務時發生的事情全然告知寒御天。

寒御天聽完後眉頭深皺，他來他也覺得這種情況不是一個好現象。

「這一次就免了懲罰，繼續觀察黑嶽幫的一舉一動。」寒御天嚴肅的說。

「遵命。」寒凜說完就默默退下。

就算寒御天不說，他也會繼續調查黑嶽幫。

尤其是那個比較慢來的男人，他覺得他的實力應該與他並駕齊驅。

這一天亞紗曼學院為了慶祝莫霏兒的加入，許多學院內的老師以及指導員和總監都要出席餐會，所以舞者們就得到了一天的放假。

艾妲琳聽到可以放假，心情激動不已，「恩星，放假你有想去什麼地方嗎？」

「沒有耶，臨時也想不到可以去哪，想待在家哪裡也不去。累啊。」夏恩星淡淡地說。

艾妲琳注意到了夏恩星奇怪的地方，「我們恩星寶貝是怎麼啦？怎麼無精打采的。該不會是太久沒看到帥哥了，犯了相思病。」

夏恩星被艾妲琳揭穿她的心思，她害羞地說：「沒有啊，我哪有在想他。你少胡說。」

艾妲琳伸出手指戳了戳她的臉頰，「就你嘴硬，想男人了就直說嘛。話說你不會打電話給他，讓他知道你很想他，這樣他不就會早早回來了嗎？」

「我沒有他的電話號碼。」這就是夏恩星覺得自己最失敗的地方。

怎麼會沒有要到寒凜的電話號碼呢？如果有了話她就可以打電話跟他聊聊天，最起碼還能聽到他的聲音。真是失策啊。

「唉——」夏恩星深深嘆了一口氣。

艾妲琳看到自家好友為情所苦的樣子，覺得談戀愛真的是一件麻煩事。

「恩星啊，我早說過了，你就別談什麼戀愛了，我們就永遠當個單身女，多自由多逍遙啊！看你現在這副德性還不如不愛呢。」

夏恩星搖了搖頭，「不能這麼說啦。艾妲琳一定也會遇到喜歡的人的，要對自己有信心。」

艾妲琳看著夏恩星無奈地傻笑，「呵呵——但我怎麼覺得我遇到的男人腦筋都不太正常啊。像你請假那天我就遇到一個很帥氣的男人，但沒想到他說話竟然這麼嗆，我馬上把他列入黑名單。」

「哦？」夏恩星對於被艾妲琳列入黑名單的人產生興趣。

畢竟艾妲琳的個性就是大咧咧的，是很容易跟別人吵架的類型啦，但是這還是她頭一次聽到艾妲琳主動跟她談起異性的事情。

「艾妲琳你再多說一點啦。我想聽後續。」夏恩星一副等著聽八卦的模樣。

艾妲琳翻了她白眼，「才不要呢，想到就氣。而且現在是你的愛情最重要好嗎，我的就隨緣吧——」

既然艾妲琳不說，夏恩星也拿她沒辦法，因為她就是個不喜歡被拘束的人，才會有時候說話太直接而引起不必要的紛爭。

聊了半天還是不知道去哪的兩人，決定各自回家休息。

夏恩星回到家後不久就收到夏爸爸傳來的訊息。

訊息內容很簡單，就是叫她多多回家看看他跟媽媽。

但是她現在還找不到時間回去。

夏恩星回了幾句後就把手機放在房間內的小桌子上，跑到廚房去煮點東西吃。為了隨時可以做飯跟寒凜一起吃，夏恩星早就買好了食材放在冰箱裡。冰箱內滿滿的食材，夏恩星挑了香腸、紅蘿蔔、還有兩顆蛋。

她決定來做炒飯，既簡單又好吃。

她又從冰箱拿出昨晚沒吃完的白飯，隔夜飯最適合做炒飯了。

夏恩星正準備好要開始時，就聽到隔壁門的解鎖聲。

她立刻放下所有的東西，直接跑向玄關，然後拉開門就看到她朝思慕想的人——寒凜。

「凜！你回來了！」夏恩星歡喜的走到他面前。

寒凜什麼話也沒說就只是看著她。

「凜？」夏恩星不知道寒凜想要做什麼，但是他這樣看著自己她的臉不自覺的泛紅。

寒凜還是沒有任何反應，他就只是一直盯著她看。

夏恩星尷尬到不知道該說什麼，突然想到自己正在做飯，她正想問寒凜要不要跟她一起吃時，他突然靠近她然後把她拉進懷裡緊緊抱住。

突然被抱住，夏恩星頓時慌了手腳，不知道該怎麼反應的她，只好悄悄把雙手放在寒凜的背上，然後也緊緊抱住他。

「夏恩星。」寒凜輕喚她的名字。

「嗯。怎麼了？」

「……我喜歡你。」

✦

有一句話對他而言說出口是禁忌，那是必須鼓起最大的勇氣，以及一個無盡的愛才有辦法說出口的。

「我喜歡你。」

夏恩星愣住了，寒凜突然說出口的話深深觸及她的內心。

無預警的眼淚就這樣落下。

她與寒凜拉開一點距離，這樣她才能夠好好看著他。

「凜，你說的是真的嗎？你真的對我也有喜歡的感覺嗎？」夏恩星哭著問。

「嗯，是真的。」寒凜平淡的說，但是他的臉上卻是帶著微笑。

他在義大利經歷了危險，雖然任務失敗了，但是他卻發現，自己不想要受傷，更不想因此喪命。

他還想要待在她的身邊，想要保護她，想要聽到她悅耳的笑聲。

所以他決定說出心裡最真實的想法。他也想讓她知道，他喜歡她。

「我暫且還不能告訴你，我的工作是在做些什麼，因為我不想讓你被捲入危險。我的名字是寒凜，今年二十四歲。」寒凜平鋪直敘的說。

「寒凜……寒凜！」夏恩星覺得這個名字真是太適合他了。帶著冰冷氣息，但是整個人真的是威風凜凜。

「凜，我不需要急著告訴我你的一切，我願意等，等到你願意告訴我的那一天。知道你對我也有感覺，我就已經很高興了，我……」

凜凜。

夏恩星突然不再說話。

不對，是她說不了話。

睜大眼睛的她看到的是寒凜的雙眼，兩人幾乎沒有距離。

因為她的唇被寒凜奪走了。

沒有接吻經驗的她完全不知道接下來該怎麼回應。

「就順著本能吧！」夏恩星心想。

其實寒凜也對自己突然就吻上了夏恩星的唇感到很驚訝。

但是自從唇與唇緊貼在一起後，他覺得與夏恩星接吻很舒服，而且他很喜歡這樣的感覺。

「閉上眼。」寒凜低聲的說。

夏恩星果斷閉上眼睛。

寒凜看到如此聽話的她，眼睛裡滿溢出對她的寵溺。

該說是男人的本能嗎？寒凜也沒有與女人接吻的經驗，但是他就是知道怎麼做。

只是雙唇貼著已經無法滿足他的慾望，他撬開她的貝齒將舌頭伸了進去。

夏恩星的小心臟不斷加速再加速，太刺激了她真的要暈啦！

寒凜也發現夏恩星快不行了，他緩緩離開她。

夏恩星終於可以喘息後，雙手撐在膝蓋大口喘氣。

「還好嗎？」寒凜擔心的問。
「還……還好。」夏恩星不敢再看他的臉，只是低著頭看著地板。
要是抬起頭來看到他的臉她一定會害羞到昏倒。
寒凜看到夏恩星一直低著頭，他以為她是討厭與他接吻，「我太突然了，以後我不會這樣了。」
夏恩星知道寒凜會錯意了，她急忙說：「沒有沒有，是我自己的問題……」她又不自覺低下頭來，「因為我……是第一次嘛。」
寒凜笑而不語，再次抱住夏恩星，在她耳邊，說：「我也是。」
莫名的喜悅湧上心頭，夏恩星又忍不住哭泣，只不過這是喜悅的淚水。
兩個人進到夏恩星的小套房內。
「凜，你在這裡等一下，我現在在炒飯，等等就可以吃了。」夏恩星說完就要走回廚房。
「我跟你一起吧！」寒凜淡淡的說。
「好啊！」夏恩星很期待跟寒凜一起做飯。
夏恩星幫寒凜穿上圍裙，原本冷酷的寒凜頓時變得很像家庭主夫。
她滿意的點點頭，覺得這樣的寒凜還挺可愛的。
夏恩星告訴他該怎麼做，寒凜瞬間記下她說的話。
她把炒飯的工作交給寒凜，自己到一旁去煮高麗菜湯。
將洗好的高麗菜丟進熱水中，因為她個人的喜好，她喜歡吃煮得比較軟的高麗菜，所以煮的時間必須拉長。
在等待的時間，她看著拿著鍋鏟翻炒著飯及配料的寒凜，不小心說出心裡的話，「好帥喔。」

聽力極佳的寒凜怎麼會漏聽這句話呢？

「不要犯花癡了。」

夏恩星理直氣壯的說：「覺得你很帥不行嗎？這哪算犯花癡。」

「那你就好好看著我。」寒凜看了一眼夏恩星。

被撩到的夏恩星輕輕的點點頭，「嗯……」

他都不會不好意思嗎？怎麼都可以臉不紅氣不喘的說出如此撩人的話！

夏恩星真的就這樣看著寒凜。

他的一舉一動對她來說都是如此帥氣。

她看得出神，忘記自己也正在煮湯。

「夏恩星，湯溢出來了！」

寒凜的聲音喚回夏恩星的神智，她急忙關上瓦斯，但她的手卻被濺出來的湯燙到。

「啊！」

寒凜聽到夏恩星的慘叫聲，關上瓦斯，然後來到夏恩星的身邊。

他看到她的手已經明顯的泛紅，他直接拉過她的手來到洗碗槽，打開水龍頭，將被燙傷的地方不斷用水降溫。

「不是都說要小心了，怎麼還是受傷了。」寒凜心疼的說。

夏恩星咬著下唇，抱歉的說：「對不起，不小心走神了。」

寒凜看到她又在咬嘴唇，他將臉慢慢靠近她，再次吻上她的唇。

沒多久他就離開她，「不要再咬嘴唇了，流血了。我會心疼。」

夏恩星的臉又瞬間炸紅，真的受不了了，她果斷的直接暈倒。

晚間，莫霏兒出席了一場慈善晚宴。

其實她本來不想參加的，但是亞紗曼學院的董事們都會出席，而且也一再拜託她來露臉。

不得已，畢竟是現在的老闆的要求她也只能應下了。

許多舞蹈學院的高層都蒞臨現場，看到莫霏兒都熱情的向她寒暄。

莫霏兒不是個喜歡打交道的人，但基本的禮貌她還是有的。

「莫霏兒小姐，請問可以佔用你一點時間嗎？」有一個日本人後方跟著一男一女走了過來。

莫霏兒認出來人是誰了，這一位日本人名字是黑田東彌，是黑田企業的董事長。

黑田企業在全世界的金融界可是具有一定的地位。

「黑田先生，很榮幸見到你。」莫霏兒主動伸出手。

黑田東彌高興的回握住莫霏兒的手，「我才是呢，莫小姐是多麼厲害的人物，我怎麼能跟你相比呢。」

「對了莫小姐，我想要跟你介紹我的兒子跟女兒。」黑田東彌後方的兩個人自動站了出來。

「莫老師，我是黑田毓方，是亞紗曼學院的舞者。老師您是我學習的目標，老師能來亞紗曼擔任指導員，我真的很高興。」黑田毓方激動的說。

莫霏兒仔細打量黑田毓方，「看來黑田先生的教育很成功呢，能有黑田小姐這樣的女兒您應該感到很高興吧！」

「而這位是……」莫霏兒也開始打量眼前的男子，「黑田先生的兒子身上帶著一種神祕的氣質呢。」

黑田東彌笑著說：「小犬名叫黑田瑾倉，他現在在我的身邊當我的助手。」

黑田瑾倉只是向莫霏兒點頭示意，沒有開口說話。
彼此又談了幾句後，莫霏兒就先行告退了。
她想起第一眼看到黑田瑾倉的時候，她知道他的身上一定藏著不為人知的祕密。
而且，他散發出的氣質跟她認識的某人很相似。
是屬於那種領域的人才有的獨特氣質。

第五章：新手情侶

隔天一早夏恩星睜開眼，才剛睜開，她馬上又閉上眼。
寒凜的臉就在她的面前，昨天昏倒後，她以為寒凜把她抱到床上後就會離開，沒想到他竟然會躺在她的身邊！
「醒了？」寒凜緩緩睜開眼睛。
他看到的就是還在裝睡的夏恩星。
夏恩星決定不再繼續裝睡，睜開眼，兩人就這樣在床上對視著。
寒凜向她靠了過來，在她的唇上輕輕一點，「要起床了嗎？」
夏恩星搖了搖頭，「不太想，我想要繼續躺在床上。」
「可是你還要去練習。」
「跟你在一起就不想去了怎麼辦？」夏恩星無辜地看著他。
她覺得自己真的學壞了，竟然開始想要翹掉練習，真的很不行呢。
寒凜伸出手指輕點她的額頭，「不行，練習很重要。」
夏恩星想要耍賴，但是寒凜顯然不吃她這一套，堅持她一定要去練習。
他知道夏恩星是真的很喜歡跳舞，一直朝著自己的目標努力。
所以即使兩個人在一起了，他也不希望夏恩星因為他而減少了練習時間。

最後夏恩星還是乖乖去亞紗曼學院練習了。

寒凜在家裡調查黑嶽幫的資料，他發現近期黑嶽幫的所有交易裡面都會出現一個人的名字。

「玉堇。這個名字還是第一次聽過呢。」寒凜記下這個名字。

他將整理好的資料傳給寒御天後，闔上筆電，起身走到廚房。

他最近想要好好研究煮飯這件事，以前在出任務時哪會有什麼閒工夫讓你下廚。

大多數的時候就是簡單的雜糧就解決了。

不過，現在他有了需要照顧的對象，學好廚藝看來是刻不容緩了。

話雖如此，也不能天天都讓夏恩星吃好料，畢竟舞者很注重體態，要是不小心把她餵胖了怎麼辦。

正當他看食譜看得正專注時，有一通電話打了過來。

「嗯。」寒凜不用想也知道是誰打來的。

「凜，你怎麼對我越來越冷漠啦！看來有必要讓我們再好好培養關係，讓我去找你吧！」寒非期待的問。

他是真的很希望寒凜說出「可以」這兩個字。

「不行。」寒凜再次拒絕他。他才不希望有人來打擾他的生活。

現實果然是殘酷的。

「齁——不管啦，我今天就要殺到你家去。」

寒凜真不知道寒非到底為什麼如此執著想要來找他。

「你敢來找我你試試看。」寒凜以威脅的語氣對他說。

「幫我開門，我已經到了。」

聽到這句話寒凜眉頭深皺，微微動怒。「我不開門。」

寒非這一次像是吃了壯膽的藥，根本沒再怕的，「沒關係，我可以自己解鎖。」

「你找死嗎？」

寒非只是笑了笑，說：「嘿嘿，我知道凜對我最好的。你再不過來幫我開門，我真的要自己解鎖囉。」

寒凜扶額，既然人都來了他也只能開門讓他進來了，免得等等寒非撬開他家門鎖時被附近鄰居看到，反而被說是私闖民宅呢。

他走到玄關幫寒非開門。

眼看門開了寒非馬上走了進來，「打擾了。」

「哇——凜，你在學做飯嗎？好香的味道。」寒非新奇的看著寒凜。

「嗯。」寒凜一貫的口頭禪，一個字回應寒非的問題。

不過，看來寒非完全不在意這件事，因為現在有另一件事更讓他感到訝異。

「天啊！凜，你該不會是知道我會來找你所以就想做飯給我吃？」寒非以期待的眼神看著寒凜。

「你想太多。」寒凜不顧寒非在一旁，直接穿上圍裙然後開始試做。

寒非簡直看傻了眼，殺手界的榜首，這位有著「夜剎」稱呼的男人，竟然不是手持武器，而是手拿鍋鏟啊！

「凜，是我瘋了還是你瘋了？還是你不是瘋了，只是生病了？」寒非問了一堆奇怪的問題。

寒凜很直接的告訴他，「我沒瘋你才瘋。我沒病，你才有病。」

「呵呵——我也覺得我瘋了眼前都出現幻覺了。凜怎麼可能會穿上圍裙做飯呢？哈哈，想到就覺得很奇特……」

寒凜可以確定的是，寒非因為一時無法接受他穿圍裙下廚這件事，所以人真的出了點問題。他有必要讓他清醒一下。不然就是果斷地叫救護車送走吧。

「非，抱歉了。」寒凜往寒非的肚子重重一擊。

寒非的身體彎曲，跪了下來，「很痛耶！幹嘛突然打我啊！」

「讓你清醒。」寒凜淡淡的說。

這下子寒非是真的清醒了，「嘿嘿，看來剛才出了點狀況。不過，我能不能幫你試吃呢？」

「不行。」又是同樣的回答。

「拜託啦，我匆匆忙忙趕過來這裡，肚子很餓耶！」寒非一副他很可憐的樣子看著寒凜。

「你確定要幫我試吃？」寒凜問。

寒非肯定地點頭，「我現在只要有東西吃就心滿意足了。不管凜做的東西再難吃我都不會有怨言。」

聽到寒非這麼說，他也會「好好」招待他的。

閒閒沒事做的寒非決定也要來幫忙寒凜。

寒凜將切菜的工作交給他，寒非滿心歡喜的接下這個工作。

他也是第一次切菜的人，看著砧板上的番茄，不知如何下手。

他仔細研究要怎麼切下去是最好的，好不容易切下一刀，他的心情就很激動。好像解鎖了什麼人生新成就一般。

寒非隱約聽到敲門聲，寒凜正在炒青菜，好像因為太專注而沒有聽到聲音。

「那我去看看是誰敲門好了。」寒非心想。

他走到門邊打開門。

來人是夏恩星，她看到開門的不是寒凜而是手中拿著菜刀而且上頭還有紅色不明液體的男人。她的臉色鐵青，直接放聲尖叫，「啊——」

「啊——」

寒非不知道為什麼也叫了出來。

聽到外頭尖叫聲的寒凜立刻放下手邊的工作，衝到門外。

「凜——」夏恩星來到寒凜的身邊，身體微微顫抖。

她還以為寒凜被這個奇怪的男人怎麼樣了。幸好他平安無事。

「凜，那個女人是誰啊？她怎麼跟你靠那麼近。」寒非用手指著夏恩星。

寒凜知道了夏恩星會尖叫的原因了，「……非，你把刀子給我拿進去放好。」

寒非這才發現自己是拿著菜刀來開門的。

「好啦，但是你要告訴我這個女人是誰。」寒非說完心不甘情不願的走回套房內。

寒凜安撫著夏恩星的情緒，「他算是我的弟弟，也是我的好朋友。他剛才在幫我切番茄。」

「那為什麼要拿著菜刀來開門？你知道我剛才看到菜刀上的紅色液體以為你被他砍傷了呢。」夏恩星覺得剛才的場面實在太驚險了。

「沒事了，他只是有時候比較健忘，忘記自己手上還拿著危險物品。還有他，今天腦袋好像有點不太正常，習慣就好。」

不過，寒凜怎麼會輕易放過寒非呢。

加上之前的事情，他終於有機會找他算帳了。

屋內的寒非感覺到一絲涼意，然後他總覺得生命會受到威脅……

在遠處，有一個人清楚看到這一切。

他看到寒凜帶著夏恩星進到套房內，消失在外頭。

他的嘴角微微上揚，「沒想到夜剎也有女人，看來值得好好利用一番呢。」

瞬間，他就消失在原本待的位置，只留下一片殘影。

套房內的人完全沒有察覺到自己剛才正被人監視著。

✦

夏恩星今天有一個特別的任務，指導員拜託她代表亞紗曼學院的舞者出席一場由黑田企業舉辦的宴會。

她其實不想去的，因為黑田企業就讓她想到一直針對她的日本舞者。

但是指導員認為她就是最適合的代表人選，千拜託萬拜託之下，夏恩星覺得如果拒絕的話，好像很不給指導員面子。

她無奈之下，便答應出席宴會。

最近寒凜家來的客人——寒非，她不知道為什麼，覺得他的性格跟艾妲琳蠻相近的。都是那種喜歡大吼大叫的類型。

他們也不知道在忙什麼，夏恩星自從寒非來到這裡後就很少見到寒凜了。

所以她要出席黑田企業的宴會，她也沒有告訴寒凜。

從亞紗曼學院離開後，她來到禮服店，店員馬上前來向她一一介紹。

店員先依照她的氣質幫她挑選了幾套禮服。

夏恩星看了看自己比較喜歡的款式，先拿去試穿過後還是猶豫不決。

突然她的眼睛為之一亮，她看到一套淡粉色的禮服。

禮服上頭以刺繡的方式繡有蝴蝶以及花朵，禮服的長度大約到她的膝蓋上方。

她很喜歡這件禮服的風格，她想店員詢問價錢。

「這一套是我們店裡限定製作的，總共有兩套，還有一套沒有被租走，租借的金額是兩萬元，請問小姐有需要嗎？」

夏恩星聽到這個價錢不免要思考一下。

只是要穿一個晚上竟然就要花兩萬元，總覺得很划不來呢。

這時有一通電話打來，夏恩星看到是指導員打來的馬上就接聽，「喂，指導員，請問有什麼事嗎？」

「是這樣的。剛剛總監聽到你肯代表出席表示很高興，所以他說你買禮服的錢通通由他負責。如果還要買配件什麼的也可以，重點就是你今晚要好好表現，知道嗎？」

「真的可以嗎？」夏恩星疑惑的問。

指導員向她保證，「當然可以。」

通話結束後，夏恩星馬上向店員說：「請讓我試穿這一套。」

店員將粉色禮服拿下來讓夏恩星試穿。

在更衣室內，夏恩星看著鏡子中的自己，粉色的禮服穿在她的身上很合身，剛好將她的身材襯托出來。長度也跟她設想的一樣，大概到膝蓋處。

她換下禮服，滿意的對店員說：「請幫我包起來。還有，我不要用租的，我要買下它。」

店員聽完後面露難色，「可是這一套的定價挺高的，您確定嗎？」

夏恩星點了點頭，「我很確定！」反正是總監出錢的，就算禮服很昂貴，她也完全不吃虧。

夏恩星又看上了一雙銀白色的高跟鞋，也順便買了下來。

結帳時看到那個金額她才知道為什麼剛才店員的臉色會很難看了。

總共是三十萬元！夏恩星自己也傻了。

不過既然總監都說要幫她付錢了，她報上亞紗曼學院的名稱，然後直接到更衣室換上新買的禮服以及高跟鞋。

之後便搭車前往黑田企業旗下的酒店。

進到酒店內，夏恩星看到了許多名門望族的千金小姐、少爺。

「唉——」她嘆了一口氣，她真的很少參加這種宴會，尤其還是如此高檔的。

「呦——這不是夏恩星嗎？你怎麼會在這裡？」黑田毓方端著一杯紅酒走向夏恩星。

她原本想要避開她走去別的地方，但沒想到對方卻擋住她的去路。

「幹嘛急著跑掉啊，我們算是同學，同學間聊聊天不奇怪吧。」黑田毓方說完，喝了一口紅酒。

沒辦法離開的夏恩星，只好將兩人之間的距離拉開，避免她又有什麼小動作。

「我覺得我們之間沒什麼話好聊的啊。而且你都說我們是同學了，為什麼之前在法國的時候還要害我？」夏恩星越想越生氣。

黑田毓方冷笑了笑，「呵……你說我害你？證據呢？想要誣陷人家也要有證據才行啊。」

「就算沒證據我也可以確定，那就是你做的。你把我叫去那個房間，結果你根本就不在那裡。害我差一點死在火場裡！」夏恩星激動的說。

她無法接受黑田毓方還在那邊裝傻，自己做的事也不敢承認。

「毓方。」

夏恩星看到一個身材高挑，穿著酒紅色西裝的男人走了過來。

「哥——你跟客人們打完招呼啦。」黑田毓方攬住男人的手臂。

男人看到夏恩星後對她伸出手，「這位小姐，很高興你出席我們黑田企業舉辦的宴會，不知道小姐芳名。」

夏恩星禮貌性的回握住他的手，「您好，我叫夏恩星。」之後便立刻放開他的手。

「我是黑田瑾倉，看來你跟我妹妹毓方關係不錯呢。」黑田瑾倉從剛才為止臉上都帶著笑容。

夏恩星一點也不想跟他多談，因為他也是黑田家的人，是黑田毓方的哥哥，所以她很擔心這個男人也會做出對她不利的行為。

不過，這樣看起來黑田瑾倉好像還算是個好人，但是還是需要多觀察。

黑田毓方看到自家哥哥對著夏恩星笑得如此開心，她的心情頓時變得很不開心。

「哥，夏恩星跟我是同學，我們都在亞紗曼學院跳舞。但也不知道怎麼搞的，人長得普普通通，也沒比我漂亮，可是指導員跟總監都很喜歡她。」黑田毓方不悅地看著夏恩星，「你說……她是不是私底下進行什麼骯髒的交易，才可以得到高層們的喜歡啊。」

夏恩星實在是忍不下去了，直接翻了她一個大白眼。

到底為什麼會有一個人可以毫不心虛地說出詆毀她的言論，她哥哥也在她身邊耶。

有必要如此羞辱她嗎？況且她根本就沒做什麼交易啊！

「毓方。」黑田瑾倉嚴肅地看著他的妹妹，「跟夏小姐道歉。」

黑田毓方驚訝地看著黑田瑾倉，「哥！你竟然叫我跟她道歉？我為什麼要道歉啊，說不定我說的就是事實啊！哥，你不要多管閒事啦。」

黑田瑾倉的臉色沉了下來，「你不道歉是嗎？」他將手搭在她的肩膀，然後重重把她壓下，使她跪在地上。

「立刻向夏小姐道歉。」

夏恩星看到這一幕也不知道該怎麼反應，「黑田先生，其實不必這樣啦。黑田小姐她雖然說話帶刺，但是我不在意的。」

「就是啊！夏恩星她本人都不在意了為什麼我還要對她道歉？不，她本人不在意，可能就是因為她真的有進行過骯髒的交易。」黑田毓方大聲的說。

黑田瑾倉狠狠瞪了跪在地上的黑田毓方，「我們黑田家絕對容不得說話骯髒的人，尤其你還在我面前汙衊了夏小姐，這一點我絕對不能接受。」

黑田毓方原先的氣勢全然消失，對於自家哥哥的恐怖之處她還是知道的。

她看著面無表情的夏恩星，語氣隨便的說：「對不起啦。」

「嗯。希望黑田小姐，下次說話前能夠再多想一下。」夏恩星說完話後，看了一眼黑田瑾倉，向他點頭示意後便走遠了。

黑田瑾倉若有所思地看著夏恩星的背影，臉上的笑容再次浮現。

「哥！你為什麼要讓我在眾人面前出糗？我不是你妹妹嗎？你怎麼能夠包庇一個外人？」黑田毓方生氣的說。

她怎麼也想不到。黑田瑾倉不但沒有幫助自己，反而還叫她跟夏恩星道歉！

她怎麼樣也嚥不下這口氣。

黑田瑾倉沒有理會她，臉上的笑容也已消失。

他直接離開黑田毓方的身邊，留下她獨自一人跪在地上。

「哥！」無論黑田毓方怎麼喊都沒有用。

✦

「夏小姐，請等一下。」黑田瑾倉追上夏恩星。

夏恩星停下腳步，向後轉，面對他。

「請問黑田先生還有什麼事嗎？」夏恩星平淡的問。

雖然剛才他對黑田毓方的態度讓她對他的評價稍稍拉高，但還是不改他是黑田毓方哥哥這件事。

簡單來說，只要是黑田家的人她都不喜歡。說話也不用太客氣。

黑田瑾倉向她遞出一張名片，「夏小姐，我很欣賞你的個性，不知道有沒有這個榮幸和你交個朋友呢？」

看著一直伸向她的手，夏恩星接下了他的名片，「我這個小小的平民能夠被黑田先生欣賞才是我的榮幸。至於交朋友嘛，很抱歉，我不是一個喜歡隨便交朋友的人。我的交友定義是，朋友不用多，剛好就夠了。」

黑田瑾倉第一次被人拒絕。

黑田企業事業如此龐大，想要與他們拉攏關係的人一堆。每個人都希望可以與黑田企業合作甚至達到友好。

這也是他首次主動搭訕女人，因為他覺得她很特別，從他第一眼看到她就知道這個女人很不簡單。

但，他卻被夏恩星拒絕了。

「夏小姐，如果跟我當朋友的話，我可以……」

黑田瑾倉的話還沒說完夏恩星就轉過身頭也不回的走了。

她覺得再繼續聽下去也沒任何意義，因為她絕對不會跟黑田家的人來往。

即使那個人好像比較有禮貌也是如此。

只要討厭一個黑田家的人，就會全部討厭。

夏恩星選擇直接回家。

與其待在宴會，還不如趕緊回到小套房，順便賭賭運氣看寒凜會不會在家。

她敲了敲寒凜套房的門，不久，寒非就來開門了。

「夏恩星你怎麼又來啦！」

「難道我不可以來找凜嗎？我倒想問問你什麼時候要走呢。」夏恩星雙手抱胸前看著寒非。

寒非也學著夏恩星的動作，「切，我什麼時候要走關你什麼事啊。只要凜沒有趕我走的一天我就不會離開這裡一步。我看你才……凜，你做什麼啊！放我下來！」

寒凜領著寒非後方的衣領，然後把他像領著小狗一樣把他帶下樓，之後又若無其事地走上階梯，還順勢把夏恩星摟進懷裡一起進到套房內。

至於寒非呢，他被寒凜打暈後倒在樓梯。

這算是寒凜的報仇成功了吧！會記仇的男人真恐怖。

回到小套房內，寒凜摟著夏恩星進到套房後他們來到客廳的沙發坐了下來。

「想喝什麼？」寒凜淡淡地問。

夏恩星沒有多想，直接說：「我喝白開水就好。」

寒凜沒有說話直接走進廚房倒了一杯白開水後又回到客廳。

她接過杯子後先喝了一口水。

「凜，你最近看起來很忙，是不是工作的事？你又要離開了嗎？」夏恩星緊張的問。

兩個人才都表明各自的心意不久，難道又要分開了嗎？

寒凜摸了摸她的頭，「沒有那麼快離開。只是有點事要處理，怎麼？這幾天沒空陪你，寂寞了？」

夏恩星老實的點點頭，「嗯，真的覺得很孤單。」

她不必對寒凜說謊，因為她就是想讓他知道她很想見他，她想要多一點兩人相處的時間。

寒凜握住夏恩星的手，「抱歉，讓你孤單了。」

聽到寒凜道歉夏恩星急忙說：「不會不會，你在忙工作的事，我本來就不應該打擾你的。而且就算我寂寞，我現在也見到你啦！」

她最喜歡寒凜了，她也覺得寒凜是這個世界上最好的男人。

而夏爸爸是排第二順位。

今天認識的黑田瑾倉，她覺得這個人給她一種說不上來的感覺。

其實跟寒凜也有些相似，但寒凜帶給她的是溫暖，而黑田瑾倉則是帶給她神祕感。

「夏恩星，怎麼了？為什麼突然不說話？」寒凜搖了搖她的肩。

夏恩星這才回過神，剛才想事情想得太認真了都忘記寒凜還在她身邊。

「沒事，只是想到今天去參加宴會時遇到的人而已。」夏恩星想要簡單帶過這個話題。

「你遇到誰？」寒凜的臉變得很正經。

夏恩星沒有發現寒凜臉色的變化，她說：「呃……我遇到了黑田家的公子黑田瑾倉。他不知道為什麼特別想要纏著我，還說很欣賞我想跟我交朋友。」

寒凜的臉色越來越凝重。

遲鈍的夏恩星還是沒有發覺，「他人長的挺好看的，但是沒有你帥。身高跟你差不多，他給人的氣質也跟你有些相似。不過你是溫暖的，但他就讓我覺得怕怕的。還有……」

「說完了嗎？」寒凜打斷她說話。

「咦？」夏恩星這才發現寒凜的臉色很難看。

「完蛋了，凜生氣了啦！」夏恩星開始在心裡默默禱告。希望寒凜沒有生氣。

寒凜沒有生氣，但是他嫉妒了！

一個男人最忌諱的就是喜歡的女人在他的面前談到其他男人。

寒凜是最近才發現，自己對夏恩星有很強烈的佔有慾。

至於什麼是佔有慾呢？這也是他最近才學會的名詞，是寒非教他的。

寒非說，所謂的佔有慾就是你會想要獨自擁有她，想要永遠和她待在一起，不想要和她分離。甚至如果有其他男人靠近她，你就會感到煩躁。

寒凜發現寒非說的現象在他身上都有出現！

有一種想法湧上心頭，他要讓夏恩星知道男人佔有慾強是怎麼一回事。

他抓住夏恩星的手腕，然後向前傾把她壓在沙發上。

從上往下看著夏恩星。

「現在是什麼情況啊！」夏恩星在心裡著急的吶喊。

為什麼寒凜要突然讓她躺在沙發上，重點是他們的臉怎麼越靠越近了！

「夏恩星。」寒凜低喚她的名字。

「有！」夏恩星立即回答。

寒凜放低姿勢，讓他們倆之間的距離更加靠近。

他的臉就在夏恩星的上方，夏恩星就像是被盯上的獵物一般，只能睜大眼睛看著寒凜。

「你喜歡我嗎？」寒凜問。

「喜歡。」夏恩星點了頭。

「你是我的女人嗎？」

這一個問題使夏恩星的臉已經全然泛紅。

夏恩星拚命的點頭，「嗯。」

聽到滿意回覆的寒凜，他臉上出現了夏恩星從未看過的大大的笑容。

「好想拍照下來喔。」夏恩星很想要拍下這經典的一瞬間。

「不用拍照，因為我會讓你永生難忘。」

寒凜說完後直接奪過夏恩星的唇。

他不再像上次那般緩慢探索著，這一次他直接長驅直入，讓使夏恩星招架不住。

兩個人忘我的親吻著，忘記了兩人之間身分的差異。

舌與舌互相纏繞著，寒凜鬆開夏恩星的手，他的手慢慢從下往上將夏恩星的衣服微微撩起。

但就在此時，他們的上方有一雙眼睛一直盯著他們。

「咳咳……不好意思打擾二位的甜蜜時光。」

寒凜聽到聲音後馬上離開夏恩星，夏恩星也慌張的拉好自己的衣服。
剛才出聲的人正是寒非。
他怎麼知道醒來後，沒地方去的他也只能回到寒凜的家，可是他敲了敲門也沒人來開門。
情急之下，他只好自行解鎖囉。
但，沒想到進到客廳看到的會是寒凜跟夏恩星在激情接吻的畫面。
寒凜現在臉色很不好，在與最愛的女人親熱的時候突然被打斷，真的會想要殺人。
寒非後知後覺，才發現寒凜的眼睛狠狠瞪著他。
「糟了……」寒非這才發現自己惹寒凜生氣了。
說到夏恩星，她則是紅著臉匆忙跑進寒凜的房間。
她知道客廳內將會有一場戰爭，所以就提早跑去避難了。

✦

在暗處，一個一身黑的男人背靠在牆上，戴著耳機，他的手機畫面顯示的是一個女人的照片。
「夏恩星……難怪夜剎會看上你。」男人自言自語著。
接著他的背離開後面的牆壁，默默走到更黑暗的地方。
「蛤？你說什麼？凜，你說你要去約會！」寒非的嗓音忍不住提高。
這真是太神奇了，沒想到寒凜竟然要去約會！
「嗯。去約會。」寒凜平淡的說。

「你不怕被首領知道嗎？」寒非問。
畢竟寒御天仍不知道夏恩星沒有死這件事。
寒凜不是不怕，他當然很擔心事情曝光的那一天。
但是，就算被首領知道了又如何，他都會保護夏恩星的安危。
「凜，你到底為什麼會如此喜歡她？這個世界女人這麼多，你遇見過的美女也很多，但為什麼偏偏就是夏恩星？」寒非好奇的問。
寒凜也有想過同樣的問題，但是最後他得出一個結論——這就是命中注定。
他其實不相信命運，因為命運總愛捉弄人。
不管是成為殺手或是愛上夏恩星。
初次見到夏恩星就僅僅只是對上眼，他覺得她的眼中沒有任何負面的感情，很清澈，很漂亮。
原本以為一切都是錯覺，但在她有危險時他還是救了她。
「非，或許我現在還不是很懂感情這件事。靠著慢慢探索，找到方向。我想你未來有一天也會了解的。」寒凜淡淡的說。
寒非似懂非懂的看著寒凜，「好吧——既然你都這麼說了。我就慢慢等到愛情找上我的一天吧。」
「不過，你不是以前就有交往經驗了？」寒凜問。
他記得沒錯的話，寒非好像女人緣蠻好的，他也有交過幾個女朋友才對。
寒非尷尬的笑了笑，「嘿嘿……是沒錯啦，但最後還是都分了。」
「為什麼會分手？」寒凜緊接著問。
「這個……一言難盡啊！反正就是不適合就分了。而且還要瞞著首領很麻煩耶！」寒非不耐煩的說。

寒凜明白他的感受了，但是他發誓絕對不會讓寒御天發現，而且他想要跟夏恩星永遠在一起，不想跟她分開。

寒凜不再與寒非交談，他看了時間，發現與夏恩星約定的時間快要到了。

他急忙到更衣室挑選衣服，然後就準備出門。

「凜，我可以跟著去嗎？」寒非小聲的問。

「不行！」

他還記得之前他跟夏恩星相處氣氛絕佳時是寒非打擾他們的。

這一次他絕對不可以讓寒非干擾他的首次約會。

「拜託啦，我不會干擾你們的。」寒非苦苦哀求他。

寒凜看了他一眼，冷冷的說：「你敢干擾試試看，我會直接讓你滾回鴞。」

接著寒凜就直接走到門口將門打開。

一開門就看到夏恩星站在門口。

「凜，早安啊。」夏恩星笑著說。

寒凜走向她，「早安。」

即使兩個人在一起了，寒凜的情緒起伏還是很少。

總是冷漠的樣子，但其實卻很在意她。

夏恩星就是知道這一點，所以對於寒凜說話很冷淡也不會有任何怨言。

反倒是稱呼這一點她還比較在意。

直到現在寒凜都是稱呼她三個字，什麼時候可以來個更親密的叫法呢？

「不好意思，我也在這裡喔。」寒非弱弱的發出聲音。

「他執意要跟著，我拿他沒轍。」寒凜無奈的說。

夏恩星搖了搖頭，「沒關係，我這邊也還有一個人要跟著，我也很抱歉。」

「那我們就扯平了。」寒凜牽起夏恩星的手。

夏恩星緊緊回握住，「嗯！扯平了。」

在後方的寒非默默戴上墨鏡，前方的光芒太閃耀，他再不保護一下眼睛可能真的會瞎掉……

接著，手在半空中揮來揮去，企圖揮走那些粉紅愛心。

三個人先來到一間咖啡廳，等待最後一個人出現。

「恩星——」

夏恩星聽到聲音就知道人來了。

「艾妲琳，你好慢喔。」夏恩星與艾妲琳緊抱在一起。

抱完後艾妲琳就先對寒凜打聲招呼，「帥哥你好啊，我是恩星的好朋友，我叫艾妲琳。」

「寒凜。」寒凜簡單的說。

然後艾妲琳的視線又飄向寒凜身邊的寒非。

「怎麼是你！」艾妲琳和寒非異口同聲的說。

夏恩星一頭霧水，他們倆怎麼會認識？

寒凜也是疑惑的看著寒非，他怎麼都不知道寒非有見過夏恩星的朋友。

艾妲琳生氣的說：「恩星，你還記得有一天你叫我幫你請假嗎？」

「記得啊。那一天講到最後你不是說你有事在忙嗎？」夏恩星說。

艾妲琳指著寒非，「那一天我買好早餐，然後就接到你的電話，講到一半這個男人竟然就撞到我，害我的奶茶都打翻了。結果他竟然只說『下次注意一點』然後就走掉了。」

夏恩星恍然大悟，原來艾妲琳跟寒非這麼早就見過面了。

寒凜也才知道，寒非這麼早就跑來S國了。

「不是啊，我那時候趕著要去某個地方。而且明明是你邊走邊講電話才會打翻的，別沒事扯到我好嗎？」寒非不服氣的說。

「切，我聽你在胡說八道。你敢說你那一天沒有低頭看手機嗎？你分明就是想要推卸責任。」艾妲琳也毫不示弱。

夏恩星跟寒凜互看一眼，趁亂偷溜出去。

留下在咖啡廳裡面鬥嘴的艾妲琳和寒非。

「呼——終於可以過兩人世界了！」夏恩星忍不住歡呼出聲。

寒凜寵溺的摸了摸她的頭，「我們走吧！」很自然的牽起她的手。

夏恩星滿臉笑容，「嗯，走吧！」

因為寒凜對於約會的地點沒有特別研究過，所以這次的地點都是夏恩星安排的。

為此夏恩星前幾天可是熬夜到凌晨才去睡覺。

夏恩星其實也不太會安排這種行程，看了網路上推薦的地點都覺得太老套了。

她想了又想，最後腦袋一閃而過一個地點，那就是溜冰館囉。

她對於自己的溜冰技術也是挺有自信的，平衡感沒問題，重點是以前指導她的人，也就是夏爸爸非常擅長溜冰。
聽說夏爸爸向夏媽媽求婚時的地點也是選在溜冰館呢！
夏恩星帶著寒凜來到附近百貨公司內的溜冰館。
「凜，你會溜冰嗎？」夏恩星遞給他一雙溜冰鞋。
寒凜毫不猶豫的點頭，「有學過。」
寒凜接過溜冰鞋，馬上換上。
等到夏恩星也準備好後，兩個人就站上了溜冰場。
不過夏恩星其實也很久沒有溜冰了，站在上頭身體搖搖晃晃的，一旁的寒凜很是擔心。
「別擔心，我可以的。」夏恩星給了他安心的眼神。
但當她一溜出去，身體就突然向後倒。
她以為自己會撞到地面，但是她卻是落入一個溫暖的懷抱。
「真的不能不擔心呢。」寒凜將她公主抱抱著。
夏恩星低聲的說：「我又被你救了呢！」
寒凜抱著她溜到邊緣手可以撐住的地方，然後將她放了下來。
「凜，謝謝你。」
夏恩星覺得自己越來越離不開寒凜了。
對寒凜而言又未嘗不是如此呢！
她盯著夏恩星的唇，直接親了上去。
夏恩星有小小的抵抗，因為他們可是在公共場所啊！

但是抵抗無效，寒凜反而還咬了她的唇一下，「別亂動，要不然後果你負責。」

「蛤？什麼後果？我怎麼覺得很恐怖……」夏恩星心想。

寒凜的舉動越來越大膽了，連在外頭親親他也做得出來！

請問原本冷冰冰的寒凜跑哪了？為什麼她覺得寒凜好像很愛對她使壞啊！這樣對嗎？

✦

在溜冰館待了兩個小時後，也到了午餐時間。

夏恩星早就事先預約了她心目中最想去的餐廳。

她很喜歡某部動漫，而這部動漫正好在S國有一個快閃餐廳。

她知道這個消息時，高興到簡直快要把屋子掀了，因為她真的太開心了！

趁著這次約會的機會，她就帶著寒凜一起來朝聖。

長長的隊伍，許多人都是要來這件咖啡廳朝聖，為了自己喜歡的角色。

夏恩星一看到咖啡廳的外觀佈置就已經激動不已。

「凜——你看你看，那是我最喜歡的角色。」夏恩星指著其中一個男性角色。

她激動的模樣寒凜看了心裡很不是滋味。

「夏恩星，看著我就夠了！」寒凜把夏恩星的頭轉過來看著他。

夏恩星不好意思地傻笑，「嘿嘿，凜，對不起啦。因為我實在是太期待來到這裡了，而且這還是我虛擬的偶像，不小心失控了。」

「虛擬偶像？那你真實的偶像呢？」寒凜是真的很想知道。

夏恩星伸出一隻手指，指向寒凜心臟的位置，「真實的偶像是你啦。」

寒凜一聽，頓時覺得心跳加速，心情愉悅。

嘴角上揚，看得出來他很開心。

「凜？」夏恩星抬起頭看著他。

但是她這一個舉動正好幫助寒凜更方便親吻她。

這一次寒凜只是蜻蜓點水般地輕點她的唇，他知道她不喜歡在大眾面前太招搖。

既然如此，那就回家後慢慢來吧。他很有耐心的。

終於進到餐廳內，夏恩星就算只是看著菜單口水也快要滴下來了。

不過不是因為菜色，而是因為菜單上的角色人物。

「你口水都要滴到菜單了。」寒凜拿了一張面紙遞給她。

夏恩星發現自己又看得太入迷了，趕緊確定自己要點什麼後就把菜單闔上。

寒凜發現就算是虛擬的角色人物還是要多加注意，因為這一餐吃下來夏恩星盯著她的虛擬偶像的時間竟然比盯著他還多。

不是說他是她的真實偶像嗎？為什麼不看著他呢？

吃完飯後寒凜一刻也不想多待。

夏恩星這才看到寒凜的臉色有多難看。

「慘了，我剛才不小心又對其他男生犯花癡了。」夏恩星很擔心寒凜生氣後就不理她了。

她跑到他的面前擋住他，「凜，你有想要去哪裡嗎？這一次讓你決定吧！」

「不用。你決定就好。」寒凜冷淡地說。

夏恩星一聽寒凜的語氣就知道他一定是生氣了。

「凜，對不起。我剛剛只顧看自己喜歡的虛擬偶像結果就冷落你了。你儘管說吧，你想去哪裡或者你想要我做什麼都可以。」夏恩星停頓了一下，「所以……你不要生氣了。」

夏恩星越說頭也越垂越低。

其實寒凜並沒有生氣，準確來說他不知道此時的心情該怎麼稱呼。

他對夏恩星有很強烈的佔有慾，所以看到夏恩星如此激動地看著其他男人，即使是虛擬的人物，他也感到心情煩躁。

「我沒有生氣，但我看到你用看著我的眼神看著其他的男人我就會心情不好。」寒凜坦白的說。

夏恩星緩慢的抬起頭，驚訝的看著寒凜，「凜，難道你……吃醋了？」

「吃醋？那是什麼？」寒凜的人生中出現新的詞彙。

夏恩星忍不住笑了出來，「噗，凜你一定是吃醋了啦。吃醋就是因為你嫉妒我看著我的偶像，所以你會莫名感到生氣。嘿嘿，原來凜也會吃醋啊！」

寒凜的臉微微泛紅，「怎……怎麼？我吃醋不行嗎？」

夏恩星覺得此時的寒凜真的是太可愛了，她學著寒凜之前對她做的，踮起腳尖，伸手摸了摸他的頭，

「我現在發現，凜你吃醋的樣子特別可愛。」

寒凜的臉頰微微泛紅，這還是他頭一次被女人說他可愛呢。

摸完頭後，夏恩星還在他的臉頰上親了一下。

寒凜摸著被夏恩星的唇碰過的臉頰，然後眼睛直盯著她的唇。

夏恩星發現他的視線，用手把她的嘴唇擋住，「不行。今天的餘額沒有了。」

被拒絕的寒凜臉上露出不滿的神情。
明明就是他的，為什麼不能親？
「好啦，凜你想好了嗎？接下來我們去哪裡呢？」夏恩星問。
寒凜想了想，他的眼神掃到一臺奇怪的機器。
「那個是什麼？」他指著那臺機器。
「那個是拍照機啊。對了！機會難得我們去拍照作紀念吧。」夏恩星說完牽起寒凜的手走向拍照機。
來到機臺旁，寒凜開始打量這臺機器。
嗯，這是一臺可以拍照的很大的機器。
嗯，有很多背景可以選擇。
嗯，是情侶間拍照的首選！
看到情侶拍照首選的寒凜心情也跟著激動了起來。
「凜，你想拍嗎？」夏恩星擔心寒凜會不喜歡這種相片所以就先問過他的意見。
沒想到寒凜比她更想嘗試，「想！因為是情侶首選。」
不只是因為他從未見過這種機器覺得很新奇，還因為是情侶首選，是跟夏恩星一起拍的，所以他當然要拍。
夏恩星倒是沒看過如此激動的寒凜，「拍個照你就這麼興奮啊。就讓你來選背景吧。」
他看著螢幕上顯示的背景選單，最後他選了一個動物的背景。
開始倒數了，兩個人趕緊看著鏡頭。
燈閃了一下，照片也馬上就洗出來了。

夏恩星拿過照片不禁笑了出來，「哈哈——凜你在照片裡是狗狗耶。真的好可愛喔。」
寒凜也湊了過來，看到照片中的自己也感到很不可思議，「這是我？」
夏恩星笑著點點頭，「是的，是凜沒錯喔。」
他怎麼也沒想到自己會有這樣的表情。
他笑得很燦爛，還可以看到不明顯的小酒窩。
「哇！凜有酒窩耶。」夏恩星像是找到珍寶般，眼睛發亮直盯著照片裡的寒凜。
「恩星也很可愛。」寒凜淡淡地說。
夏恩星突然看向他，「凜，你剛才叫我恩星嗎？能再叫一次嗎？」
寒凜轉身背對她，然後就跑了起來。
原來寒凜是要落跑，夏恩星急忙追了上去，「凜，你別跑啊。拜託，你再叫一次好不好啦！」
在夏恩星快要追上寒凜的時候，有一個人擋住了她的去路。
她一時剎車不及，直接撞進那個人的懷裡。
「啊——」夏恩星摸了摸自己的額頭。
剛才撞到額頭了，她覺得好痛喔。
因為這個人的胸膛撞起來很結實。
「夏小姐，你沒事吧？」
夏恩星覺得這個聲音好像有聽過，她抬起頭來看到這個人的臉後馬上跳開他的懷裡。
「黑田先生，您怎麼會在這個地方？」夏恩星問。
想也知道，像黑田瑾倉，黑田企業的接班人怎麼會莫名其妙出現在大街上。

黑田瑾倉只是笑而不語。

夏恩星覺得他看著自己的眼神很恐怖，她急忙想要跑開，但卻被他捉住手臂。

「夏小姐先別急著走，我還有事想跟你聊聊呢。」

夏恩星使盡全力想要掙脫他，「不，我跟你們黑田家的沒什麼好談的。請你鬆手！」

就算夏恩星這麼說他也沒有要鬆開的意思。

「給我放開她！」

突然有一道聲音從黑田瑾倉的背後傳了過來。

第六章：危險逼近

寒凜的手搭在黑田瑾倉的肩膀上，手上的力道不斷加重。

「凜！」夏恩星看到寒凜忍不住叫了出來。

「我叫你放開她你聽不懂嗎？」寒凜憤怒的說。

黑田瑾倉這才鬆開夏恩星的手臂。

夏恩星立刻來到寒凜的身後，「凜，謝謝你。」

「嗯。」寒凜沒有回頭看她，因為他的視線直直盯著黑田瑾倉。

黑田瑾倉動了動肩膀，「呼——這位先生，你下手也太重了些。」

寒凜沒有回話，他在黑田瑾倉的身上感覺到那日在義大利比較慢來的男人的氣息。

「夏小姐，你的友人不知道為什麼從剛才就一直盯著我看。難道我的臉上沾上什麼髒東西嗎？」黑田瑾倉一派輕鬆的說。

「你是誰？」寒凜冷冷的問。

黑田瑾倉的臉上帶著不明的笑容，「我是黑田瑾倉，黑田企業的長子。敢問這位先生如何稱呼？」

「寒凜。」他還是緊盯著黑田瑾倉。

「黑田先生，如果沒有事情的話我們就先走了。」夏恩星不想繼續待在這裡，因為這裡有黑田瑾倉。

寒凜摟著夏恩星的腰就要離開這裡。

「慢著。夏小姐，上次提及是否能和你交朋友這件事，不知道你考慮的如何呢？」黑田瑾倉問。

「抱歉，我的答覆還是拒絕。」夏恩星平淡的說。

之後他們倆就走遠了。

黑田瑾倉臉上的笑容已不復存在，取而代之的是凶狠的面貌。

不久他也悄悄離開了原地，走到陰暗的角落。

夏恩星的心情完全受到了影響。

她不明白為什麼黑田瑾倉對她會有莫名的堅持，為什麼一再地想要接近她？

她不喜歡這樣。無論是他身上的氣息，或是他說話的態度，她都不喜歡。

而且她又不缺朋友，就算要找朋友，也不會找他。

沒有為什麼，因為朋友之間的感情是無法用金錢衡量的。真正的朋友需要長時間的相處，培養感情，那才叫朋友。

「接下來要去哪？」寒凜問。

他開始懷疑剛才那個黑田瑾倉是否跟黑獄幫有所關聯。

而黑田瑾倉不知為何，竟如此執意要跟夏恩星成為朋友這一點他也覺得很有問題。

他只能盡可能的將夏恩星留在自己身邊。

「凜你想去哪我們就去哪。」夏恩星已經想不到可以去哪了，只好把選擇權丟給寒凜囉。

寒凜看著她，說：「我想看你跳舞。」

「看我跳舞啊。不知道學院可不可以用呢。」夏恩星仔細思考了一下。

「我知道有一個地方可以去。」寒凜說。

「在哪裡啊？」夏恩星好奇的問。

據她所知道的地方就只有學院了，寒凜說他知道哪裡可以去，到底會是哪裡呢？

寒凜帶著她來到一棟大樓，大樓的保全一看到寒凜就自動放行。

這讓夏恩星更加疑惑了。

「為什麼凜可以自由進去這一棟大樓呢？該不會這是他家的大樓？」夏恩星心想。

寒凜像是早猜到夏恩星會問什麼問題，他提前解開她的疑惑，「這不是我家的，但這裡的老闆我認識。」

夏恩星點了點頭，「原來如此。但是凜為什麼會認識這裡的老闆呢？」

「工作認識的。」

寒凜曾經和這裡的老闆談過一場交易，絕對不是什麼見不得人的事，算是生意上的往來。

像他們這種特殊行業是黑白通吃，多一點關係也比較好做事。

在鴞裡面最常談交易的人就是寒凜，所以他的人脈自然較多。

有人帶著他們來到會客室，在裡面待了一會兒後有一個身材微胖的男人走了進來。

「寒凜先生，沒想到您今天竟然會來拜訪我們公司，這真是我們的榮幸。」男人高興的說。

「我記得你們這裡有舞蹈練習室對吧，我想跟你借用一下。」寒凜平淡的說。

「當然可以，寒凜先生想要借用多久都行。我這就派人帶你們前往。」男人拿出手機，吩咐完後就先告退了。

沒多久就有一個女人來幫他們帶路。

他們來到一間舞蹈練習室，夏恩星對於裡面的環境很滿意。
「這裡看起來保養得還不錯呢。而且鏡子也很乾淨。」夏恩星在裡頭來回走動著。
「許多瑜伽課程好像都辦在這裡，又因為這裡有高級的設備，主要的客群也是名流貴婦。所以場地都有時間固定保養。」寒凜把他知道的全說出口。
夏恩星很好奇寒凜知道的原因，「凜你為什麼知道的這麼清楚啊？」
寒凜抓了抓頭，「嗯……因為以前有在這裡工作一段時間。」
「蛤！凜你在這裡工作？」夏恩星驚訝的問。
「是工作需求，有點像保鑣那樣。」
有一次寒御天派給他一個任務，就是要擔任某位貴婦的保鑣。
而那段時間貴婦經常到這裡上瑜伽課程，所以寒凜才會對這裡如此熟悉。
「保鑣啊，那凜你也當我的保鑣好了。」夏恩星期待的看著寒凜。
「我當然會保護你，但我無法長時間待在你身邊。」寒凜走到她身邊手輕撫她的臉。
「無法長時間待在我身邊是什麼意思？為什麼不行？是因為工作嗎？」
寒凜點點頭，「我的工作比較特別。」
夏恩星心裡有些失望，她其實希望寒凜可以告訴她有關他的工作，還有他的家人。
明明都已經交往了，但是寒凜還是絕口不提。
不過……既然他不說就不說吧！
重點是她要珍惜跟寒凜相處的時間。
「不談這個了，你不是要看我跳舞嗎？我去準備一下。」夏恩星說完就走到大鏡子前。

她把包包放下，從裡頭拿出一雙舞鞋。

寒凜沒想到她就連出門也帶著舞鞋。

「嘿嘿，我原本今天就想要跳一首舞給你看的，所以就有先準備囉。」夏恩星笑了笑。

寒凜面無表情的看著她，看著她換上舞鞋，把手機交給他，

「等等我站定位後幫我按下去。」然後她站到韻律教室最中央。

音樂響起，夏恩星也開始有了動作。

雙手慢慢向上伸展，然後迅速將手放下。

踮起腳尖，然後接著一個轉圈，落地時幾乎沒有聲音。

寒凜在一旁看著她，他目不轉睛的欣賞她的舞姿。

然後他苦笑了笑。

他再次認清他們之間的差異，他是殺手而她是舞者。

他基本上都是生活在黑暗處，而她總是出現在光明處，帶給他人歡樂。

他很怕夏恩星知道自己是個殺手還曾經想要殺了她後會離開他。但是他已經離不開她了。

他已經感受到夏恩星帶給他的溫暖，他內心的黑暗已逐漸被光線照亮，這全都是因為夏恩星。

一曲畢，夏恩星擺出了結束的動作。

之後她把舉在空中的手放了下來，呼吸還有些急促。

「還好嗎？」寒凜從她的包包內找到一條毛巾披在她的肩上。

夏恩星用毛巾將汗水擦拭掉。

「你覺得我跳得如何呢？」夏恩星滿心期待地看著寒凜。

「很美。」寒凜的臉上帶著淡淡的笑容。

雖然只是簡短兩個字，但是夏恩星聽到寒凜稱讚她就已經很興奮了。

「那我下一次再跳給你看。」夏恩星激動的說。

寒凜輕輕點頭，「好，我等你。」

但……下一次這個約定卻是過了很久之後了。

✦

兩人的第一次約會結束後，寒凜和寒非便離開了S國。

鴞一年一度的組織會議就快到了，寒凜和寒非都必須出席。

寒凜沒有親自告訴夏恩星他要離開，而是寫了一封信塞進她的信箱內。

當夏恩星發現信封時，寒凜早就離開了。

她有一點生氣，但她也沒辦法去找寒凜，因為她根本無從找起。

信裡面寫著，他又要去工作了，何時回來無法準確告知。他叮嚀她要乖乖吃飯，然後也要認真練舞。

最後他附上了他的手機號碼。

夏恩星看到手機號碼後心情稍微好轉，至少她拿到了他的聯絡電話，這樣她就可以聯繫到他。

她立刻將號碼輸入，還設定了快播鍵，只要她按下「〇０」，就可以立即撥打電話給他。

夏恩星一如往常的來到亞紗曼學院，她正準備踏入韻律教室，就被人叫住。

「夏恩星，我能跟你聊一下嗎？」莫霏兒問。

「可以啊。」夏恩星沒有多想就答應了。

畢竟對方是自己的偶像，而且現在又是舞團指導員，她沒理由拒絕的。

兩個人來到位於韻律教室旁的休息室，進到休息室後莫霏兒就突然抓住夏恩星的手。

「恩星，你絕對不能做傻事。」

莫霏兒如此激動的對她說，但是夏恩星是有聽沒有懂，「莫老師，什麼做傻事啊？」

莫霏兒發現自己太激動了，她鬆開夏恩星的手，與她拉開一小段距離。

「抱歉。我想要問的是，你現在是不是在談戀愛？」

「誒？」莫霏兒怎麼會知道這件事？難道她談戀愛這件事已經被大家知道了？

不過對莫霏兒說實話應該不會有問題。

「嗯，我在談戀愛沒錯，還請老師幫我隱瞞，我不想被其他人知道。」夏恩星並不希望其他舞者知道。

「那你的男朋友職業是什麼？是學生還是已經開始工作了？」

莫霏兒緊迫盯人的樣子，讓夏恩星感到很不舒服。

「他已經開始工作了，但他的職業是什麼我真的不知道。莫老師，您問這麼多是想做什麼？您這樣我覺得很困擾。」夏恩星老實的將心裡的話說出口。

莫霏兒臉色發白，她慌張的說：「不，恩星，你要趕緊離開他，你不可以再跟他待在一起，這樣你會有危險的。」

夏恩星開始不耐煩了。

就算對方是她的偶像，難道就可以這樣干涉她談戀愛嗎？

她的臉色也沉了下來，「莫老師，我仰慕你尊敬你。我萬萬也沒想到你會干預我談戀愛，難道老師沒有喜歡一個人過嗎？」

「我怎麼會沒愛過，我就是因為太愛他了所以連自己的家人都賠上了！」莫霏兒說到最後幾乎是用吼的。

「連家人都賠上了？為什麼……」

「我一開始只是懷疑，因為你的身上帶著淡淡的，不屬於你這種純真女孩的氣質。但是，我幾次看到你的男朋友後，我就確定我的懷疑沒有錯。」莫霏兒再次拉起夏恩星的手，「你的男朋友是個殺手，你最好趕緊離開他。不然你的性命也會受到威脅的。」

夏恩星才不相信莫霏兒說的話，「就算我不知道他的職業是什麼，但是他絕對不是老師你說的殺手。沒別的事的話我先去練習了。」

夏恩星掙脫開她的手，逕自走出休息室。

就算寒凜尚未告訴她他的工作內容，但是她始終相信寒凜，相信寒凜絕對不是殺手這件事。不，就算是又如何。她喜歡的人就是寒凜，這是不變的事實。

在鴞的根據地這一邊，寒凜和寒非已經回到鴞。

「二位少爺好久不見了。」

他們一回來，馬上就有一個穿著黑色西裝的男人上前打招呼。

「徐叔好久不見。看來這幾年淡出這個圈子過得還不賴嘛。」寒非輕鬆的與他寒暄。

寒非口中的徐叔，本名徐意。

以前跟在前任首領身邊，待在鴞已經有二十幾年了。

在寒御天接管鴞的時候他宣布暫時隱退，而這次鴞的組織會議他又再次出現。

徐意看向寒凜，「凜，這幾年我一直有聽到你的好消息。表現的很好，看來御天當初真沒有看錯人。」
「謝謝徐叔的稱讚。凜也只是依照指令行事。」寒凜平淡的回答。
徐意拍了拍寒凜的肩膀，對寒凜更加喜歡。
「徐叔！」
寒御天走了過來，高興的抱住徐意。
徐意也回抱住他，「御天，最近鴞的活躍都是你造就的，不枉費前任首領如此用心栽培你。」
寒御天客氣的說：「徐叔言重了，御天一心一意為組織付出，至於活躍也是從前任就不斷累積的，御天的功勞完全比不上徐叔和前輩們呢。」
徐意自滿的笑了笑，「小伙子現在越來越會說話了。」
接著，前來參加會議的人都進到會議室內，寒凜和寒非各自站在寒御天的兩旁。
而寒御天坐在主位上，一旁出席的人員皆是殺手界的菁英。
「各位鴞的成員們，很感謝你們蒞臨今年的組織會議。我們鴞在整個殺手界已經占有舉足輕重的地位，不過，我們的死對頭——黑嶽幫，近期也動作頻頻，大量採購武器，這對我們而言是一大威脅。我們這一次的會議就是要討論如何解決這個問題。」
寒御天翹著腳靠著椅背環視在場的人。
在場的成員們展開熱議，寒凜的腦海中則浮現出「玉堇」二字。
以前從沒出現過的名字，在近期卻時常出現在殺手界。
正當大家討論的正起勁時，有一個人匆匆忙忙的跑進會議室，將手機遞給寒御天。
寒御天看到手機畫面後整個人臉色都變了。

「寒凜。」寒御天周遭的氣場變得凝重。
寒凜感受到了強烈的壓迫感。
「我之前派給你的任務不是完美達成了嗎？」寒御天冷冷的說。
「您派給我的任務皆有達成。」寒凜回答。
寒御天默不作聲，把手機畫面轉向寒凜。「這是你所謂的達成？」
寒凜看到畫面，睜大眼睛，原先鎮定的臉現在竟顯得慌張。
畫面上夏恩星閉著眼，臉色發白的倒在床上。
雙手被反綁著了，雙腳也被粗繩綑綁住。
「寒凜的女人在我們手上，如果想要救她，就按照我們傳的地址、時間到達。若有遲到或是沒來的情況，這個女人就會永遠消失在這個世上。」
寒凜心中的怒火早在看到夏恩星臉色發白躺在床上起就已熊熊燃燒。
他恨不得現在就趕到她的身邊將她帶離危險，但是他現在想走也走不了。
「凜，老實回答我。為什麼你明明就沒有殺了那個女人你卻欺騙我？我跟你說過了，女人會左右你的思考，影響你的思慮，但看來你完全都沒有聽進去。」寒御天狠狠瞪著他。
寒凜沒有因為他的眼神而害怕，因為他現在根本顧不得首領的責備。
心像是絞在一塊似的，呼吸急促，像是隨時會窒息一般。
「首領，請允許我……」
「不准！無論如何你就是要好好給我待在這裡，你一步也不能踏出這個會議室。」寒御天頓了一下，
「至於那個女人，她早該死了，我們不用去干涉這件事。」

寒凜無法接受這個說法，夏恩星根本就不該死，她甚至不應該成為鴞跟黑獄幫之間的犧牲品。以他一己之力絕對有辦法把夏恩星從黑獄幫手裡救回，但眼下最困難的是要如何離開這裡。

他發誓過絕對會保護夏恩星的，而如今，他還是讓她陷入危險當中。

✦

時間回到稍早之前。

夏恩星離開休息室後，準備回到韻律教室繼續練舞，但卻有人擋住她的去路。

「你跟莫老師在談什麼？」擋住她去路的人正是黑田毓方。

夏恩星才懶得理會她，想要直接繞過她，但是黑田毓方卻伸手攔住她。

「我有說你可以走嗎？你還沒回答我的問題。」

夏恩星不耐煩的打掉她的手，「你真的是大小姐脾氣耶。我跟莫老師談話的內容有必要告訴你嗎？我們又不是在講你壞話，你大可放心。」

黑田毓方仍不放棄，「就算不是說我壞話，那應該就是在討論下一次演出的角色吧！你又在動什麼歪腦筋了，對吧。」

夏恩星真的不懂黑田毓方的思考模式到底是哪裡出了問題。

為什麼她總是胡思亂想，而且還總愛針對她。

她不想再繼續說下去了，既然這條路行不通，那就從別的地方走吧。

她轉過身，剛踏出第一步後頸處被人用力一打，她努力讓自己不要倒下，但是對方卻從她的後方用東西摀住她的口鼻。

她的意識開始恍惚，眼皮越來越沉，昏了過去……

有一個黑衣人將昏迷的夏恩星扛在肩上，「小姐，怎麼處理。」

黑田毓方的臉上帶著笑容，「帶回組織，然後傳訊息告訴哥哥，叫他也要到場。」

「是，明白了。」黑衣人說完後就迅速離開。

黑田毓方張望了四周，確認沒有人後也趕緊離開。

牆上的攝影機早已被她動過手腳，不可能會有人看到剛才發生的一切。

一切，正如她的計畫進行中。

「什麼！你說小姐綁了一個人回來！」黑田瑾倉憤怒的拍打桌子。

他不用想也知道黑田毓方帶回來的人是誰。

他怒氣沖沖的跑進一個小房間內，一開門就看到黑田毓方站在床的右側，床上的女人被雙手反綁著，臉雙腳也被綑綁住了。

「黑田毓方！你為什麼要如此執迷不悟！」黑田瑾倉朝著她大吼。

黑田毓方被他這麼一吼覺得自己被羞辱，「哥！我做什麼事我自己會負責，你完全不用管我。」

「我不管你？如果我不管你你連人都要殺了！」黑田瑾倉覺得她已經不再是以前的黑田毓方了。

黑田毓方只是冷笑，指著床上的夏恩星，「她的男人不是我們組織的死對頭嗎？難道我們不能用她把那個男人叫出來然後把他解決掉？」

黑田瑾倉搖了搖頭，「就算沒有她我們也可以把夜剎解決，你現在立刻將夏小姐放了。」

「我不要！」黑田毓方很堅持，「就算哥你不想動她，但是我就是討厭她。我這次一定不能再放過她！」

「毓方……」黑田瑾倉也拿她沒轍。

她畢竟是自己的妹妹，當哥哥的總會在心裡的某個角落偏心她。

至於夏恩星，他雖然對她有莫名心動的感覺。

但是，有時候該放手的也是要放手的。

他看向一直站在牆角的黑衣人，「拍照，傳給鴞的首領。」

黑田瑾倉說完後就離開了小房間。

夏恩星，對他而言就像是人生的過客。

悄悄萌芽，但也隨時都會枯萎。

原本以為她可以成為很好的利用工具，但，最後他卻下不了手。

小房間內黑衣人拍完照後就以匿名的方式寄給寒御天。

黑田毓方在一旁看著這一切，她笑容滿面的看著夏恩星，「這一次你絕對無法逃離這裡。」

「我要離開這裡。」寒凜眼神堅定的看著寒御天。

寒御天怎麼可能會讓他離開。

「凜，好好待在這裡。一切自然而然就會結束的。」寒御天平淡的說。

寒凜等不下去，想要直接突破，但是前方馬上就有一群人將他團團包圍。

他冷笑了笑，「哼，這一點人就能擋得了我？」

是小看他了？忘記他是誰了？

寒御天也起身走到他的面前，「凜，我相信你會做出正確的選擇的。」

「正確的選擇？什麼才是正確的我自己最清楚。」寒凜淡定的說。

時間一點一滴的過去了，拖得越久，對夏恩星來說只會越危險。

寒御天聽到寒凜的回答後，揮了揮手，圍著寒凜的人全都退去。

「後果你自己負責。你仍然可以繼續當個殺手，但你卻不再被我認同。我給了你機會，你卻執意要去救她，我讓你走。但你不要帶著悔恨回到這裡。」

「我會的。」寒凜說完就直接步出會議室。

寒御天看著他離開的背影忍不住嘆氣，「唉——該來的還是來了。」

徐意走了過來拍了拍他的肩膀，「你是不希望他發生像你之前一樣的情況吧。凜，他會回到組織的。」

寒御天沒有看著他，他仍看著那敞開的門，「但願如此。」

寒凜離開會議室後，快跑跑出了根據地。

他剛才收到黑獄幫傳來的訊息，約定的地點在義大利，他就算現在趕過去，起碼也要三小時。

「凜——」

寒凜轉過頭去，看到寒非也跟著出來。

「凜，坐直升機過去吧！」寒非說。

他覺得自己很奇怪，他知道不可以做出背叛組織的行為，但是他同時也覺得夏恩星不是一個該死的人。尤其跟她在一起後，他覺得寒凜的改變很多，越來越有人性了。

「非，你……」

寒凜疑惑的看著他。

「身為凜的好朋友我當然要幫你一把。況且……夏恩星她人是真的很好，我不希望她死掉。」

寒凜知道寒非也在無形之中對夏恩星有了情感，但那種情感是朋友之間的，他是真的把她當成朋友了。

「非，謝謝你。」寒凜誠懇的說。

寒非被寒凜這麼一說反而有點不好意思，「哎呦，不會啦。」

接著收起笑容，兩個人快速到達停機坪，那裡已經有人在待命了。

兩個人上了直升機，便朝著位在義大利黑嶽幫的根據地前進。

在直升機上，寒凜的心跳總是緩不下來，不好的預感一直繚繞在心頭。

他從口袋中拿出手機，手機殼的後面夾著一張照片。

那是他們倆第一次約會時拍下的照片。

他看著照片上笑容可掬的夏恩星，再想到剛才手機螢幕上臉色蒼白的她，心不禁緊緊揪在一塊。

「她會沒事的，一定會沒事的。」他只能不斷在心中祈禱著。

縱使他從不相信神的存在，他也不相信祈禱是有用的，但這時候他也只能藉著祈禱撫平自己慌亂的心。

寒非將寒凜的舉動都看在眼裡。

他其實有點害怕，害怕寒凜會從此離開這個圈子，他也害怕此次拯救行動，他……會失去這位好朋友。

✦

身體很沉，還有點頭暈。

她想要伸展身體，但她發現自己的雙手還有腳都被綁住了，她完全無法自由活動。

「救命啊，外面有沒有人可以救我？」夏恩星使盡全力大喊。

「沒用的，不管你再怎麼喊都不會有人來救你。」

黑田毓方從角落走了過來。

夏恩星看到她就知道這一切都是黑田毓方在搞鬼。

「黑田毓方！你到底想要幹嘛？為什麼又要抓我，我明明跟你無冤無仇，你到底有什麼理由要一再針對我？」

黑田毓方開始大笑，「哈哈哈——你以為會有人來救你嗎？這裡的人全都是我的手下，他們怎麼可能會幫助你？」

夏恩星最後的希望也消失殆盡了。

她好不容易才跟寒凜發展成男女朋友的關係，如果都沒有人能夠救她，那她不就再也見不到寒凜了嗎？眼神空洞地躺在床上，淚水開始宣洩。

才剛知道什麼是愛，才終於遇到一個她愛的人以及愛她的人。難道這一切就只能如此短暫，無法長久維持下去？

「黑田毓方，難道你……沒有喜歡的人嗎？不對，像你這樣心狠手辣的人會有男人喜歡才奇怪呢。」

黑田毓方無所謂的說：「我有沒有喜歡的人不是你這個將死之人需要知道的。你說沒有男人喜歡我？呵，一堆人排隊等著要追求我呢。」

夏恩星忍不住笑了出來，「哈哈，有人會喜歡你這種女人啊。」接著她眼神兇狠的看著黑田毓方，「看來那些男人都是被蒙蔽了雙眼，要不就是物以類聚，同流合污之人。」

黑田毓方臉上的表情不再平靜，她氣沖沖的走到夏恩星的面前一巴掌甩在她的臉上。

「閉嘴！你現在的生死掌握在我手中，你就好好珍惜你最後的時間了，不要再給我說一些有的沒的。」

夏恩星的臉腫了起來，看得出黑田毓方用了多大的力氣。

但是，就算如此夏恩星還是不想放棄任何希望。

「黑田毓方，一定會有人來救我的。我的好朋友發現我失蹤，一定會報警處理。」夏恩星突然燃起一線希望，艾妲琳會發現她不見的。

黑田毓方伸出手指在她面前晃啊晃的，「不會有人來的，啊！我想到了，聽說你的男朋友要來救你呢。嗯……他所屬的組織好像跟我們家是死對頭呢。」

「你騙人！凜怎麼可能會來，他還有工作，他不會來的。」夏恩星不相信黑田毓方的話。

黑田毓方很嚴肅的看著她，「我說的可都是真的。你等一會兒就知道我有沒有說謊了。別這麼早否定我的話嘛。」

夏恩星她相信著寒凜，寒凜絕對不會出現在這裡，即使她希望寒凜來救她，帶她離開。

但……如果他真的如莫霏兒和黑田毓方說的，是個殺手，她應該有什麼反應？

她對戀人是什麼職業，家世背景如何真的沒有特別要求。

她的家人也都很開放，沒有嚴格限制她的男朋友要是個怎麼樣的人。

殺手對她而言是個陌生的詞彙，只會在言情小說才會出現的。

現實中她從來沒有見過殺手，尤其是職業殺手。

「凜。」夏恩星在心裡默默念著他的名字。

還在趕路的寒凜隱約感受到夏恩星的呼喚。

「非，還有多久？」寒凜壓抑著內心的著急，淡淡的問。

要是再不快點抵達目的地，他深怕夏恩星真的會遭遇不測。

寒非看了他們目前的位置，「再半小時就到了，也已經找到降落的地點。」

「嗯。」寒凜發出一個鼻音。

腦子裡全部都是拯救夏恩星的事。

剛才組織傳來一張黑嶽幫內部的透視圖，他已經詳細研究這個地圖許久。

但是夏恩星的所在位置還是不得而知。

「非，真的查不到夏恩星的位置嗎？」寒凜著急的問。

寒非搖了搖頭，「還沒有，明明之前有在夏恩星的手機裡安裝追蹤器，但是我還是查不到她的位置。」

寒凜的手微微顫抖著，這是他第一次出任務手會發抖。

不，是他會恐懼。深深的恐懼。

「凜，查到了！」寒非把手機拿給寒凜。

寒凜立即接過手機，看著畫面上的紅點位置，他馬上就辨認出她的所在地。

「還有多久？」

「不用十五分鐘就到了。」

寒凜開始著裝，黑色的外套及口罩，這一次無法使用狙擊槍，他便多攜帶幾把手槍。

子彈的填充袋帶了兩包，這一次對方人數占劣勢的情況之下，對他們來說，勢必是場硬仗。

很快的，他們來到了黑嶽幫根據地的停機坪。

在那裡寒凜看到了一個熟悉的身影。

「黑田瑾倉？他怎麼會在這裡？」寒凜這時還沒想到黑田瑾倉的真實身分。

黑田瑾倉看到寒凜逕自朝他走了過來，「呦——寒凜，沒想到我們這麼快就又碰面了。」

寒凜面無表情的看著他，「你怎麼在這裡？」

黑田瑾倉指著地面，「我為什麼會在這裡？這當然是因為黑嶽幫是我們黑田企業的地下組織。而我身為黑田企業的長子，在這裡出現不是天經地義的嗎？」

「你的身分是誰？」他知道黑田瑾倉絕非一個黑田企業長子的角色，他身上帶著的氣息是他無法忽視的。

黑田瑾倉像是沒有猜想到寒凜會這麼問，他頓了一下才接著說：「我的身分除了剛才說過的就沒有別的啦。」

「玉堇。是你對吧！」寒凜的眼神直盯著他，不放過他的一點小動作。

黑田瑾倉的臉確實抽蓄了一下，但之後又馬上恢復正常。

「玉堇？這個名字我怎麼可能會知道，你應該是記錯人了吧！」

「『義大利偏鄉的廢棄屋』，『我們鴞無法再繼續囂張下去』。還有多筆黑嶽幫的買賣交易裡面最近都有玉堇這個名字出現。」寒凜的眼神像是要看破他所隱瞞的一切，「你的氣息，以及你的小習慣。」

「小習慣？」黑田瑾倉不明白寒凜的意思。

「你總是在刻意壓抑情緒時眼神會不自覺的開始飄移。」

寒凜也是在無意間發現這個動作，所以他才可以猜到玉堇是誰。

黑田瑾倉笑了笑，「就因為這個你就可以判定我是玉堇？」

寒凜覺得再繼續拖下去情況只會更危急，他想要直接越過眼前的那群人，趕緊去救夏恩星。

但是黑田瑾倉仍然擋住他前進。

「你不能離開這裡。」黑田瑾倉的臉色變了。

變得冷血，讀不出他的情緒。
「我要救她。」寒凜簡潔俐落的說。
他要救她，即使會受傷，即使會……
黑田瑾倉看出他的決心，不過……為了黑嶽幫，他不可能會放過可以解決夜剎的機會。
黑田瑾倉緩緩的將手伸進口袋內，手慢慢抽離出來，一把手槍也跟著出現。
手槍舉起，槍口對準寒凜，「我再次申明，你不可能離開這裡。今天，你也沒辦法活著回去了。」
寒凜也拿出了手槍，上膛，隨時可以展開攻勢。
「玉堇，很高興見到你。」寒凜淡淡的說。
「彼此彼此，夜剎。」黑田瑾倉也平淡的回答他。

✦

寒凜與黑田瑾倉在停機坪對峙著。
「非，你先去救夏恩星，我等等就過去。」寒凜沒有轉頭，但他知道寒非聽得到他說的話。
寒非默默點頭，找到空檔趕緊溜進根據地內。
黑田瑾倉沒有去看離開的寒非，因為眼前的男人更具威脅性。
「夜剎，你可是殺手榜上的榜首，是傳奇性的存在，你什麼時候會因為女人亂了心思，會因為女人，打破你一直以來堅持的信念。」黑田瑾倉來回踱步。
寒凜也跟著繞著停機坪，「一開始看見你我就覺得你身上的氣息跟在義大利遇到的男人很相似。調查資料，發現了玉堇這個名字，但沒想到你真的是玉堇。」

「是啊，我是玉堇。前幾年都在國外的我最近才回到日本。我的父親黑田東彌不久前才把黑嶽幫交到我的手上。」黑田瑾倉迅速舉起槍朝著寒凜射過去。

寒凜輕鬆的躲過子彈，面無表情的看著他，「為什麼要抓走她？」

黑田瑾倉雙手舉高，「你誤會了，抓走夏小姐的不是我。」

砰——

一發子彈打在黑田瑾倉的腳邊。

黑田瑾倉不為所動，他的唇角勾起淡淡的微笑，「聽不進去了嗎？沒關係，你就帶著這個心情……」黑田瑾倉的臉再次變得兇狠，子彈一發又一發的射向寒凜。

寒凜也不是省油的燈，先是躲避所有子彈後，也朝著黑田瑾倉開了好幾發子彈。

他要趕緊解決掉黑田瑾倉，趕到夏恩星的身邊。

「心急可是會壞了大事。」黑田瑾倉朝著寒凜丟出一個黑色的東西。

寒凜沒有遲疑，瞬間閃過。

被黑田瑾倉拋出的黑色物品，落地時發出了刺眼的光芒，而且還傳來了爆破聲。

寒凜的猜測沒有錯誤，他早已猜到那小小的物品絕非簡單的玩意兒。

停機坪上沒有什麼躲避的地方，兩個人只能憑著自己的本能以及反射能力才有辦法避免受傷。

地面上是一顆顆彈殼，兩個人的臉上都有汗水，氣息都不太平穩。

已經僵持許久的兩人，手槍的子彈都不知已經填補了幾次。

寒凜摸了摸剩下的子彈，剩下十發左右，快要把子彈全都用盡。

寒凜拋棄手槍，拿出之前寒御天交給他的匕首。

「放棄手槍了是嗎？但就算如此我也不會給你任何機會。」黑田瑾倉又持續開槍。

在戰場上，可沒有閒工夫憐憫敵人，這只會讓你自己身陷危機。

寒凜不顧一切朝著黑田瑾倉奔去，有子彈從他的臉龐擦過，鮮血流了出來，但是他毫不在意。

這一點傷根本不算什麼，心痛的感受他才無法忽視。

他終於來到黑田瑾倉的面前，往他的肩膀刺了過去。

黑田瑾倉措手不及，被寒凜直接刺中。

血沿著手臂滴落在地上，他迅速拉開與寒凜的距離，捂著手臂，防止繼續出血。

面目猙獰的瞪著寒凜，「你竟然讓我受傷了！」

「這一點小傷根本就無法要你的命，你是在急什麼。」寒凜冷漠的說。

接著他再次朝著黑田瑾倉撲去，黑田瑾倉也放棄使用手槍，抽出腰間的小刀，展開反擊。

刀與刀的碰撞聲響徹雲霄，兩個人的手臂上都有刮傷的痕跡。

但這卻不影響兩個人決鬥的士氣。

突然跑出一個黑衣人，他往寒凜身上拋擲黑色的物品。

寒凜閃躲不及，黑色的物品在他的身上爆裂，他的腹部被燒傷，上頭有燒焦的疤痕。

黑田瑾倉的眉頭皺了一下，拿著槍直接對著黑衣人就是一槍。

「我這是被小看了嗎？還需要別人協助才能傷到夜剎？」黑田瑾倉望著此時站著的地面上滿是血跡的寒凜。

寒凜的眼神仍死盯著黑田瑾倉。

現在的情勢對他很不利，子彈快用完了，身上也受了傷。

或許這還是他第一次出任務搞得自己如此狼狽吧。

接著寒凜他笑了，他感受到了某種快感。

如果女人因遇到閨蜜而感到高興，此時此刻，他因為遇上了並駕齊驅的對手而感到興奮。

此時黑嶽幫內部，寒非手中拿著手機，盯著畫面上的透視圖，找尋著夏恩星所在的房間。

不過黑嶽幫當然不會輕易讓他突破，早在得知寒非闖入後，就趕緊在各個通道內設下埋伏，各式各樣的武器通通派上。

寒非身上只帶著兩把手槍，以及一包子彈。

他沒有因為身上武器的攻擊性不足而感到慌張，此時的他心裡激動不已。

因為這是他第一次出任務，他終於可以將他所學的技能一一使出。

他的心願就是可以成為像寒凜一樣的頂尖殺手。

一直以來他接受寒御天安排的訓練內容不斷的練習。

從口袋中找到一顆小手榴彈，這可是他自己做出來的。

從未在實戰使用過，但它的威力是他可以保證的。

前方的通道聚集許多黑衣人，手上的機關槍不停掃射。

寒非拔開手榴彈的插銷，往身體微微探出通道，往黑衣人的位置一丟。

因為寒非特製的手榴彈與市面上看到的外表有很大的落差，雖然他們急忙躲避，但是這顆手榴彈爆炸的時間點較早。

他們還沒來得及逃避之前手榴彈就已經引爆了。

巨大的聲響傳進了黑田毓方耳裡。

「來了嗎？」

黑田毓方看了身後的黑衣人一眼。

他馬上就明白她的意思，走到躺在床上的夏恩星身旁，把她整個人扛了起來。

「喂！你們要把我帶去哪裡？快放開我！」夏恩星努力掙扎，她用被綁住的雙手敲打黑衣人的背。

黑田毓方走了過去，將一塊布塞進她的口中，「你閉嘴就好，要帶你去哪是我的決定，你只要安靜的跟我們走。」

之後，還用黑色的布將夏恩星的眼睛蒙住。

夏恩星失去了視覺，但是聽力卻變得靈敏。

她讓自己的聽力擴大到極限，希望可以從中預測出路線。

聽到開門聲以及爆炸聲。

「現在情況到底是怎樣啊？」黑田毓方不耐煩的問。

黑衣人平淡的回答，「我方處於劣勢。對方的人雖然只有一個但是卻很機靈。至於少爺的部分，好像有受傷，但是目前與夜刹勢均力敵。」

黑田毓方的臉上掛著笑容，「我就知道哥哥很厲害，竟然可以跟夜刹打成平手。」

「夜刹？」夏恩星對這個名字感到疑惑。

還有，黑田毓方的哥哥，不就是黑田瑾倉嗎？

所以……他也是黑社會的人？

夏恩星其實還不太清楚周遭黑衣人以及黑田毓方口中的「黑嶽幫」到底是個什麼樣的存在。

因為不太清楚所以就以黑社會稱呼。

沒多久她被放了下來，坐著一個冰冷的物品上，她想那應該是椅子吧！但是她無法判定那到底是什麼。

突然，腳邊好像有東西在流動，鞋子有潮濕的現象。

「我說過我不會讓你輕易放過你的。」黑田毓方的聲音漸漸消失在耳邊。

夏恩星不安的感覺愈加明顯，不只是鞋子濕透，小腿也浸泡在水中。

她現在完全無法自己逃脫，但是周圍的水好像越來越多了。

想到父母，想到艾妲琳，想到了寒凜。

「他會來嗎？」

第七章：生與死

淹沒，窒息，溺斃。

夏恩星的腦海中不斷循環著這些詞彙。

死亡。身為人，都會畏懼死亡。

聽說在面臨死亡時，人生的跑馬燈會在眼前快速播映著。

她不想死，她還沒完成她的夢想，她還沒有好好對他說「我愛你」，她是不是沒有機會說出這句話了……

水已經淹沒了她的小腿，上升到大腿處。

夏恩星無助的閉上雙眼，眼皮微微顫抖，她沒有流淚，因為她知道哭了也沒用。

水上升的速度極快，很快就來到胸口的位置。

身上的衣物濕透，體溫快速下降。

原來死前腦內什麼想法都沒了，停止了思考，停止了思念。

水淹到了頭部，漸漸的整個人都泡在水中。

……世界安靜了。

黑田毓方在另一邊的房間看著夏恩星逐漸被水淹沒的畫面，臉上的笑容越發邪惡。

她對夏恩星就是有說不出的厭惡感，她的夢想也是想成為一名舞蹈家，但是她的運氣卻不如夏恩星的好。

她憤怒，她嫉妒。

明明她外貌以及家世兼備，為什麼她無法成為舞臺最閃耀的人物。為什麼她總是沒有出頭的機會。只要除掉夏恩星，她就可以成為亞紗曼學院最優秀的舞者。

正當黑田毓方以為自己的計畫已經得逞的時候，突然一聲巨響，夏恩星所處房間的門被炸開，水從房內溢出門外。

黑田毓方激動的從椅子上站了起來。

螢幕上一個男人等到水全部流出來後就衝進了小房間內。

「那個男人是誰？難道他就是夜剎嗎？」黑田毓方生氣的問。

「小姐，那個男人好像是鴞的首領的養子——寒非。查不到他出任務的資料，這好像是他首次參與任務。」黑衣人說。

黑田毓方氣到直跺腳，「我們黑嶽幫不是很厲害嗎？那個男人一個人就可以解決掉我們幾十人，真是一群廢物。」

她說完趕緊跑到門邊，她絕對不能讓夏恩星被帶走，她不允許這種事情發生。

寒非進到小房間內看到被綁在鐵椅上的夏恩星。

夏恩星低著頭，但是寒非仍可以看到她蒼白的臉。

他急忙替夏恩星鬆綁。

他搖晃著她的身體，「喂，夏恩星，醒醒啊，我跟凜來救你了。」

夏恩星的眼睛緊閉著，身體隨著寒非的搖晃而擺動。

寒非驚覺夏恩星的樣子不太對勁。
冰冷的手，蒼白到幾乎無血色的臉，身體也沒有因為呼吸而有起伏。
「夏恩星！你不能死，凜在外頭努力奮鬥著，你絕對不能有事。」寒非將他的外套脫下，套到夏恩星身上。
接著他將她從椅子上抱了下來，輕輕放在地上幫她進行急救。
手一下又一下的按壓著，進行到一半時寒非的腦袋旁架著一個東西。
「離開她的身邊，不然我現在就讓你躺在地上無法動彈。」
就算如此寒非的手還是沒有從夏恩星身上移開。
若是現在停止急救的話夏恩星可能真的無法救回了。
「叫你離開她身邊你聽不懂嗎？還是說你耳朵出了狀況要跟你比手語啊！」黑田毓方的手在寒非眼前晃來晃去。
寒非直接抓住她的手，緊緊握住。
「啊——很痛耶！快點放開我！」黑田毓方吃痛的發出哀號。
黑衣人看到自家小姐被欺負了，槍口指著夏恩星的頭，「放開我家小姐，否則這個女人的頭部會先被我開了一個洞。」
寒非也動作迅速的用另一隻手拿出一把手槍指著黑田毓方的腦袋，「我並不覺得你會比我還要快。要試試看嗎？」
黑衣人的動作瞬間僵住了。
即使為了任務也不能讓小姐受到一絲傷害。

兩邊都把槍放了下來，寒非則是繼續幫夏恩星進行急救。

他知道夏恩星對寒凜的重要性，所以他一定要讓夏恩星活下去。

黑田毓方很不服氣，「她都快死了為什麼還要拚命搶救她？不覺得毫無意義嗎？」

寒非才懶得理會她。

黑田毓方發現自己被忽視了，怒火更旺盛，她想要推開寒非，「這個女人應該跟你毫無關係，你直接放棄她就好了啊！你現在就走的話我就叫他們不要攻擊你，你這樣不是就能輕鬆到外頭了？」

「閉嘴，你這個醜女。」寒非冷冷地說。

「醜……醜女！你竟然罵我是醜女！」黑田毓方瞪大眼睛看著寒非。

要不是寒非沒空理她，不然他的白眼都可以翻到後腦勺了。

他真的很想要撬開這個女人的腦袋檢查一下裡面的結構有沒有出問題。

天底下怎麼會有這麼白目的人。

況且寒非真的認為黑田毓方人長得不怎麼樣，重點是心腸狠毒，不是醜女是什麼？

這時，原先毫無反應的夏恩星眉頭動了一下。

寒非知道她快要恢復意識了。

黑田毓方看到這一幕倒是怒火中燒。

夏恩星要恢復意識這件事她絕對不能接受。

「夏恩星我跟你說，你喜歡的男人已經輸給我哥哥了。聽說好像已經到另一個世界去了，你也可以趕緊過去與他相會喔。」黑田毓方想要利用這一點讓夏恩星放棄活下去的念頭。

砰——

寒非朝著黑田毓方的大腿就是一槍。
「啊——你……你竟然對我開槍！」黑田毓方痛到無法好好說話。
黑衣人也有所動作。
但是寒非怎麼可能會給他機會呢。
趁機將夏恩星抱了起來，以最快的速度跑出小房間。

兩個男人都單膝跪地，一手扶著地面，地上血跡斑斑。
這是第一次，寒凜無法輕易解決一個人。
除了滿肚子火之外，他更多的是興奮。
雖然很想享受這一場決鬥，但是時間不允許他這麼做。
「凜——」
寒凜聽到熟悉的聲音。
他看到寒非抱著一個人朝他跑了過來。
他知道寒非抱著的人就是夏恩星。
黑田瑾倉看到這一幕，不用想也知道組織內部一定被大肆破壞，而且他們的人員死傷慘重。
寒非抱著夏恩星來到寒凜身邊。
「夏恩星……夏恩星！」寒凜大聲叫喊。
夏恩星沒有回應他，緊閉著眼躺在他的懷裡。
「為什麼會變成這樣？」寒凜著急的問。

寒非低著頭，小聲的說：「黑嶽幫的大小姐將她捆綁在鐵椅上，關在注滿水的房間內。剛才她的心跳一度停止跳動，是我先幫她急救的。」

心，很痛。

看著面無血色的她，他的心真的痛到無可自拔。

他壓低身體，在她的額頭上落下一吻。

「恩星，你不是想要聽我叫你的名字嗎？快點醒來吧，我們要回家了。」寒凜低聲的說。

夏恩星仍然沒有任何反應。

寒凜現在只想要趕緊將她送到醫院。

他將夏恩星抱了起來，讓她緊緊靠著他。

接著他快步走向直升機。

砰砰——

兩發子彈落在寒凜前方。

「我有說你們可以走嗎？」黑田瑾倉拿著槍對著他們。

寒凜以迅雷不及掩耳的速度開了一槍，打落黑田瑾倉手上的槍。

「你擋不住我的。」寒凜狠狠瞪著他。

寒凜走前頭，寒非在後頭看著黑田瑾倉。

寒凜輕輕的將夏恩星放在座椅上，把自己的外套也披在她的身上。

「恩星，你會沒事的，你一定會沒事的。」

說著這些話不知是帶給夏恩星勇氣，還是對自己的安撫。

寒非也準備進入直升機內。
寒凜的眼睛突然瞥到寒非後方的黑田瑾倉舉著槍對著寒非。
他把寒非拉進直升機。
砰——
寒非不敢置信的看著擋在他面前的寒凜。
寒凜的身軀搖搖晃晃，寒非上前支撐住他，「凜……你為什麼？」
寒凜虛弱的說：「恩星對我而言很重要，而你是我的家人，一樣……很重要。」
身上的衣服全被染紅。
寒凜的意識開始模糊，最後閉上眼……失去了知覺。

✦

滴答滴答……
這不是水滴的聲音。
那是……快速從體內流失的血液。

嗶——嗶——
冰冷的機器聲繚繞在病房內。
病床上，夏恩星正熟睡著。
她做了一個夢。

在夢裡她跟寒凜一起去約會，他們牽手走在大街上，兩個人的臉上都掛著笑容。
他們去看了電影，去百貨公司內的遊樂場玩投籃機。
在回家的路上看到了一間冰淇淋店。
眼睛直盯著樣品冰淇淋，寒凜怎麼可能會沒有察覺到她的小心思呢？
「想吃什麼口味？我去幫你買。」寒凜溫柔的說。
夏恩星猶豫了很久，「嗯……巧克力好了。」
「那你在這裡等我一下。」寒凜說完就跑到外帶處排隊。
夏恩星心裡暖暖的，因為他的體貼。
沒多久，他手上拿著兩隻冰淇淋走了回來。
「巧克力的。」寒凜將冰淇淋遞給夏恩星。
「謝謝你。」夏恩星接過冰淇淋後馬上舔了一口，「嗯——好冰好甜喔。」
寒凜湊了過來，舔了夏恩星的冰淇淋，「好甜。」
夏恩星的臉微微泛紅，他們這樣算是間接接吻了嗎？
一手拿著冰淇淋，一手牽著寒凜的手，夏恩星此時的心情非常愉悅。
街道上的人潮開始多了起來，寒凜走在前頭而夏恩星緊握著他的手。
突然手中的溫度消失了。
原本站在面前的寒凜也不知道到哪去了。
「凜——凜你在哪裡？」夏恩星大聲叫喊著。
她張望著四周都沒有看到寒凜的身影。

瞬間，周遭的人也不見了，原本的大街變成了一片空白。
夏恩星不知所措地來回走動著，在這裡一個窗戶或是門都沒有，有的只是白色的牆壁。
眼尖的她看到遠方牆角處有一個紅色的東西，她跑了過去，但還沒有完全靠近她就停了下來。
因為那裡躺著一個男人。
而那個男人身上的衣服穿著一件紅色的衣服，夏恩星仔細一看還看到他的身下有一攤血。
她摀著嘴巴完全不敢相信自己所看到的一切。
「凜……你為什麼會變成這樣？」
為什麼你會……倒在血泊中……

猛然睜開雙眼，夏恩星的眼球來回轉動著。
白色的天花板讓她想到了夢裡的場景。
拿下氧氣罩，拔下點滴的針頭，想要撐起身體換來的卻是狠摔在地。
「啊——」她的聲音沙啞，嘴巴很乾。
但是這一切都不重要，她現在只想要看到寒凜，看到平安無事的寒凜。
病房的門開啟，隨即傳來玻璃碎裂的聲音。
夏恩星才剛抬起頭就落入了一個人的懷抱。
「恩星！夏恩星，你終於醒來了！」
「艾姐琳？」夏恩星的臉色看起來很迷惘。
艾姐琳將她拉開懷裡，雙手捧著她的臉頰，「你到底是怎麼受傷的啊？你知道我聽到你住院的消息有多慌張多著急嗎？」

夏恩星平淡的說：「說來話長……對了！」她的語氣一轉，「凜在哪裡？艾妲琳你有看到他嗎？」

「沒有，我也是剛來沒多久。」艾妲琳搖了搖頭。

夏恩星想要站起來艾妲琳在一旁攙扶她。

緩慢的移動到病房外，只見莫霏兒背靠在牆上正在滑手機。

看到夏恩星跟艾妲琳從病房出來，她急忙上前，「恩星，你怎麼沒有躺在床上，你現在還無法下床的。」莫霏兒緊張的說。

夏恩星還沒有對上次那件事釋懷。

所以對莫霏兒也沒有以前的親切，「莫老師，你為什麼會在這裡？」

莫霏兒的表情看起來有點傷心，「收到你住院的通知，你的家人也很震驚，但是他們沒辦法立刻趕過來，所以學院就安排我跟艾妲琳同學先來義大利看看你的情況。」

「對啊，一來就聽到你已經昏迷五天了！醫生還說你的心跳停止了好幾次耶！真的要嚇死我了。」艾妲琳將右手壓在心臟的位置。

她也沒想到自己的情況有這麼嚴重。

「我要去找凜，他好像也受傷了，我要見他！」夏恩星激烈搖晃艾妲琳的手臂。

艾妲琳拿她沒辦法，扶著她來到服務臺。

「不好意思，請問這裡有沒有一位叫做寒凜的男人？」艾妲琳用一口流利的英語詢問櫃臺的小姐。

櫃臺小姐查詢資料後報出一個房號。

這也讓夏恩星確認了一件事，寒凜真的在醫院內。

他們來到寒凜所處的樓層，一出電梯就看到走道兩邊站了一整排的黑衣人。

他們愣在原地不知如何是好。

「夏恩星！」

夏恩星轉過頭去，看到迎面而來的寒非。

「你已經可以下床了嗎？現在身體覺得怎麼樣？」寒非問。

夏恩星輕輕點頭，「雖然還無法正常行走，但是不舒服的感覺已經好多了。」

寒非露出勉強的笑容，「是嗎？先恭喜你成功從死神手裡逃脫囉。」

「那凜呢？他在哪裡？你們不是一起行動嗎？難道，凜他真的受傷了？」

心中不安的感覺越來越強烈，覺得自己快要被莫名的不安壓得喘不過氣。

寒非不發一語，他指了其中一間病房。

夏恩星掙脫艾姮琳扶著自己的手，緩緩走向寒非手指的病房。

她從病房的透明窗看到了躺在床上的寒凜。

旁邊有一臺很大臺的機器，寒凜的身上插著許多針頭連結到旁邊的機器。

「凜？那……那是凜？」夏恩星身上的力氣像是被抽空了一般，整個人滑落在地。

艾姮琳跑了過來將她抱住，「恩星，寒凜會沒事的，你要相信他。」

「凜他不能算是沒事。」寒非走了過來，「左胸口被子彈射中，差一點就打中心臟。送到醫院的時候失血過多，整夜搶救才勉強救回一命。在拿出子彈的過程中，寒凜曾一度心肺功能全部停止，是醫生用電擊才恢復了心跳。」

淚水已經不是用滴落來形容了。

如同水庫潰堤一般，眼淚無止盡的流下來。

她不想要相信寒非的話，但事實就擺在她的面前，她不能再欺騙自己，欺騙自己寒凜沒有受傷。

「他現在的情況如何？」夏恩星哭著問。

寒非凝重地看著她，「他從來都沒有脫離險境。」

夏恩星靠在艾妲琳的懷裡哭得上氣不接下氣。

都是她，都是她被黑田毓方抓走。

都是她，都是她寒凜現在才會躺在病床上。

以寒凜現在的狀況，他什麼時候離開都不意外。

「你就是夏恩星嗎？」

夏恩星抬起頭來，看到一個肩上披著黑色大衣，身穿黑西裝的男人站在她的面前。

寒非看到他急忙低下頭，「首領。」

她看著眼前的男人心裡莫名的害怕。

聽寒非叫他首領，難道他就是寒凜的老闆嗎？

「我是夏恩星沒錯。」夏恩星弱弱的回答。

寒御天的眼神突然瞥到了從剛才就一直站在一旁的莫霏兒。

「沒想到時隔多年能夠在這裡見到你，霏兒。」

莫霏兒的神情看起來很惶恐，「我也沒想到會再見到你，寒御天。」

「你回來很久了嗎？」寒御天的臉上看不出任何情緒。
莫霏兒冷笑了笑，「我沒有必要回答你吧。」
「是嗎。」寒御天的臉上閃過一絲悲傷，但也只是一瞬間。
夏恩星疑惑的看著莫霏兒以及名為寒御天的男人。
寒御天？所以他跟寒凜、寒非是有血緣上的關係？
還有，他這般大陣仗的進場想必他的身分應該不凡，他是某個黑社會集團的老大嗎？
夏恩星百思不得其解。
她可以確定的是寒凜的身分如同莫霏兒和黑田毓方說的是個殺手。
夏恩星沒有因為寒凜是個殺手就想要遠離他，因為她愛的是寒凜這個人，無關身分或是家世。
「夏恩星。」
她看向了寒御天。
其實她很害怕，因為男人的身邊有著強烈的氣場，還有他的臉色實在是太兇狠了。
寒御天平淡的說：「我知道你現在心裡一定有很多疑惑。關於我們是誰，凜的身分，還有我跟霏兒之間的關係。我全都會告訴你，況且有一件事跟你最有關聯，我希望你能夠知道。」
夏恩星點了點頭。
「既然如此我們就到另一個地方去談吧。」寒御天說完逕自轉身離開。
「艾妲琳你扶我過去吧。」夏恩星淡淡的說。
艾妲琳沒有說話，只是扶著夏恩星跟在寒御天的身後。
莫霏兒遲疑了片刻才跟了上去。

他們來到一間會客室，寒御天一屁股坐在沙發上。

夏恩星、艾妲琳以及莫霏兒也各自找了位置坐了下來。

「好了，你想先知道什麼事？」寒御天問。

「你是誰還有寒凜他的身分是什麼？」她現在最想知道的就是這個。

寒御天從大衣的內側拿出一個貓頭鷹造型的東西，「這是鴞的信物，鴞這個組織應該歸類為黑社會的一種。在我們組織內有許多職業殺手，凜就是其中之一。凜跟非都是我的養子，凜是在十六歲時被我帶回組織，是我將他培育成為殺手界的頂尖高手。」

夏恩星沒有特別驚訝，只是對一個十六歲的少年竟然就要面對如此黑暗的世界而感到心疼。

她真的不瞭解寒凜，她只是想要依偎在他的懷裡，卻忽略了最真實的他。

寒御天接著說下去，「凜從十六歲開始執行任務，估計現在累積的人數也有破千了吧。我們這個領域的人，手上不可能沒有沾染鮮血，我們之所以能有現在的地位，腳下都踩著無數人的屍體爬上來的。夏恩星，你跟我們的世界是完全截然不同的。當我知道凜跟你在一起的時候，我曾經派給他一個任務——親手殺了你。他一開始給我的回覆是任務達成，卻不知那都是騙我的。」

夏恩星聽到寒御天指派寒凜殺了她，她感到很驚恐。

她想到那一日卡在床上的子彈，原來她真的差一點就要被殺了。

所以是寒凜違背了首領的命令救了她！

夏恩星的眼淚忍不住落了下來，她從來都不知道寒凜為她做了什麼事，還害得他現在仍躺在病床上與死神搏鬥。

她覺得自己虧欠寒凜太多太多，她真的對不起寒凜。

莫霏兒看到夏恩星哭得如此傷心，她不禁想到過去的自己，忍不住上前關心她，「恩星，別難過了。我應該要在我們第一次見面的時候就告訴你別跟他在一起的，才不會搞到現在難受。」

「我就是要跟他在一起你也沒辦法分開我們。」夏恩星大聲怒吼。

「夏恩星，你先別急著對她生氣。現在我要跟你說我跟莫霏兒之間到底發生過什麼事。」寒御天看向莫霏兒，「我們倆曾經是情侶。就像你跟凜一樣。」

莫霏兒回到原本的位置上坐了下來，她低著頭看著地面，神情看起來帶著哀傷。

「我跟霏兒是在一場宴會上認識的。那一年我十八歲她十六歲，那時我已經是鴞的主要成員，我代表首領參加那一場宴會，而霏兒身為那場宴會主辦人的大女兒理所當然地出現在宴會當中。因為一個互動遊戲我們有了接觸，在那之前我從不相信命運，但是之後我們所有的巧遇都證實了那就是命運。」

夏恩星跟艾妲琳的反應完全一模一樣，難以置信的看著故事中的兩位主角。

「那為什麼莫老師會阻止我跟寒凜在一起？明明你的經歷跟我很類似，那為什麼還……」

「我不希望悲劇再度上演。」莫霏兒神情落寞的說。

夏恩星想到莫霏兒說過的，她愛一個人卻犧牲了她的家人，這到底是發生了什麼事？

「莫老師，什麼悲劇再度上演啊？你可以稍微說一下嗎？」艾妲琳忍不住發問。

在一旁聽著別人說話一直找不到空檔插話，她真的忍超久的。

夏恩星也很想知道事情的緣由。

「讓我說吧。」寒御天說。

「我們倆在一起有三年之久，當初我是瞞著前任首領跟霏兒在一起。那時鴞在黑社會的地位屬於中下等，無論是人力或是武力都沒有特別突出。有一個組織與鴞長期對峙著，我跟霏兒的事被他們組織的人發現，趁著夜晚莫家警備較鬆懈時奪門而入。霏兒的父母以及弟弟都慘遭毒手，若不是霏兒當晚與朋友在外頭吃飯，她可能也會在那一次的事件中喪命。」寒御天說著這段往事時表情看起來也很痛苦。

就是因為那一次的事情莫霏兒開始遠離他，斷絕一切往來。

她知道這一切都不是他的錯，但同時也是他的錯。

如果他們倆沒有在一起她的家人就不會遭人殺害。

他們都是無辜的，他們是被捲入組織間的恩怨才會過世的。

夏恩星聽完後恍然大悟，她終於明白莫霏兒一再阻止她跟寒凜在一起的真正原因。

「恩星，這樣你就明白我為什麼不希望你與一個殺手戀愛了吧。就是因為有經歷過，才知道愛一個人是必須付出代價的，尤其他跟你所在的世界是天差地遠。你們倆的戀情，註定不會長久的。」莫霏兒的眼角掛著淚水。

這麼多年了她原諒寒御天了嗎？她沒有。

但是繼續恨下去還有意義嗎？也沒意義了。

因為無論怎麼樣，她的家人也回不來了。

「霏兒，我知道當初那一件事造成你極大的傷害。但是我仍希望你能夠繼續待在我的身邊，我想盡我所能的彌補你，但你終究選擇離去。」寒御天淡淡地說，「我曾經去請求首領讓我帶人去幫你的家人報仇，但是首領卻認為一個被愛情沖昏頭的男人無用武之地。他將我軟禁起來，不斷對我洗腦，到最後想要幫你報仇的想法全都被沖淡了。」

「你離開後我就發誓再也不去愛任何女人。成為首領後，更規定組織內的所有人不准談戀愛。」

沒有愛，才不會有悲傷。

沒有愛，才不會因為一個人的離去而流淚。

✦

哀傷的氣氛充斥整間會客室。

沒有人說話，也沒有人有任何動作。

寒御天緊閉著眼，看來他還在緩和自己的情緒。

即使過了再久，每當想起那段往事，他的心還是會不自覺隱隱作痛。

莫霏兒亦是如此，她其實對寒御天是保持著矛盾的心態。

想愛，但又想恨。

就這樣過了這麼多年。

她之所以會到俄羅斯去，其實就是因為她想要逃離那個令她悲傷的地方。

曾經是她最愛的歸屬，如今卻變成令她恐懼的存在。

突然會客室的門被打開，一位護士著急的跑了進來。

「請問這裡有寒凜的家人嗎？」護士小姐問。

會客室內的五個人全部靠了過來。

「我是他的父親，請問凜現在的狀況如何？」寒御天心裡很擔心寒凜。

護士小姐將一張紙遞給寒御天，「病人的情況危急，現在要進行搶救，需要家人簽生死書。」

生死書！在場的人聽了都很震驚。

夏恩星無力的跌坐在地。

難道老天爺真的要將她跟寒凜分開嗎？

寒非也是滿臉驚恐，他不相信寒凜會這樣離開人間。

寒御天的臉色倒是很鎮定，他接過生死書後，立即在家屬的欄位簽上自己的名字。

「我們現在也只能相信凜，相信他會度過這次危機。」寒御天把生死書交給護士小姐。

她拿到家屬簽過名的生死書後又匆忙跑出了會客室。

艾妲琳也蹲了下來，她真的不忍心看到夏恩星如此傷心的樣子。

「恩星，你要堅強啊！寒凜都還沒放棄，你怎麼可以先哭得如此悲傷，好像他真的已經沒希望了。」

艾妲琳輕輕拍打她的背安撫她的情緒。

夏恩星拚命搖頭，「我自己也很清楚我不可以是這副模樣，但是我真的很害怕，害怕他真的會有什麼三長兩短。或許我跟凜認識的時間不長，但是想到他為我做的一切，想到我有多愛他，悲傷的情緒就無法壓抑。」

「那就試著忘了悲傷吧。」

夏恩星猛然抬起頭看著寒御天，「這句話的意思是叫我忘了寒凜現在正在受苦嗎？這種事我怎麼做得出來！」

她狠狠瞪著他，說到底，寒御天也是寒凜的父親啊。雖然不是親生父親但也是陪伴著他長大的養父，看到寒凜病危，他難道都不會擔心嗎？

寒御天嘆了一口氣，「唉——你現在一定認為我是個冷血的父親，但我想說的是，你覺得我真的不會感到傷心嗎？就算我可以隨便殺了一個人，我可以如此無情地奪走一個人的性命，但此時面臨死亡威脅的人是我最重要的下屬，是我的兒子，我也是會擔心，我也是會慌張。」

「首領，那要如何忘了凜正遭受痛苦呢？」在一旁站了許久的寒非問。

「悲傷只會帶給我們負面的情緒，既然如此何不放下悲傷，放心交給凜。他會完成這次的任務的。」寒御天淡淡地說。

或許，現在最好的選擇就是等待以及相信。

等待寒凜戰勝危險，相信他會平安的活下來。

等待的時刻總是漫長。

牆上的時鐘秒針轉動的聲響在這種時刻聽得特別清楚。

夏恩星坐在沙發上突然頭一陣暈眩，她差一點暈了過去。

「夏恩星，你還是回到你的病房去吧。你的臉色很不好，以你現在的狀況會撐不下去的。」寒非一直注意著夏恩星的狀況。

寒凜不在，那他就要代替寒凜照顧好夏恩星。

「對啊恩星，看你剛才差一點就暈過去了，你的身體狀態不適合長期等待，我先帶你回病房休息吧。」艾妲琳覺得寒非說得很對。

「不，我想要待在這裡。等，不管他是生是死我都想要在第一時間知道。我不想要成為那個最後才知道的人。所以，就算我暈倒了也請把我打醒。」

夏恩星的決心在場的人都感受到了。

莫霏兒看到夏恩星如此堅強的樣子，不禁感到羞恥。

夏恩星總說她是她的偶像，但現在，莫霏兒覺得夏恩星才是她該學習的目標。

時間逐漸過去，會客室內靜悄悄的。

手術室內，寒凜的意識一直搖擺不定。

他其實很想要醒過來，告訴正在幫他急救的醫生他已經沒事了。

但，眼皮很沉重，身體像被解體一般的疼痛。

這還是他第一次受到如此嚴重的傷害。

「我會就這樣死了嗎？」寒凜在內心這麼問自己。

痛到無法自拔，痛到很想就這樣直接離開人世，因為這樣就不會痛了。

不過他的腦海浮現一個人的身影。

那人微笑著走向他，他沒有看清她的面貌就被她緊緊抱住。

「凜，回來吧。」

如此熟悉又難忘的聲音直接觸及他的內心深處。

「恩星。」寒凜輕喚出聲。

對，還有人在等著他。

他想要見她，從來沒有如此渴望見到一個人。

活下去！才可以見到她。

「醫生！病人的心跳回穩了！」

寒凜聽到一個女人的聲音。

他緩緩睜開眼睛，刺眼的光芒使他又閉上了眼。

等到逐漸適應後他再次睜開眼，他回到了這個世界。

會客室的門再度被打開，「寒凜的家屬在哪？」

在場的人動作一致全部上前。

「護士小姐，請問寒凜目前的情況怎麼樣？為什麼拖了這麼久才來通知我們？」夏恩星激動的說。內心的煎熬真的讓她無法保持冷靜，她真的想要知道寒凜現在脫離險境了嗎？

「這位小姐你先別激動。寒凜先生目前已經脫離險境，身體狀況也很好。等一下就要將他送去一般病房，過幾日你們就可以去探望他了。」

夏恩星喜極而泣，她握住護士小姐的手，流著淚說：「謝謝你們，謝謝你們救活他……」

艾妲琳也替夏恩星感到高興。

寒非也鬆了口氣，長時間維持精神緊繃的狀態真的很痛苦，不過現在他終於可以稍微安心了。

「護士小姐，謝謝你。」寒御天鄭重地道謝。

護士小姐點頭示意後又趕緊離去。

寒凜真的度過難關了，他活下來了。

淚，止不住的落下。

她突然起身匆忙地跑出會客室。

她來到手術室外頭，看到門開啟的瞬間有人被推了出來。

是寒凜！他躺在病床上，戴著氧氣罩的他臉色依舊蒼白。

護理人員們停了下來，讓夏恩星可以稍微靠近病床。

夏恩星就這樣看著他，也不管自己的臉上眼淚與鼻涕混在一塊，她就只是看著他。

「凜，謝謝你活下來了。」夏恩星哭著說。

她知道他聽不到她說的話，但是她就是想要對他說。

謝謝你沒有離開我，謝謝你沒有留下我一個人。

護理人員將寒凜緩緩推離夏恩星的面前，在轉角處轉彎後消失在她的視線內。

確認寒凜平安無事後，夏恩星像是斷了線的木偶，體力不支緩緩倒地。

在落地之前寒御天及時將她抱起，「我帶她回病房吧。」

較晚跟上來的艾妲琳點了點頭，「我來帶路。」

寒御天和寒非的眼神在空中交會，寒非知道寒御天想對他說什麼，他朝著出口的方向走了過去。

而莫霏兒則是呆呆地站在原地。

她彎了彎嘴角，「我真是丟臉。」

她一直以為逃避是免於傷害最好的方法，但看到夏恩星與寒凜之間那不斷的感情，她的心裡竟開始後悔了。

✦

「恩星……夏恩星……」

聽到有人在呼喚她，微微睜開眼，艾妲琳出現在視線內。

「艾妲琳。」夏恩星輕喚一聲。

艾妲琳緊緊抱住夏恩星，「你突然昏倒真是嚇死我了，幸好你只是太疲累而已。下一次你再暈倒，我可能也跟著暈了吧。」

「凜呢？他醒了嗎？」

艾妲琳生氣的看著夏恩星，「你的身體都這樣了，還有閒情逸致去管別人喔。真是被你氣死了。」

夏恩星傻笑了笑，「等到你也有了喜歡的人就能明白我的心情了。」

艾妲琳忍不住翻了個白眼，「呵呵……等到有的時候再說吧。還不知道要等多久呢。」

「夏恩星。」

寒非推門而入。

艾妲琳看到寒非臉上露出不悅，「我跟恩星正在說話，你幹嘛隨便進來啊！」

「當然是有事要說才會進來啊。我是要跟夏恩星說，已經可以去探視凜了。」

「什麼！」夏恩星激動地從床上坐起。

她急急忙忙要下床卻被艾妲琳阻止了，「別這麼衝動嘛，又不是見不到面。等你身體恢復後再去看他也不遲。」

「我不管，我現在就要去看他。」夏恩星想要見到寒凜的念頭是誰也無法阻止的。

艾妲琳無可奈何，扶著夏恩星跟在寒非的後頭一起來到一間病房前。

夏恩星吞了一口口水，心裡莫名的緊張。

寒非轉開門把，夏恩星的視線開始找尋他的身影。

「恩星。」

聽到這個聲音夏恩星的眼淚悄悄滑落臉龐。

寒凜背靠著枕頭，面帶淺淺的笑容望著她。

夏恩星摀著嘴哭得不成人樣。

真的好久沒有聽到他的聲音了，她跑到病床旁雙腳跪地，緊緊握住他的手，「凜……凜——」

「嗯，我在。」寒凜溫柔的摸摸她的頭。

「我好想你。」不想再去提傷心事，只想讓他知道她對他有多思念。

寒凜的手停了幾秒，把夏恩星的頭拉近自己的臉。

他在她的額頭、臉頰、嘴唇都吻了一下，「我也很想你。」

夏恩星破涕為笑，開心地窩在寒凜懷裡。

一旁的艾妲琳和寒非雖然覺得病床上的光芒太過刺眼，但是他們也為這一對情侶度過了這一次的難關而感到高興。

「凜，首領說這段期間你就好好休息，組織的事就先放下吧。」寒非淡淡的說。

「嗯，我知道。」寒凜對自己身體的狀況還是很了解的。

艾妲琳突然想到一件很重要的事，「恩星啊，今天你爸媽打電話過來，他們好像今天就會到醫院來了。」

「蛤！真的嗎？」夏恩星立即從寒凜懷裡離開。

她的父母親真的要來了！她真的不怕他們知道她跟寒凜在一起會有意見，但是如果他們知道她受傷的原因又會有什麼反應呢？

「恩星，你的父母是怎麼樣的人？」寒凜好奇的問。

若說夏恩星不了解他，那他同樣不了解夏恩星。

「呃……這個嘛……」夏恩星思考要怎麼形容她的父母親。

「恩星的爸媽人超好的。我每一次去他們家都會準備豐盛的美食，所以寒凜你就別擔心了。」艾妲琳搶先回答。

寒凜沉默片刻，聽艾妲琳這麼說看來他應該可以跟夏恩星的家人處的很好。

應該吧。

「我不知道他們會不會接受你的工作，但我會努力說服他們的！」夏恩星她早就下定決心再也不要離開寒凜。

如果她的父母親反對的話，她可能會做出另一個重大的選擇。

當然，她希望最好不要那麼做啦。

寒凜可以明白夏恩星她的家人的想法，畢竟他的工作風險真的太高，而且還有可以波及身旁的人。

倘若他在出任務時發生了意外，夏恩星往後的日子一定很不好過。

電話鈴聲響起，是艾妲琳的電話響了。

艾妲琳看到來電顯示立刻將畫面轉向夏恩星，「你接還是我接？」

夏恩星有點緊張地伸出手準備要接過艾妲琳的手機時，寒凜竟然直接搶過手機，按下了接聽鍵。

「喂，您好，我是夏恩星的男朋友，我的名字是寒凜。」

夏恩星目瞪口呆的看著接聽電話的寒凜。

等等，這會不會太快了！而且，她認識的寒凜什麼時候變得如此主動了？

寒非的臉上露出驚嘆了表情，「凜實在是進步神速啊！佩服佩服。」

電話另一頭好像也愣了許久才接著說話。

看著一臉輕鬆與她的家人講電話的寒凜，夏恩星對於電話內容真的很好奇。

到底他們在聊什麼呢？她的父母親該不會就這樣把她嫁了吧！

「好，我清楚了，待會見，伯母。」寒凜將手機還給艾妲琳。

艾妲琳笑著接過手機，她真是越看越滿意寒凜了，她覺得夏恩星遇上寒凜真的是絕配。

她笑咪咪地看著夏恩星。

夏恩星被她這燦爛的笑容搞到起雞皮疙瘩。

「對了凜，剛才打電話的是我媽嗎？她說了些什麼？」夏恩星按耐不住好奇心，很想知道她的媽媽到底跟寒凜說了什麼。

「是你媽媽沒有錯，其實也沒聊了什麼，她說他們再過十分鐘左右就會到醫院了。」寒凜淡淡地說。

「十分鐘！那不就快到了嗎？」夏恩星驚訝地說。

畢竟是她的家人她總要親自去迎接他們的。

寒凜看她一臉著急的樣子，拉過她的手輕輕撫摸著，「我有跟她說你的狀況了，他們會自己上來的，叫你好好休息不用去門口迎接他們。」

「這怎麼行！」夏恩星覺得自己的身體已經好了，可以親自去接他們的啊。

艾妲琳真是看不下去了，「夏恩星小朋友，受傷的人就要好好休息喔。」突然她語氣一轉，「姐姐我代替你下去接你的爸媽，你就給我待在這裡不要亂動！」

夏恩星被艾妲琳瞬間的轉變嚇到直點頭。

艾妲琳的眼神看向一旁的寒非，「寒非小弟，看你好像還蠻閒的嘛，跟我一起下去吧。」

寒非用手指指著自己，「我？為什麼？」

艾妲琳站起身走到寒非的面前，然後直接拉著他衣服的袖子，「沒有為什麼，因為你在這裡太礙事了。走，跟姐姐去散散心。」

寒非直接被拖了出去，「凜——救我啊。我不想離開你啊——」

寒凜直接省略了寒非的求救聲，他相信寒非一定不會有問題的。

果真沒多久艾姐琳就帶著夏恩星的父母來到寒凜的病房。

「恩星——」

一個體型苗條的女人直接抱住了夏恩星。

夏恩星也回抱住她，「媽媽，辛苦你了。還讓你大老遠搭飛機來義大利。」

夏恩星看向後方的男人，「爸爸。」

男人走了過來抱住他一生最愛的兩個女人。

寒凜在一旁看到一家人溫馨相處的一幕，心裡不禁生起淡淡的哀傷。

他其實很羨慕夏恩星一家人，因為他的父母已經不在這個人世上了。

不過，未來的日子裡他的生活應該也可以感受到家人的愛吧。

第八章：寒凜的試煉

夏恩星的父母來到醫院後讓寒凜發現了一件事：他跟夏恩星見面的次數變少了！
這個事情的嚴重程度可是非同小可。
寒凜為此煩惱了許久。
身為寒凜的好兄弟怎麼可能看不出他的煩憂呢？
「凜，是不是因為最近很少跟夏恩星碰面，你開始覺得心情煩躁了？」寒非一臉正經地問。
「嗯，確實有那種莫名的煩躁。」寒凜坦然承認這件事。
寒非突然笑得很燦爛，「嘿嘿，凜哥哥，看來你中的毒是無法醫治了呢。」
寒凜不懂他的意思，「我中毒無法醫治？你在說什麼？」
「我的意思是，你太愛夏恩星了，捨不得離開她的身邊，一離開就像是患有相思病一樣。不，簡單來說，你中了名為夏恩星的劇毒。」寒非敢肯定，寒凜絕對就是得了相思病，還有中夏恩星之毒了。
寒凜試著理解寒非的話。
嗯……好像真的得了寒非說的相思病呢。至於中毒嘛……好像也有。
既然想要治療這種病最直接也是最有效的方法就是見到思念的人。
他現在已經可以自己下床活動了，他覺得要親自去找夏恩星。
這時病房的門被打了開來，一個男人走了進來。

「二少爺，已經準備好了。」男人低聲的說。

寒凜疑惑的看著寒非。

寒非知道他想問什麼，「凜，我去辦點事情，可能要花上幾天，你要好好照顧自己喔。」

「非，你……」寒凜大致猜到寒非想要做什麼。

寒非只是笑了笑，然後轉過身的時候臉上的笑容也跟著消失。

他率先走出了病房，另一個男人也跟著出去。

寒非的表情很冷漠，他只要想到他要去的地方就感到很生氣。

那一日寒凜從鬼門關回來，寒御天抱著昏倒的夏恩星與他眼神交會之時，他馬上明白寒御天想要他做什麼事。

他立刻離開醫院，搭著組織的直升機回到鴞。

先將寒凜脫離險境的消息告知組織的高層們，然後將寒御天的計畫講述出來。

那幾天他籌備了人力、武器，為了隨時都可以去報仇。

他要趁著黑嶽幫受到嚴重打擊時剿滅他們。

而現在一切都準備就緒，該是報仇雪恨的時候了！

夏恩星的病房中正上演一場激烈的爭執。

「爸爸，我不要跟你們回去，我要和凜一起走！」夏恩星堅定的說。

夏恩星的媽媽沈玟月看到自家女兒如此反常地跟她爸爸唱反調覺得非常新奇。

她完全可以理解夏恩星的想法，反倒覺得恩星的爸爸有點幼稚。

「夏丞風，你就應了女兒的要求吧。我看恩星跟寒凜在一起也沒什麼不好的啊，我也蠻喜歡寒凜的。」沈玟月說完被夏丞風狠狠瞪了一眼。

就是因為這樣他才看不慣寒凜這個人，拐走他的寶貝女兒就算了，連自己的老婆也時不時盯著寒凜看，他身為男人的尊嚴可不允許這種情況發生。

夏恩星不死心，她一定要說服她爸爸，「爸爸，你都已經有媽媽了你就放我自由嘛。而且回去的時候艾妲琳也會跟著我啊，你完全不用擔心我跟寒凜會發生什麼事。」

「還會發生什麼事？」夏丞風緊盯著夏恩星。

夏恩星發現自己不小心說溜嘴了，趕緊搖搖頭，「沒事沒事，我跟凜之間還沒逾矩的。」

「哼！要是被我發現的我非宰了那小子不成！」

夏恩星心想，「希望老爸不是被宰的那一邊啊。」

是的！她就是偏心寒凜，誰叫寒凜是她的男朋友！

這時候有人推門而入，而那個人正是寒凜。

夏恩星看到寒凜來找她，高興的不得了，「凜，你來找我啦！」

她正想要走向寒凜卻被夏丞風給擋了下來。

夏恩星不悅地看著他，「爸爸，你要做什麼啦。」

「我又沒說你可以跟這小子談情說愛，在他通過我這一關之前你們都只能是朋友關係。」夏丞風很堅持自己的想法。

夏恩星扶額，她第一次覺得爸爸是如此麻煩的存在。

明明媽媽都不會阻止她跟寒凜在一起的啊！

沈玟月不阻止夏恩星的原因很簡單，因為她很滿意這位女婿啊！

早在那一天她打電話想要詢問夏恩星的狀況時，那時接電話的寒凜一說話她馬上就可以肯定——這個男人人應該長得不錯！

談話的語氣以及態度都非常好，根本就是女婿的最佳人選。

接著來到醫院後看到寒凜本人她更加確定自己的決定沒錯。

也就是在無形之中，她真的把夏恩星給嫁出去了！

「小子，你來這裡做什麼？」夏丞風語氣不善的問。

寒凜一點也不在意，「我來見恩星的。」

夏丞風的嘴角微微彎起，「你以為你說見，我就讓你見嗎？」

「我當然會尊重伯父的意見。」寒凜一派輕鬆的說。

雖然他很想要直接帶走夏恩星，但是對方畢竟是夏恩星的父母，該有的禮貌還是要有的。

夏丞風冷笑了一聲，「呵，尊重我的意見是嗎，既然如此，我不准你跟我女兒在一起你也不會有怨言對吧。」

寒凜的眉頭明顯皺了一下。

夏恩星看不下去了，「爸爸，你這樣太欺負人了，為什麼我不能跟凜在一起啦？你總要說個原因啊！」

沈紋月將嘴巴靠在夏恩星耳邊，小聲的說：「我猜應該是你爸爸覺得寒凜太帥了自己比不上他。」

夏恩星覺得很好笑，尤其說出這話的還是自己的媽媽。

夏恩星也小小聲的回說：「媽媽，被爸爸聽到他會更討厭凜的。」

沈紋月伸出食指放在嘴唇上，「噓——別讓你爸爸知道喔。」

夏恩星眨了眨眼，雙方達成了共識。

夏丞風跟寒凜仍對峙著，雙方都有自己堅持的想法。

一個是愛女兒的爸爸，一個是愛女友的男朋友。

「小子你是叫寒凜沒錯吧。看你對恩星的照顧我就勉強給你一個機會，若你能做到我就讓你們在一起，到時候我一句話都不會說。」

寒凜挑眉，「儘管說吧。我一定可以做到。」他自信的說。

夏丞風說：「我會先帶恩星回S國，你必須要在我限制的時間之內找到她。如果超過時間沒找到人，你跟恩星也註定無緣了。」他挑釁意味十足的接著說：「怎樣？這應該不會很難吧。」

寒凜一臉毫不在意的回答，「沒問題。」

夏恩星倒是開始擔心了。

如果寒凜沒有找到她的話他們真的就無法在一起嗎？難道她真的要使用私奔這最後的選擇？

寒凜看向夏恩星，「別擔心，我一定會找到你的。」

夏恩星看著他輕輕點頭。

她要相信寒凜，唯有相信他們倆才能在一起。

「喔，忘了說前提了。明天我們就會先回國，回國之後我會傳訊息給你，你必須在我傳訊息給你的隔天才可以開始行動。詳細的一些事情我也會用訊息傳給你，就這樣。」夏丞風說完便不再看著寒凜。

寒凜沒有因為夏丞風給的難題而感到困擾。

夏丞風可能是他未來的岳父呢。

岳父！寒凜對自己的人生中竟然會出現這個詞彙而感到驚訝。

依照鴞的組織規則，他應該不會喜歡上任何女人，甚至與她結為夫妻。
對他而言這都是很新鮮的事，而他並不討厭接受挑戰。
畢竟戀愛這條路本來就不簡單。

✦

隔天一早夏丞風便帶著夏恩星和沈玟月以及艾妲琳搭上飛往S國的班機離開義大利。
寒凜其實有去送機，只不過他沒有露面。
距離才有美感，也不知道這句話是誰說的，他只覺得距離帶給他的是無限的思念。
在飛機上頭夏恩星整個人悶悶不樂的，因為她要登機前完全沒有見到寒凜。
而且也不知道自家老爸會把她藏到哪裡，要是寒凜找不到怎麼辦，那他是不是就見不到寒凜了！
「寶貝，你的嘴嘟成這樣，臉蛋像顆饅頭似的。你別太擔心，你跟寒凜一定會再見面的。」沈玟月想要安撫夏恩星的情緒。
「恩星啊——你要想開一點，分開只是一時而不是一世。不要搞得好像天人永別一樣嘛。」
夏恩星瞪著艾妲琳，「艾妲琳，你再亂講話，我就不理你了。」
誰敢詛咒寒凜她就跟那個人拚了！
艾妲琳無奈的搖頭，「唉——真是見色忘友啊。」
夏恩星不再理會他們，望著窗外想要趕緊再見到寒凜。
夏丞風將女兒的一舉一動都看在眼裡，但是他可不是會隨意動搖的人。
他既然決定這麼做，就要堅持到底！

英國鴞的根據地。

寒御天已經著好裝備，準備前往義大利與寒非會合。

叩叩——

敲門聲吸引了寒御天的注意。

「進來吧。」

一個黑衣人進到了辦公室內。「首領，外頭有一個女人說要見您。」

寒御天挑眉，「哦？她有說她叫什麼名字嗎？」

「她說她叫莫霏兒。」

寒御天聽到這個名字臉上難掩驚訝。

他急忙往外頭走，他看到莫霏兒站在大門前，臉色看起來很緊張。

他慢慢走向她，「霏兒？」

莫霏兒也看到了寒御天，「寒御天。」

「你怎麼會到這裡來？」寒御天不解的問。

以前他們在一起的時候，他會偷偷把莫霏兒帶到這裡來，所以她知道這個地點他一點也不意外。

但，她怎麼會在這種時候來找他？

「你是要外出嗎？」莫霏兒問。

從剛才站在這裡就不停看到有人進進出出的，而且手上都拎著一個黑色的包包。

此時又看到寒御天一身外出服，她感覺他們好像有什麼重大的事要去執行。

「我要去義大利處理事情。」寒御天冷漠地說。

「義大利？你要去那裡做什麼？該不會又是任務？可是應該不需要你出馬才對啊。」莫霏兒講話越來越急。

她其實有點害怕，很害怕寒御天會出差錯。

「霏兒，你是在擔心我嗎？」寒御天疑惑的問。

莫霏兒停頓了片刻，說：「……是。我會擔心你。我很怕你跟寒凜一樣必須面臨與死神搏鬥的時刻，但是我又不像恩星那般的勇敢。」

寒御天那原本已經不復存在的情感竟悄悄冒出了小火苗。

但，他知道現在的他還無法和莫霏兒在一起，尤其是黑嶽幫尚未處理掉之前。

「霏兒，如果你願意再給我機會的話，我希望你能給我一點時間。我確實要去執行任務，事關重大，我身為鴞的首領是一定要親自出馬的。你可以等我嗎？」寒御天平淡的問。

他對這一段感情其實不抱有太大的期待了。

時光的流逝，有些事情他也已經放下了，更何況他現在的處境也跟以前大不相同。

他是鴞的首領，是率領著上百、上千人的頭頭，他不能因為自己的感情問題而影響了整個組織。

莫霏兒先是低下頭來，接著猛然抬起頭望著寒御天的雙眼，「我等你。我會等你的。」

寒御天的嘴角勾起淺淺的笑容。

接著他什麼話也沒說，頭也不回地走出了組織。

外頭已經備好了直升機，隨時可以出發。

寒御天在上機前的那一刻止住了動作，但是他終究沒有回頭，就這樣搭上機。

直升機慢慢升空，最後離開了鴞根據地的上空。

莫霏兒從頭到尾眼睛沒有離開寒御天的身上，直到他進入直升機內她仍看著他。心裡默默禱告，希望寒御天可以平安歸來。

也希望，兩個人還有機會在一起。

直升機以最快的速度飛到了義大利。

寒御天帶著隨行的幾位部下來到港口旁的一間鐵皮屋內。裡頭估計有上百人聚集在此。

寒非從人群中走了出來，見到寒御天單膝跪地，低著頭，說：「首領，只要您一聲令下，我們隨時可以出動剿滅黑嶽幫。」

寒御天看著身上打扮一致的黑衣人，說：「此次行動將會影響整個黑社會。我們鴞多年來的敵手黑嶽幫這一次造成我們成員——寒凜重大的傷害。我們絕對不能坐以待斃，現在是我們反擊的時刻了！」

在場的黑衣人無不大聲吶喊。

每個人都是抱著必死的決心只為了可以除掉黑嶽幫。

此時的黑嶽幫完全不知道他們將迎來大危機。

「可惡！那該死的夏恩星竟然就這樣跑了，我不甘心！」黑田毓方坐在輪椅上大聲咆哮。

那一天她被寒非開槍射中她的大腿，她永遠無法忘記取子彈出來時的過程是有多痛苦。

若是再見到他，她發誓也要朝著他拚命開槍。

黑田瑾倉斜眼看著妹妹，「黑田毓方！你是鬧夠沒有？現在整個組織內部都已經亂成一團了，你還有閒情逸致在那邊鬧脾氣？」

黑田毓方的口氣也不是很好，「哥，你可以不要再吵我了嗎？還不都要怪哥讓夏恩星那群人逃跑了！哥不是很厲害嗎？怎麼也犯這種失誤。」

黑田瑾倉狠狠瞪著她，「你還有力氣怪我是嗎？那以後我就不幫你收爛攤子，你惹出來的麻煩事就自己解決。」

「哼——我自己當然可以解決。完全不需要哥的幫忙。」黑田毓方一副理所當然的樣子。

正當兩人吵得正凶的時候，外頭傳來了爆炸聲。

黑田瑾倉發現事情不對勁，拉開門，看到組織內的成員抱著頭逃竄。

他隨手拉住其中一個人的衣領，「發生什麼事？為什麼會有爆炸聲？」

被拉住的人慌慌張張地說：「鴞的首領率領一大群人殺到我們組織來了。對方那邊還使用了特殊的手榴彈，現在我方人員傷亡已經無法估計了。」

黑田瑾倉的臉色慘白，他鬆開了那個人的衣領，急忙走進房間內。

黑田毓方看到他臉色極差，忍不住問，「哥，外頭是發生什麼事了啊？為什麼這麼吵？」

「毓方，我們要趕緊逃跑，等到鴞的成員殺到這裡來就算以我的能力也很難保全你的性命安全。」黑田瑾倉緊張的說。

「蛤！」黑田毓方聽到這個消息也開始害怕，「那……那我們現在快點離開這裡吧。哥，快點帶我離開吧！我還不想死啊！」

「很抱歉，你們已經走不了了。」

聽到聲音的兩人同時看向門邊。

寒非的一手撐在門框上，一手拿著槍指著房間內的兩人。

黑田毓方看到寒非的瞬間，心裡的一把火開始燃燒，「哥！就是他對我開槍的！你一定要幫我報仇。」

黑田瑾倉看到寒非的出現忍不住挑眉，「夜剎應該沒有在這裡吧。還是說……他已經到另一個世界去了？」

砰——一顆子彈打在黑田瑾倉的手臂上。

黑田瑾倉另一隻手壓在傷口處，臉上冷汗直流。

「讓你失望了，凜，他人活得好好的。」寒非又將槍對準他的頭，「下一發子彈，就讓我送你到另一個世界去吧。」

✦

「你們逃不掉的。」寒非對著黑田毓方的另一條大腿開了一槍。

黑田毓方抽了一口氣，「啊——哥，我好痛！我的大腿好痛啊！」

黑田瑾倉現在根本顧不得她的傷勢。

他一直在找空檔，想要趕緊逃離這個房間。因為這樣他才有活下去的可能。

寒非早已看穿他的想法，吹了一聲口哨，門外瞬間湧上一群黑衣人擋住他們的去路。

「我說過了，你們是逃不了的。今天我就是要為寒凜以及夏恩星報仇！」寒非的臉色異常的冷靜。

但卻可以感受到他身旁強烈的氣場。

寒非撲上前，抽出腰間的小刀，往黑田瑾倉的胸口刺了過去。

黑田瑾倉及時閃避開來。

倒是黑田毓方已經被眼前的場景嚇到說不出話。

寒非瞟了一眼黑田毓方，「別以為我朝你開槍完就會放過你，今天我就要滅了黑田家，讓你們無法東山再起！」

黑田毓方的身體不停顫抖，但是她的個性怎麼可以接受有人忤逆她呢？

「你說要滅了黑田家？你真以為你們今天的作為就可以動搖我們黑田家的地位嗎？作夢！你們想都別想。」

「毓方不要說了！」黑田瑾倉憤怒的說。

黑田毓方很不服氣，「我們黑嶽幫的人都這麼無能嗎？怎麼都沒有人護送我離開！哥，你快把這個男人解決掉啦！我不想再待在這裡。我的腿好痛……」

黑田毓方的左肩又被射中一槍。

「啊——不要……不要再對我開槍了……求求你放過我好嗎？我知道錯了，我會去向夏恩星道歉的。」

黑田毓方急了。

身上的疼痛感導致她沒辦法正常思考。

現在唯一的念頭就是逃離這個房間，不然眼前這個男人真的會殺了她。

「嘖嘖嘖……放過你？這種話你也說得出來？你之前想要淹死夏恩星的時候，怎麼就沒想到要放過她。她若真的被你淹死了，你能負責嗎？」寒非的怒火也不小。

尤其看到黑田毓方如此自私的只為自己活命，他的怒火更難以壓抑。

「呵呵……哈哈哈——夏恩星，我這一生中最討厭的女人。看到她漸漸被水淹沒，閉上眼，那無助的表情真的是大快人心啊。要不是你多事，跑來救她，我早就可以除掉我的心頭大患。」

寒非可以肯定的是，黑田毓方已經瘋了。

雖然覺得黑田家很可惡，但是他倒挺同情黑田瑾倉的。有這樣一個瘋子妹妹，也真是辛苦他了。

但是這也讓他更加確定自己的想法。

寒非迅速移動到黑田毓方的身邊，將槍口指著她的腦袋，「給你最後一次機會。若你願意到夏恩星的面前跟她跪地道歉，我就饒你一命。」

黑田毓方看著寒非，然後瘋狂大笑起來，「哈哈哈——就算會死我也不會去跟她道歉的。我要詛咒她，讓她無法跟喜歡的人幸福的在一起。她一定會痛苦不堪的，因為我……」

砰——

黑田毓方不再說話。

寒非鬆開扣下扳機的手指，將黑田毓方的身體推倒在地。

她倒地後血慢慢從頭部流了出來，眼睛睜得大大的，就這樣嚥下了最後一口氣。

黑田瑾倉在一旁看到妹妹被人殺害的過程，呼吸變得急促，他沒想到寒非真的會動手！

寒非銳利的眼神看向了黑田瑾倉，「接下來就輪到你了。」

黑田瑾倉深吸一口氣，讓自己的心情穩定下來。

妹妹的死對他沒有造成多大的打擊，或許可以說是沒了負擔。

寒非不放過任何機會，直接衝上前去，以小刀攻擊他。

黑田瑾倉恢復平靜後動作也變得很敏捷，快速躲開寒非的攻擊後，也以身上的武器還擊。

不過，對於一心要為寒凜報仇的寒非，黑田瑾倉的攻擊根本不值一提。

為了今天，他又花了時間鍛鍊自己，提升射擊準確度，以及移動的速度。

此外，他還有祕密武器還沒拿出來呢。

他寒非從口袋內摸出一個神似螢光棒的東西。
他將東西緊緊握在手中，之後朝著黑田瑾倉丟了過去。
寒非丟出去的東西在還沒被黑田瑾倉打掉之前就突然發出強烈的光芒。
黑田瑾倉因為光芒而閉上眼睛，寒非藉機來到他的面前先擊落他的武器，然後往他的腹部刺了進去。
「呃……啊——」黑田瑾倉跪了下來。
腹部的傷口淌出大量的鮮血。
寒非將手上的武器丟在地上，看了一眼跪在地上的黑田瑾倉，轉身離開房間。
站在門口的黑衣人自動讓出一條路，其中一個黑衣人上前詢問寒非，「二少爺，您為什麼不直接了解那個男人的性命，如果他……」
「他活不久的。與其讓他直接斷了性命，讓他體會血液慢慢從體內流失，手腳冰冷，直到死亡還比較有趣不是嗎？」寒非冷冷的說。
那個人聽完寒非的話也不再說話，剛才寒非身上散發的氣場與寒御天如出一轍。
組織的內部已經變得殘破不堪，寒非穿越眾多黑嶽幫成員的死屍走到了外頭。
寒御天平靜地看著他，「解決完了？」
寒非點頭，「解決了。」
寒御天滿意的拍了拍寒非的肩膀，「不錯，這次的任務處理得很好。」
「謝首領讚賞，非只是為了替凜復仇罷了。」寒非淡淡地說。
「我們回去吧。」寒御天說完頭也不回地朝著直升機走去。
寒非也跟了上前。

其餘殿後的黑衣人將一顆顆炸藥放在門口處。

確認所有鴞的成員都離開後才按下按鈕引爆炸彈。

黑嶽幫這個名字從此消失在黑社會……

地點來到S國，寒凜的眼睛緊盯著手機畫面。

依照他的計算，夏恩星他們應該已經回到S國了，但是他等了幾天就是沒等到夏丞風的訊息。

這幾天除了吃飯、睡覺及其他雜碎的事情，他基本上就是手機不離身，緊盯手機看。

這時候手機的畫面閃過了一則訊息，寒凜沒有猶豫直接點了開來。

「小子，當你看到這則訊息表示我給你的考驗已經開始了。我把恩星藏在一個很隱密的地方，至於我給你的時間只有一個禮拜。若你能在一個禮拜的時間找到她，我就讓你們倆在一起，不會逼迫你們分開。如果不行的話你就要給我離恩星遠遠的，從今以後不准再接近她。」

寒凜才不會因為這個考驗而甘願與夏恩星分開呢。

這時又有訊息傳了過來。

「可是我也不是那麼小心眼的人啦，所以我給了你三個提示。一，恩星喜歡的。二，恩星喜歡的。三，恩星喜歡的。這些就是給你的提示。」

寒凜看完後忍不住輕笑出聲，「哈，果然很有恩星爸爸的作風。不過，這一點提示就很足夠了。」

他將手機畫面回到主頁，桌布是他與夏恩星的合照，「恩星，你等著，我這就去找你。」

✦

寒凜仔細思考夏恩星的喜好。

嗯……恩星她喜歡某個動漫的角色人物，他記得很清楚，因為那是他第一次吃醋。

然後夏恩星喜歡跳舞。

對了！就是跳舞！

寒凜找到方向後就動身前往亞紗曼學院。

他知道夏丞風絕對不會把夏恩星藏在這裡，他到亞紗曼來是為了找一個關鍵人物。

「你說你要找恩星，可是我真的不知道她爸爸把她藏在哪裡耶。」艾妲琳無奈地說。

她是真的不知道，因為夏恩星也沒有聯絡她。

不，應該說夏恩星變得音訊全無了！

寒凜挑眉，心想，「看來他真的是設想周全呢。肯定把恩星的手機收起來了，而且還不讓她與外頭接觸。」

艾妲琳知道發生了什麼事，她看夏恩星和寒凜無法膩在一起，覺得他們實在是太可憐了。好不容易度過死劫，卻不能待在一起，啊，怎麼會這麼揪心啊。

「寒凜你別擔心，只要我有恩星的消息我會立刻告訴你。祝你早日找到恩星。」艾妲琳對寒凜比了一個加油的手勢。

寒凜向她點頭，表示謝意。之後，他要趕緊到其他地方找尋線索。

寒凜來到停車場正準備上車時，看到艾妲琳匆忙跑向他。

「寒凜——我有一件事忘記告訴你了。」

艾妲琳跑到寒凜的面前，手撐在膝蓋大口喘氣。

「是什麼事？」寒凜問。

艾妲琳等到呼吸平穩後，說：「你要不要去恩星的老家找找看呢？但是我想恩星的爸爸應該不會笨到把她藏在那裡就是了。」

「沒關係，多一個線索也可以。」寒凜淡淡的說。

寒凜將手機遞給艾妲琳。

艾妲琳低著頭打了一串地址後將手機歸還給寒凜。

寒凜瞥了一眼地址後便將手機放進口袋內。

還不知道正確的位置在哪，不過他已經將地址烙印在腦海中。

「對了，寒凜，請問你知道寒非最近的消息嗎？我想要打電話給他，不過都顯示語音信箱。」艾妲琳的臉色看起來有些慌張。

她也不知道怎麼搞的，從義大利離開後就莫名在意寒非的行蹤，明明以前她都不會在意任何男人的啊。

何況寒非還比她小了三歲呢，感覺就像弟弟一樣。

寒凜沒有多疑，直接說：「非，他好像還在義大利。他的詳細行蹤我也不清楚。」

艾妲琳神情低落的看著地面，「好吧。那他如果有聯繫你的話，你可以幫我跟他說，叫他記得打電話給我嗎？」

「嗯。沒問題。」寒凜點頭，他會如實告知寒非的。

兩個人又寒暄幾句後艾妲琳便跑走了，畢竟她還要繼續練舞呢。

寒凜則上了車，將手機拿出，將夏恩星老家的地址輸入導航，然後發動車子離開亞紗曼學院。

照著導航的指引來到S國較偏鄉的地區。

沿路可以看到許多田地還有魚塭。

寒凜覺得很新奇，他從未看過鄉下的景象。

還沒成為鴞的一員之前他跟他的家人住在英國，那裡根本不會看到田地或是魚塭。

突然他看到一個老婦人朝著他招手，寒凜將車慢慢駛向路旁。

老婦人懷裡捧著一個籃子，籃子裡頭裝有幾顆鳳梨。

「年輕人，你怎麼開著這看起來很貴的車出現在我們鄉下地方啊？你是來找人的嗎？」老婦人和藹可親的問。

寒凜平淡的說：「我是來找人的沒錯。請問您知道這個地址嗎？」

寒凜將手機上的地址秀給老婦人看。

老婦人看了一眼後驚訝的說：「這是我家的地址啊。年輕人，原來你是要去我家啊。」

寒凜也很訝異，沒想到路邊遇到的老婦人竟然跟夏恩星有血緣關係。

「請問您是夏恩星的家人嗎？」寒凜問。

老婦人笑著說：「你認識我們家星星嗎？我是她的奶奶。」

寒凜恍然大悟，「您好，我的名字叫寒凜，我是來找恩星的。請問您可以幫我帶路嗎？」

老婦人瞇著眼，微笑看著寒凜，「沒問題沒問題，還麻煩你載我一趟，真不好意思。」

「哪裡，您老人家捧著重物也不好。」寒凜說完後立即開門下車。

把後座的車門打開，接過老婦人懷裡的籃子先放進後座後，老婦人也坐了進去。

寒凜回到駕駛座後轉過頭去對老婦人說：「請您繫好安全帶，我要發動車子了。」

「好，年輕人你真體貼。」老婦人看寒凜越看越滿意。

寒凜笑而不語。

老婦人向寒凜指了個方向，之後車子便來到一棟透天別墅前。

寒凜先行下車，幫老婦人打開車門。

老婦人笑著向寒凜道謝後，捧著籃子就先進到屋子內。

「媽，你回來了嗎？」沈玟月走到了客廳。

她接過老婦人捧著的籃子放到客廳的大桌子上。

當她再次抬起頭就看到了寒凜。

「哦？寒凜！你怎麼出現在這裡？」

「伯母您好。」寒凜恭敬的說，「我是來找恩星的。」

沈玟月尷尬的笑了笑，「是來找恩星的啊，但是我們恩星不在這裡喔。」

寒凜當然知道夏恩星不在這裡，「沒關係，不過我想請問伯母，您知道伯父把恩星藏在哪嗎？」

「呵，你以為只要你到這裡我就會乖乖告訴你嗎？」

夏丞風不知道從哪裡走了過來。

寒凜看到他還是有禮貌的點頭示意。

「小子，看來你有去找小艾問我們家的地址呢。但可惜的是，我們恩星並不在這裡。」夏丞風語氣不佳的說。

一旁的老婦人一聽，不高興的說：「丞風，你這樣行嗎？都已經是大人了還想要干涉孩子間的感情，難道當初玟月的爸爸有這般刁難你嗎？」

夏丞風急忙澄清，「媽，這不一樣啊。我總不能讓恩星跟這來路不明的小子在一起吧。」

「哼！什麼來路不明。這位年輕人剛才可貼心了，看到我捧著重物還主動幫我的忙。這樣的年輕人不好嗎？」夏恩星的奶奶夏澐婧忍不住大聲說話。

夏氶風被這麼說，羞愧地抓了抓頭，「媽，你別在外人面前這樣說我了。」

夏氶風說完便看向寒凜，「小子，你既然來了我正好可以問你一點事情。我們坐下來聊聊吧。如果你回答的好，或許我會告訴你恩星的所在之處。」

「好，伯父想問什麼儘管問吧。」寒凜爽快的回答，畢竟這攸關是否能知道夏恩星在哪的最關鍵消息呢。

原先站著的人都來到沙發的位置坐了下來。

三個夏家長輩坐在一塊，而寒凜則坐在他們的對面。

這樣子看起來倒像是在偵訊一般。

「首先，把你的家世背景、現在從事的工作、還有交友狀態通通說出來吧。」夏氶風覺得認識一個人最快的方式就是問他這幾個問題了。

他倒要好好看清楚寒凜是個怎麼樣的人。

寒凜沒有思考太久，他也想要讓夏家的人認同他，「我的名字是寒凜，母親是英國人，父親則是S國人。十六歲時父母發生了事故去世了，而我被現在的養父所收養，長年居住在英國。我從事的職業很特殊，因為養父的緣故我十六歲起就開始工作。因為個性使然，不太擅長與人往來，真正的朋友只有同被養父收養的弟弟。」

沈玟月聽寒凜說完後覺得他好可憐，對寒凜越是心疼。

不過夏氶風可不這麼想，他真正想知道的是寒凜的職業是什麼。

「小子，你說你的職業特殊，不如說出來讓我們聽聽看。」

寒凜心裡其實有點擔心，總覺得現在的場面跟他執行任務比起來好像比較危險。

他怕他說出他的工作，夏丞風反而會更加抵制他與夏恩星在一起。

「我不是刻意要隱瞞你們，我這就說出我的職業。」寒凜停頓了一下，說：「我是個殺手。我的養父是英國某個黑社會組織的首領，自從被他收養後他便培育我成為一名職業殺手。我知道我的職業可能會帶給恩星極大的風險，但是我會保護她的，我賭上我的性命，保護她的性命安全。」

寒凜說完後全場默不出聲。

看到這個情況，他的臉上冒出薄薄的汗水。

氣氛有些凝重。

✦

「小子，你今天先回去。我們需要時間沉澱一下。」夏丞風難得沒有對寒凜惡言相向。

寒凜沒有再說什麼，逕自起身，向三位長輩深深一鞠躬後便自己走出了透天厝。

在上車之前他又回頭看了透天厝一眼，之後上了車，開車駛離夏家。

夏丞風從窗戶看到寒凜的車離開後才回到沙發坐了下來。

「丞風，我覺得寒凜這個孩子真的不錯啦。雖然他的職業的確會讓人擔憂，但我覺得……」沈玟月說到一半夏丞風便制止她。

「就算他向我們保證，不會讓恩星受到一點傷害，但我還沒辦法全然接受他。」夏丞風輕描淡寫的說。

夏澐婧嘆了一口氣，「唉——孩子們的事我們還是不要管太多。既然恩星那孩子都可以接受他的職業了，我們又有什麼理由能夠反對呢。」

夏丞風沉默不語，他想他需要時間考慮。

他看得出夏恩星有多喜歡寒凜，而他也從寒凜眼中看出他對夏恩星的愛。

夏丞風走到屋子的角落，那裡有一道暗門。

他先張望了四周，確定沒有人跟來才開啟暗門走了進去。

暗門內黑漆漆的，夏丞風走了一段路後又打開了一道門。

門後一片光明，而夏恩星躺在床上，正在看漫畫。

「恩星。」夏丞風走到床邊。

夏恩星將漫畫放下，坐了起來，「爸爸，你什麼時候要放我出去啊？我很想見寒凜，你讓我見他啊。」

夏丞風搖搖頭，「現在還不行。那小子的職業讓我很不放心。」

「你已經知道凜是殺手了嗎！」夏恩星激動的看著夏丞風，「爸爸，凜他不是壞人，他真的會保護我。他對我很好的。」

「別說了。就算你可以接受，但身為你的爸爸，我無法接受我的女兒跟一個殺手在一起。爸爸也是為了你好啊。你就聽爸爸的話，跟他分手吧。」夏丞風苦口婆心的說。

夏恩星無力的躺回床上，「我以為你能夠明白……既然不讓我見他，那總能讓我跟他講電話吧。」

「不行。這樣他就會定位到你的位置。這是我給他的考驗，我怎麼可能讓他輕易過關。如果他過不了這關，那他也別忘想跟你在一起了。」夏丞風也還在試著接受寒凜，他也不忍心看到夏恩星難過。

他知道感情這回事是多麼複雜，一但愛上了，說要放手又是多麼困難。

他不再多說什麼，從小暗門離開。

這道門只有他可以打開，因為上頭解鎖需要他的指紋。

而這裡也只有他知道，從義大利回來後他就瞞著老婆還有母親把夏恩星藏在這裡。

他騙他們說夏恩星去艾妲琳家住上幾晚，過幾日才會回來。

一開始沈玟月和夏澐靖都不相信，但是夏丞風也不知道說了什麼，他們竟然就當真了。

夏恩星看到夏丞風離開這個房間後她又繼續看漫畫。

其實這個房間內什麼都不缺，有她喜歡的漫畫、動漫人物的海報或是周邊，這裡對她來說就像天堂一樣。

她都不知道她爸爸竟然為了讓她待在這裡不乏樂趣，花大錢買了這麼多她喜歡的東西。

不過，爸爸卻沒有把她最喜歡的帶來她的面前……

寒凜回到小套房，解開門鎖進到屋內，看到沙發上躺著一個許久不見的人。

「呦——凜，你終於回來啦！」寒非看到寒凜馬上坐起身。

寒凜疑惑的看著他，「你怎麼會在我家？」

寒非笑咪咪的看著他，「嘿嘿，因為想你就來啦。因為你還沒回來我就自己開門進來囉。」

寒凜扶額，看到寒非如此逍遙自在的闖進他家，他開始思考是否要換個門鎖，要不就多裝幾個。

「對了，凜你剛才跑哪了啊？」寒非好奇的問。

寒凜脫下身上的外套，走到沙發旁坐了下來，「沒去哪，只是去恩星的老家。」

「蛤！」寒非激動的拍打桌面，「凜你已經到了見岳父岳母的階段了嗎？」

寒非發現自己真的不能小看寒凜，進度飛快啊！

「……我被趕回來了。」寒凜如實的說。

「噗哧，凜……被趕回來……哈哈——」寒非笑到說話斷斷續續的。

寒凜看到他誇張的反應，臉色鐵青。

寒非突然停止大笑，因為……他周遭的溫度好像瞬間下降了。

「呵……呵呵，凜你生氣啦？」寒非小心翼翼的看著寒凜。

寒凜只是看了他一眼，說：「沒有。」

寒非可以肯定，寒凜一定正在氣頭上。

「非。」寒凜面無表情的看向寒非。

寒非緊張的舉起手來，「有！請問凜哥哥有什麼事？」

「有空的話就給艾妲琳打個電話吧。她好像挺在意你的。」寒凜淡淡的說。

「她在意我？凜你沒搞錯吧，那個做事有點瘋瘋癲癲的女人竟然在意我？她應該是想要使喚我做什麼事吧。」寒非不相信寒凜的話。

寒凜聳聳肩，「不關我的事。但我勸你還是打電話跟她說一下好了。」

寒非無奈地說：「好啦，胸，希望那個女人不是要叫我做東做西。」他站了起來，拿過桌上的手機然後走到陽臺。

室內瞬間安靜許多，只要有寒非在寒凜就無法靜下心思考。

他打算明天一大早再去一趟。

不知為何，他總有一種夏恩星就在那的感覺。

但，他分明沒有在屋內看到她的身影，不過就是可以隱約感覺到她的氣息。

他看了手機顯示的時間，不自覺嘆了一口氣。

雖然他跟夏恩星不是第一次分開，但這卻是他頭一次想要早日見到她。

想要擁抱她，甚至於親吻她。

看著寒非在陽臺很激動地講著電話，他也很想要和夏恩星聊天。

覺得自己再想下去的話也沒有結果，寒凜果斷地離開客廳回到臥室去睡覺了。

畢竟隔天還要繼續奮鬥呢。

一大清早，夏丞風就看到寒凜的車停在自家外頭。

他眉頭深皺，立刻放下手中的早餐走到戶外去。

「伯父您早。」寒凜恭恭敬敬的說。

「小子，你以為你這麼早來我就會答應你嗎？」夏丞風不耐煩的說。

寒凜一副無所謂的看著他，「今天起得早，來到這裡也不用多少時間，而且也想跟伯父聊聊天。」

說什麼不用多少時間這句話是騙人的，他從小套房來到這裡起碼要花上一個半小時。

他到底多早起呢？他四點多就起床啦！

沒有為什麼，因為昨天太早睡了，早上睡不著，直接起床收拾東西趕了過來。

「跟我聊天？小子，你真有心啊。今天沒有工作很清閒對吧。」夏丞風諷刺的意味完全沒有掩飾。

此時夏澐靖緩緩走向他們，「寒凜啊，有沒有吃早餐？如果沒有的話就進來跟我們一起吃吧。」

「還沒有。不好意思要打擾您了。」寒凜直接忽略愣在一旁的夏丞風。

夏丞風嘴巴張得大大的，剛想要說的話要吞了回去。

「丞風啊——你不要呆呆愣在那邊，快點過來吃早餐啊。」夏澐靖站在門邊大聲叫喊。

夏丞風這時才回過神來，氣沖沖地走回屋內。

他竟然被寒凜忽視了，他感到顏面掃地啊！

從頭到尾夏丞風緊盯著若無其事吃著早餐的寒凜。

寒凜沒有看他，而是低頭看著桌面上的報紙。

吃完早餐後，夏丞風以為他終於逮到機會可以趕走寒凜。

沒想到寒凜看到捧著籃子準備外出工作的夏澐靖很自動的跟了上去。

「奶奶我幫您的忙吧。」寒凜平淡的說。

夏澐靖沒有多想直接答應，「好啊。有寒凜幫忙今天一定會收穫滿滿。」

夏丞風看到這一幕下巴都快掉下來了。

寒凜的行動力果然不容小覷。

第九章：永不分離

寒凜跟著夏澐靖來到一開始兩人碰面的地方。
這裡是一大片的鳳梨田。
夏澐靖把一頂草帽戴在寒凜頭上，「來，把這個戴妥，不然等等就中暑了。」
寒凜沒有抵抗，就這樣乖乖的戴著草帽。
雖然樣子看起來呆萌呆萌的。
夏澐靖指導寒凜怎麼採收鳳梨，寒凜的學習力很強，馬上就上手了。
看著寒凜的手熟練的將一顆顆鳳梨放進籃子內。
儘管臉上都是汗水但卻沒一絲怨言，夏澐靖真的是滿意極了。
沒多久籃子滿了，寒凜站起身，用脖子上的毛巾將汗水拭去。
「孩子啊，有你幫忙真的會收穫滿滿呢。你別擔心，我一定會幫你說服我家兒子，順便唸唸他，看他還敢不敢繼續刁難你。」夏澐靖拍了拍寒凜的肩膀。
「您客氣了，您老人家一個人在田地裡工作實在辛苦，以後我有時間就來幫您吧。」寒凜真誠的說。
夏澐靖滿意的點點頭，「你有這個心就好了。」
接著兩個人慢慢步行走回透天厝。
夏丞風站在大門前等著他們。

他走上前接過夏澐婧的籃子，「媽，您先進去休息吧，我有話要跟這小子說。」

「那你別刁難我的準孫女婿，要不然你也會被我刁難。」夏澐婧鄭重的叮嚀他。

在走回屋內的過程中不斷回頭，她對夏丞風還是不太放心。

夏丞風的眼神難掩無奈，沒想到自己的媽媽竟然如此偏袒寒凜。在小子的身上到底有什麼魔力，怎麼夏家的女人都對人如此信任。

「小子，你今天也辛苦了，先回去吧。」

寒凜沒有拒絕，將頭上的草帽交給夏丞風，「請您幫我還給奶奶，也很感謝奶奶給了我下田體驗的經驗。」

寒凜說完二話不說掉頭就走。

不過他沒有放棄，人總要挑戰三次才有成功的機會嘛。

夏丞風倒是挺意外的，沒想到寒凜今天這麼爽快的離開。

不過他不知道的是，轉身離去的寒凜其實臉上露出了淡淡的笑容。

他相信明天就會成功！他有十足的把握。

夏丞風進到屋內，馬上就被兩個女人一前一後夾擊。

「兒子啊，你把我寶貝孫女藏到哪去了？」

「老公，我們家恩星呢？她是不是不在小艾家？」

夏澐婧和沈玟月逼問著他。

夏丞風頓時壓力上身，「呃……恩星她真的在小艾家啊。你們真的這麼不相信我嗎？」

「對啊。」兩個女人異口同聲的說。

「唉——」夏丞風扶額，「你們到底希望我怎麼做啊？」

「讓他們兩個見面吧。」夏澐婧說。

沈玟月表示認同，「老公，我也知道你的顧慮，但是你要相信恩星的選擇啊。寒凜他絕對不是隨便殺人的殺手，他應該只制裁壞人的啦。」

「可是……」

「沒有可是！」夏澐婧和沈玟月同時瞪向夏丞風。

夏丞風無言以對，他在家裡的地位甚至比寒凜這個外人還低階啊！

還不是夏家成員就已經這樣了，如果寒凜真的跟恩星結婚了，那他是不是就沒地位啦。

寒凜回到套房後，寒非在沙發上拿著手機玩遊戲。

「非，我明天想要麻煩你一件事。」

寒非馬上放下手機，一臉嚴肅的看著他，「是任務嗎？我絕對可以幫忙的。」

「這個任務真的只有你可以做到。」寒凜用堅定的眼神看著寒非。

寒非一聽，內心激動不已，「只有我做得到。哼！凜，你就直說吧。」

「明天跟我去夏恩星的老家一趟。」

「蛤？」寒非懷疑自己聽錯了，「凜，你叫我跟你一起去夏恩星的老家！為什麼我也要跟著去？」

寒凜理所當然的說：「因為需要你幫忙，就這麼簡單。」

寒非搔了搔頭，「你要去見岳父岳母我是沒意見啦，但是你有必要把我也拖下水嗎？」

「你明天開我那輛酒紅色的車去。」

寒非更加驚訝了，「什麼！你要開那輛價值幾百萬的跑車去？老天，你是不是瘋了啊。」

「沒有。」寒凜果斷地說。

他這一切都是有目的的，他早已打好如意算盤。

寒非愣愣的點頭，反正寒凜說什麼就做吧。

要不然遭殃的人可能就是他……

今天，是寒凜拜訪夏家的第三天。

寒凜今天穿著較前兩天正式，在夏丞風眼裡，寒凜就像是要來提親一樣。

「伯父、伯母、奶奶。今天寒凜正式來拜訪，希望伯父能夠認同我，也能夠讓我見上恩星。」寒凜恭敬有禮地說。

夏澐婧以及沈玟月都看向了夏丞風。

「寒凜。」這是夏丞風第一次叫出寒凜的名字，「你的心意我已經知道了，我想了很久，我真的很猶豫到底該不該將我的寶貝女兒交給你。不過，我現在終於想通了。你會實現你的諾言，好好保護恩星，不會讓她受到傷害對嗎？」

寒凜毫不遲疑的回答，「我發誓跟恩星在一起絕對不會讓她傷心，不會讓她受傷。」

夏丞風閉上眼沉默許久。

每個人都在等待他的回應。

「……好吧。我允許你跟恩星在一起。」

夏澐婧和沈玟月高興的抱在一起。

寒凜聽到夏丞風的話後則是向他深深一鞠躬，「伯父謝謝您。」

夏丞風搖了搖頭，「把頭抬起來吧。我這就帶你去找恩星。」

他轉過身走向屋子最裡面，寒凜也跟了上去。

夏丞風用指紋將暗門開啟，然後走到最裡面的門也用了同樣手法。

寒凜就只是靜靜跟著他，他在心裡不禁對夏丞風感到佩服。

他沒想到夏恩星真的被藏在老家，雖然不是相連的空間，但是這幾天他真的離她很近。

而夏丞風竟然會設置暗門在家裡，他懷疑夏丞風的職業是不是也不單純。

門把轉開，夏丞風先進到房間內。

「爸爸，你又來給我送飯囉。那你可以幫我去買幾本漫畫嗎？我都快看完了。」

夏恩星沒有形象的躺在床上，衣服的下襬還微微掀起，隱約可以看到她白皙的皮膚。

夏丞風無奈的搖頭，「夏恩星，你這副模樣能見人嗎？快把衣服拉好。」

「切！見人？我是要見誰啊。會來這裡找我的人也只有你一人。」夏恩星還沒有察覺房間內不只她跟夏丞風。

「你要見的人是我。」

夏恩星緩緩將漫畫放下，她的臉上露出不可置信的表情，「這個聲音是凜？凜來找我了？」她激動地從床上坐起身。

她摀著嘴，簡直不敢相信自己的眼睛，「凜！真的是凜！」

她不顧自己沒有穿鞋子，赤著腳跑到寒凜面前捧著他的臉，「嗯，這是凜的臉。怎麼變黑了呢？本來就已經很瘦了，怎麼又瘦了？」

「為了見到你。」寒凜淡淡地說。

但是夏恩星聽到他這麼說，不知為何感到鼻酸。

「你們倆慢慢聊，我先離開了。」夏丞風扭頭就走，離開前還記得關上門，給許久未見的兩人一點時間。

寒凜牽起夏恩星的手，「沒想到我在外頭著急找你的時候，你是關在冷氣房內，吹冷氣看漫畫啊。」

夏恩星的眼神開始飄移，「呃……因為爸爸把我關在這裡我也不能做什麼，所以……只能看漫畫解解悶。」

她真的不是故意的啊，她也很想去亞紗曼跳舞，也很想見到寒凜。

寒凜突然將她的臉固定住，讓她只能看著自己。

「凜？」

「先別說話。」寒凜強勢的語調讓夏恩星瞬間閉上嘴。

寒凜注視著夏恩星的眼睛，在夏恩星還來不及反應的時候一把奪過她的雙唇。

這是他想念已久的味道，他想念的人也在他的身旁。

夏恩星只是一味的接受寒凜的親吻。

她不知道要怎麼反應，因為寒凜就像失去控制一般，吻的很急促，在吻的過程中，手竟然還在她的背遊走著。

寒凜離開夏恩星的唇，他的嘴巴移到夏恩星的耳邊，「恩星，你想要繼續嗎？」

夏恩星懵了，什麼繼續？繼續的意思難道是……

夏恩星的臉因為寒凜的話瞬間炸紅。

什麼繼續下去啊！雖然她心裡真的有小小的期待啦。

不過這個想法瞬間被她壓了下來，就算這裡不是她老家，但是也只隔了一條通道而已。

況且，夏丞風什麼時候會回來她也說不準啊！

「凜……你冷靜一點，我爸爸他可能還會回來，你先別激動啊。」夏恩星將手舉在胸前，試圖拉開她與寒凜的距離。

寒凜因為她的舉動有一點不高興，他的手摟著她的腰把她拉進自己懷裡，緊緊抱住。

「沒有我的允許不可以擅自離開我。就算只是一點點。」寒凜霸道的說。

夏恩星只能自顧自的點頭，她好像不小心又開啟了寒凜的某個開關，怎麼寒凜的佔有慾比之前還要嚴重啊。

寒凜的唇再次貼了上來，夏恩星拿他沒辦法，想親就親吧。

他先是蜻蜓點水般輕點她的唇，之後撬開她的貝齒將舌頭伸了進去。

夏恩星不熟練地回應寒凜的親吻。

寒凜就像是得到鼓勵一樣，從原先溫柔地親吻，轉變為更強勢，更進一步的接吻。

「唔……」

臉上的燥熱完全無法退散，夏恩星覺得自己的呼吸越來越困難。

寒凜發現她的狀況後，依依不捨的鬆開她。

「凜，你太強勢了啦。這樣我會招架不住的。」夏恩星小小的埋怨他。
寒凜挑眉，「之後會更強勢的，要學著慢慢習慣。」
「……」夏恩星發現覺醒後的寒凜變得好恐怖喔。這霸道程度真的是直線飆升啊。
寒凜感到心滿意足，後續就等以後吧。反正他們有的是時間。
他打電話給夏丞風，沒多久夏丞風就來幫他們開門。
夏丞風看到夏恩星臉色發紅就知道剛才這裡發生了什麼事。
「我先說好，我可不想要這麼早就當外公了。」
夏丞風的話讓夏恩星不自覺的低下頭，躲在寒凜身後，因為她的臉肯定已經紅得像煮熟的蝦子了。
沒想到寒凜還能夠若無其事地回答，「伯父您放心，我會等恩星畢業的。」
「噗哧——」這一次夏恩星完全沒忍住。
她偷偷捏了寒凜的腰，當作是給他的一點小懲罰，誰叫他這樣回她爸爸的啊。
但是寒凜根本不痛不癢，將手伸到後方，握住夏恩星的手，「我不介意在你爸爸面前再次奪過你的雙唇。」
夏恩星馬上停止動作。
她還沒膽子大到在夏丞風的眼前與寒凜親親我我。
從暗門出來後夏恩星看到她的奶奶還有媽媽看著她的表情有點怪怪的。
「奶奶，你跟媽媽是怎麼了？」夏恩星疑惑的問。
夏澐婧滿臉笑容的看著夏恩星，「嘿嘿，恩星你多疑了啦。只是很期待你跟寒凜會有什麼發展。」
「會不會過不了多久我就有曾孫子了！」這才是夏澐婧的心聲。

「媽，他們現在還能有什麼進展啊。如果有更進一步的進展……」夏丞風瞪著寒凜，

「我會再次把你跟恩星分開的。」

「這只到恩星畢業之前。畢業之後的事，您也說不準。」寒凜也毫不示弱。

夏澐婧和沈玟月又在一旁憋笑。

夏丞風則是無奈的嘆氣，「唉——先這樣吧。」

家人之間聊天一段時間後，寒凜就想要帶著夏恩星離開了。

他要趕緊把夏恩星帶回家，過上兩人世界。

夏丞風也沒有阻止，因為他已經確認過寒凜對夏恩星的心意是千真萬確的。

他也想要花點時間檢討自己幼稚的行為。

離開之前寒凜才想到他準備了一樣驚喜要送給夏丞風。

他拿出手機撥打電話，電話另一頭過了許久才接通。

「喂——這裡是寒非外送服務，請問你有什麼需要嗎？沒有的話我要繼續睡覺囉。」

寒凜眉頭皺了一下，「原來你一直都在睡覺啊。」

「咦？凜！你已經見到夏恩星了嗎？」寒非這才清醒，但是已經來不及了。

「我叫你隨時待命，你倒是睡了一個好覺啊。」寒凜淡淡的說。

不過，聰明的寒非知道自己的死期就快到了。

「呃……嘿嘿——因為等太久了，不小心就……」

「你現在把車開到大門。」寒凜說完直接掛掉電話。

寒非把手機丟在副駕駛座，把車緩緩開向夏恩星老家的大門。

在大門的地方，夏家的長輩將夏恩星團團包圍。

「恩星，有空就回來看看奶奶，也要帶著寒凜回來喔。」夏澐婧說。

沈玟月點頭，「自己生活要注意安全，對小艾好一點，別因為現在有了男朋友就忽略她了。有機會也幫她介紹一個不錯的對象吧。」

就算沈玟月不說夏恩星自然會幫她的好姐妹找到一個好對象，不過她覺得就算她不出手，艾妲琳好像已經有了曖昧的對象了。

接著夏恩星看向夏丞風，「爸爸，你工作比較辛苦，要照顧自己的身體喔。」儘管這次爸爸對於寒凜的試煉讓她稍微不高興，但他完全可以理解，這是爸爸對一個女兒的重視、關心。

夏丞風抱住她，「我會的。你自己也要當心，如果遭遇傷心事就回家跟爸爸訴苦吧。」

夏恩星感到鼻酸，「嗯，謝謝爸爸。」她就知道爸爸對她最好了。

「不好意思，伯父，我準備一樣禮物要送給您。」寒凜說完一輛酒紅色的跑車就出現在夏家大門口。

夏丞風瞪大眼睛，覺得很不敢置信，「這是你要送我的禮物？」

寒凜輕輕點頭，「之前恩星曾經說過伯父您很喜歡車子，不過因為家中經濟的狀況所以無法買下一輛自己的跑車。寒凜牢牢記住恩星的話，今日就準備這份禮物送給伯父。」

寒凜如此雲淡風輕地說，夏丞風則是快要按耐不住內心的激動。

「這……這要價不斐的跑車可是限定款的，你真的要送給我？」他還是不敢相信寒凜的話。

「嗯。」寒凜簡單的發出個鼻音。

反正對他來說，限定款跑車只是拿了收藏罷了。

這時，寒非從跑車的駕駛座出來，走到夏丞風面前將鑰匙交到他的手裡，「伯父您好，我是寒凜的弟弟我叫寒非。這是凜的一點小小心意，請您一定要收下。」

「小小心意？」夏丞風整個人懵了，限定版的跑車叫做小小心意？

他花了大半輩子想要買一輛跑車。

沒想到卻在今天收到一個名為小小心意的跑車禮物。

頭腦跟不上思考，又因為太高興了，夏丞風整個人向後倒，昏了過去。

回去的路上，夏恩星坐在副駕駛座，而寒非則在後座滑手機。

夏恩星小心翼翼地看向後方，「寒非，你最近有跟艾妲琳聯絡嗎？」

寒非從手機螢幕上抬起頭，「有啊。為什麼這麼問？」

「那你對艾妲琳有沒有感覺啊？」夏恩星是真的覺得他們倆很速配。覺得他們倆在一起的話應該蠻有趣的。

「你是頭腦壞掉了嗎？我對那個女人會有什麼感覺。那種沒事就喜歡使喚人的女人，我才不喜歡呢。」

寒非覺得很奇怪，為什麼夏恩星跟寒凜好像都想要把他跟艾妲琳湊在一塊兒。

不過寒非馬上知道自己又說錯話了。

因為寒凜透過後照鏡狠狠瞪著他。

就因為剛才寒非罵夏恩星頭腦壞掉。

寒非忍不住在心裡抱怨，「真是的，還沒娶進門就已經護妻護成這樣了。那如果兩人結婚後，該不會的功用就只剩下幫忙買嬰兒用品了？還是幫忙換尿布啊。」

夏恩星又回復到了正常的生活型態。
早上去亞紗曼學院練舞，補上進度，傍晚回到小套房洗完澡後就會溜到寒凜的套房去。
日子過的逍遙自在又快活。

✦

「凜，你最近都不用執行任務嗎？」夏恩星的頭靠在寒凜的大腿上，抬起頭來看著他。
原本正滑著平板的寒凜低下頭來，先在夏恩星的唇上輕輕一點，才回答她。「我不想跟你分開。」
夏恩星臉蛋泛紅，寒凜最近霸氣指數破表，她的小心臟真的會承受不了啊。
只是問他為什麼沒有去執行任務，竟然就可以撩她！
冷酷的寒凜跑哪了？
「凜你這樣不行啦。該工作的時候還是要去啊，不可以偷懶。」夏恩星故作生氣的說。
「你捨得和我分開？」寒凜深邃的眼眸緊盯著她。
「當然捨不得。」夏恩星激動的說。
寒凜的嘴角微微彎起，「這就對了。」
夏恩星卻為此悶悶不樂。
現在寒凜有很多時間陪伴她，她固然高興。
但是，她覺得她喜歡的是帶著神祕感的寒凜。
她喜歡的是，為了組織付出一切的寒凜。
寒凜發覺夏恩星的表情不太對勁，他緊張的問，「恩星你不舒服嗎？怎麼臉色這麼難看？」

夏恩星如實的將心裡的想法說出口，「凜，我不希望你為了陪我而放棄了你的工作。殺手這個職業雖然伴隨著風險，但是我會跟凜相遇就是因為你的身分。你就放心的去執行任務吧，只要不要帶傷回來就好。」

之前寒凜還不都叮囑她要乖乖去學院練習，這回怎麼換寒凜自己想要偷懶了。

從寒凜的眼神中，看不出他在想什麼。

夏恩星吞了一口口水，困惑的看著他。

寒凜沒想到夏恩星會這麼想。他一直以為要跟夏恩星在一起要付出代價，而那個代價就是放棄殺手的身分。

他早就做好心理準備，想說定個日子，到英國向寒御天辭職的。

但是夏恩星卻叫他不要放棄，還叫他去執行任務。

「恩星，我答應你爸爸要好好照顧你的。」

「但是我沒有叫你不要當殺手啊！」夏恩星忍不住大聲說話，「你只要固定一段時間回來，我不想要限制你原本的生活，你應該要像以前一樣自由的。不是殺手的寒凜，就不是寒凜了。」

寒凜沉默片刻，伸出手將夏恩星額頭上的髮絲撥到一旁。

「好，我聽你的。我會繼續執行任務，而且不會帶傷回來。」

夏恩星滿意的笑了笑，「嗯，凜很聽話喔。」將手舉起，摸摸寒凜的頭。

「夏恩星，你是把凜當狗了嗎？」寒非赤裸上身，肩上披著一條毛巾，髮尾仍滴著水珠。

寒凜皺了眉頭，然後把夏恩星的眼睛遮起來。

「誒？凜，你做什麼啊？為什麼要遮住我的眼睛？」夏恩星想要把寒凜的手拿下來。

但是寒凜卻壓的更用力了。

「如果你想看只能看我的。」寒凜霸道的說。

「可惡……」夏恩星忍不住在心裡小小咒罵。

寒凜那結實的上半身是訓練練出來的。

剛才瞥到寒非赤裸的身體，她在心裡小小激動一下，但卻被寒凜給遮住了視線。能夠看到精壯身材的機會就這樣飛走了。

寒凜狠狠看向寒非，「把衣服穿好。」

寒非也不知道吃了什麼壯膽藥，這一次竟然沒有被寒凜的威脅嚇到。

「哼——剛洗完澡不想馬上穿衣服。如果不想讓夏恩星看到的話你們倆不如到房間去啊，客廳沙發可是我的床耶。」

是的，沙發是寒非的床，寒非的床就是沙發。

就是這個被夏恩星和寒凜用來曬恩愛的沙發。

夏恩星差一點笑出來，她覺得寒非當個殺手實在太可惜了，應該要去當搞笑藝人才對啊。寒非真是幽默感十足呢。

而且他好像帶有受虐傾向，是因為習慣被寒凜虐待了嗎？

當然，這句話夏恩星絕對不會在寒凜面前說出口，不然接下來就換她遭殃了。

這時放在桌上的手機響了起來。

「非，手機。」寒凜將桌上的手機遞給寒非。

寒非看了來電顯示後，原本要按下接通的手瞬間停住。

電話持續響著，寒凜不耐煩的看向寒非，「是誰打的？為什麼不接？」

寒非一臉錯愕地說：「是艾妲琳打來的。」

「艾妲琳打來的！」夏恩星迅速坐了起來，「寒非你快接啊，說不定艾妲琳是有很重要的事要找你耶。」

「可是……唉——好吧。」寒非按下接聽鍵。

「喂，這裡是受到虐待的寒非。」

電話另一頭先是傳來艾妲琳的笑聲，過了一陣子她才正常說話，「什麼受到虐待啊？我看你應該是眼睛傷的比較重吧。」

「為什麼是眼睛？」寒非不懂艾妲琳的意思。

「唉唉，你不想想，你的眼睛最近應該都曝曬在刺眼的光芒之下，對眼睛的傷害很大的。所以才說眼睛傷的較重啊。」艾妲琳講得頭頭是道。

寒非聽完後覺得她說的真有道理，「聽你這麼一說我好像真的覺得眼睛怪怪的。能夠提供什麼治療的方法嗎？」

「哼哼，你這就問對人了。我現在要去配一副新的墨鏡，要不要跟我一塊去呢？」艾妲琳問。

「嗯，好啊，那我們明天……」

夏恩星雖然不清楚寒非跟艾妲琳在電話內聊什麼，不過看到寒非這與以往不同的反應，想必應該是好事。

「凜，你明天跟著我去執行任務好不好？」夏恩星小聲地問。

寒凜不明白夏恩星話中的意思，「任務？」

夏恩星滿臉笑容地看著他，「嘿嘿，你明天跟著我就對了。」

隔天接近中午的時候寒非一身黑色T恤配上深藍色牛仔褲，腳下穿著白色板鞋從寒凜的套房出來。

寒凜看到寒非出門後立即打電話給夏恩星。

「非他剛才已經出門了。我現在過去接你嗎？」

「嗯，盡可能快一點到喔。但不可以闖紅燈知道嗎。」夏恩星希望寒凜能到快點抵達亞紗曼，但不希望他違規。

「嗯。」寒凜說完就掛斷了電話。

夏恩星跑去向指導員申請早退，她覺得今天就是湊合艾妲琳跟寒非的大好機會，她怎麼可以錯過呢？指導員先唸上她幾句後就放她離開了。

夏恩星匆匆忙忙地換下舞蹈服，換回輕便的衣服後就趕緊跑到校門口。

此時寒凜的車已經停在那裡了。

夏恩星二話不說，拉開副駕駛座的車門直接坐了進去，「凜，出發吧。今天我們的任務可是非比尋常的重要呢！」

寒凜還沒搞清楚夏恩星到底想做什麼，不過，既然是女友大人的命令他當然不會有第二句話。

「遵命。」寒凜確認夏恩星繫妥安全帶後才將車開離學院。

夏恩星早就先去向艾妲琳套話了，該怎麼說呢，艾妲琳本身沒有想太多，所以就把她跟寒非約定碰面的地點告訴夏恩星。

寒凜的車來到一間百貨公司的停車場，夏恩星沒有等寒凜停好車就打開車門，往百貨公司入口的方向跑了過去。

寒凜還是頭一次看到夏恩星因為一件事如此執著，而且還很積極。

他將車停好，急忙跟上夏恩星。

夏恩星拿出早就準備好的墨鏡戴了上去，然後躲在角落牆壁的後方，偷偷看著寒非。

艾妲琳還沒出現，不過夏恩星預測她應該要快到了。

看到夏恩星躲在牆後的寒凜，頓時覺得夏恩星就像個狗仔一樣。

往後的日子裡，寒凜把這件事以及他的想法告訴夏恩星時，夏恩星只是這樣回答他。「我只是在模仿我喜歡的動漫而已啦。他們辦案的時候都會這麼做啊。」

寒凜嘆口氣，來到她的身邊，和她一同觀察。

「來了來了。」夏恩星看到艾妲琳走到寒非身邊，心情也激動了起來。

她要好好見證艾妲琳跟寒非第一次的假約會。

✦

「寒非，你有特別喜歡什麼款式嗎？」艾妲琳在眾多墨鏡中隨意挑選一隻。

寒非手中拿著一副黑色流線型的墨鏡，戴到臉上，「嗯，這隻不錯。」

艾妲琳看了看寒非戴著的墨鏡的價錢，「哇塞！這一副竟然要一萬塊。天啊，這可以買一隻新手機了。」艾妲琳一直秉持著能省則省的心態在過日子的。

所以，對於一副一萬塊的墨鏡她絕對會抵制不買。

便宜貨也是很好看的，重點是誰使用它，又是如何使用它才是重點。

不過，寒非就是個對數字極度不敏銳的人。

他雖然不像寒凜一樣靠著執行任務賺了很多錢，但他負責的工作也是有一定的重要性，而且他又是寒御天的兒子，領到的薪水能不高嗎。

「就這一副吧。我覺得我戴起來帥氣十足，正好能凸顯出我的個人魅力。」寒非比了個七放在下巴處。

艾妲琳看到他的樣子不禁失笑，「噗──你也太自戀了吧。都沒人誇你，你也可以這麼高興啊。哈哈，如果寒凜看到你這副模樣不知會有什麼反應呢？」

躲在角落的寒凜早就將這一幕盡收眼底，他決定適時的切割他與寒非的關係。

如此自戀的弟弟他可沒有。

夏恩星則把臉埋在寒凜胸前，她憋笑憋太久了，覺得有點累啊。

對於夏恩星的舉動，寒凜完全無意見。

畢竟這對他來說也是小小福利。

最後寒非還是買下了那一副價值一萬塊的墨鏡。

他與艾妲琳並肩離開眼鏡行，搭著手扶梯往地下美食街前進。

此時寒凜突然想到他跟夏恩星都還沒吃午餐呢。

「恩星，你想吃什麼？」寒凜溫柔地問。

夏恩星想了想，說：「嗯，我想吃韓式石鍋拌飯。我們也順便到美食街觀察他們的狀況吧。」

寒凜真心覺得夏恩星有當狗仔的潛能……

就是一個窮追不捨的概念。

前往美食街的兩人先找了個位置坐了下來，要不然在這種用餐時間，尤其又在百貨公司內，美食區的可是一位難求呢。

「他們在那裡。」夏恩星指向左前方的一間川菜店，「凜，怎麼辦，他們進去我們就看不到了。」

寒凜坐到夏恩星的身邊，手攬著她的腰，讓她緊緊靠著自己。

「不要管他們了，我說過，你只要在意我就足夠了。」寒凜再次說出霸氣宣言。

夏恩星對於寒凜霸道的舉動永遠無法獲得免疫。

她只能乖乖的點點頭，手伸到寒凜的背後，輕輕回抱他。

寒凜心滿意足。他對夏恩星的佔有慾越發強烈，要不是因為和夏丞風之間的約定，他可能會克制不了內心的慾望。

寒凜幫夏恩星點了石鍋拌飯，不過是兩個人一起吃。

桌上擺著石鍋拌飯、辣炒年糕以及炸雞。

夏恩星覺得她吃不完，所以寒凜就跟她一起吃囉。

她吃的很急促，以至於嘴角黏上飯粒也不知道。

「怎麼吃得像個孩子呢。還黏飯粒了。」寒凜拿掉夏恩星嘴角的飯粒放進嘴裡。

夏恩星臉色發紅，寒凜真是一點也不害臊。在公共場所，這樣當眾曬恩愛可是會遭人嫉妒的。

寒凜才不顧旁人的視線呢，他們要看就看吧，他寵愛他的恩星根本不用怕人看。那些嫉妒的人就儘管嫉妒吧。

看完了夏恩星和寒凜恩恩愛愛的場景後，來到了川菜館裡頭。

寒非和艾妲琳正為了點餐一事起了點小爭執。

「齁，你真的一點都不懂。來川菜館就是要點客家小炒還有五更腸旺，這兩樣是必點的。」艾妲琳激動地指著菜單。

寒非搖了搖食指，「我對於內臟這類的東西很反感。雖然你推薦客家小炒，但是我現在比較想吃牛肉。」

艾妲琳更氣了，「這位大少爺，這裡是川菜館，如果你想吃牛肉的話隔壁有排餐可以自己去吃。既然都說餐廳讓我選擇了，你就乖乖聽我的，點我說的菜色，絕對不會踩地雷。」

「蛤？你以為你誰啊？原本還以為你這個臭女人今天好像比較像個正常人了，看來你裝得很辛苦齁，現在都破功了啦。」寒非激動地站起身來。

他覺得只要跟艾妲琳在一起真的很難不生氣耶。

艾妲琳也站了起來，「破功就破功，老娘也不想裝了啦。面對你這個小弟弟，老娘的耐心都被你耗盡了。」

其實艾妲琳根本沒有裝飾自己，她今天是真心想要和寒非好好相處。她也想要確認心中的感覺。不過眼下的情況讓她對寒非升起的微微好感瞬間消失的無影無蹤。

正當兩人在對峙的時候店員走到了桌旁。

「不好意思，如果兩位是要來吵架的話我們可能需要請你們出去喔。」

艾妲琳羞愧地坐了下來，「很抱歉，我們不會再吵了。」

寒非也緩緩坐下，「抱歉。」

艾妲琳覺得自己的形象一定在剛才完全破滅了，這都要怪寒非啦。

她哀怨地看著他。

寒非只是聳聳肩，表示自己是無辜的。

最終兩人還是坐下來好好吃上一頓午餐。

吵架累了，肚子也餓了。

至於他們點了什麼呢。艾妲琳想吃的全點了一份，寒非想吃的也全點了一份。

就這樣桌上擺著大大小小的盤子，店員將最後一道菜端上來時還要努力地找空間才擺得下去。

吃飯前吵得不可開交，吃飯時倒是安安靜靜的，形成極大對比。

兩個人其實都很想為剛才幼稚的吵架行為道歉，但兩個都是死要面子的人，怎麼樣都不肯先行開口道歉。

在兩人僵持不下的過程中，寒非先有了動作。

他伸出筷子，來到五更腸旺的位置夾了一塊東西立即放入口中。

艾妲琳挑眉，好奇寒非的反應，「怎麼樣？可以接受嗎？」

寒非的臉色先是一陣劇變，接著就看到他將口中的東西迅速吞下。

「呃……雖然還是不太喜歡，但勉強還算好吃。」寒非淡淡地說。

艾妲琳的臉上露出大大的笑容，「那你多吃幾塊，吃多了就習慣了。」她又把腸子夾入寒非的碗裡。

寒非的臉色慘白，不過他看到艾妲琳開心的樣子，突然覺得自己好像有勇氣吃下去了。

他接連將碗裡的腸子放入口中仔細咀嚼，對面的艾妲琳看到這一幕心裡感到暖暖的。

寒非之後在家庭的地位也在不知不覺當中慢慢成形了。

往後的日子，他回想起現在與艾妲琳相處的一切，不禁感到後悔。

早知道當初做法就要強勢點，才不會換來現在只有被某人指喚的地步……

不過，他自己也是甘願承受啦。他骨子裡可能真的藏有受虐體質。

就這樣，夏恩星和寒凜度過了一個充實的午餐時光。

寒凜的霸道已經一發不可收拾，尤其一說話就在撩夏恩星，讓她懷疑這還是寒凜嗎？眼前的人真的是寒凜？

而艾妲琳和寒非這一對假情侶也在他們沒有發覺的情形之下有了小小的進展。

不過，寒凜曾發誓不再與夏恩星分離，這一句話可能很快就要破功了。

✦

自從寒非買了那一副價值一萬塊的墨鏡後，每當夏恩星和寒凜在他面前恩愛時，他一定會戴上那副墨鏡。

寒凜不以為意，反正就算寒非戴上墨鏡他也不怕他看。

他只會默默把寒非當瞎子……

夏恩星沉浸在幸福的氛圍當中，有空的時候就跟寒凜一起煮飯。

寒非則是那個只顧吃不會煮的人。反正他又不需要自己動手煮。

這一天夏恩星決定要來包水餃。

寒凜看著夏恩星先是準備餡料，然後把早已買好的水餃皮一同放在客廳的桌子上。

「恩星，這個是什麼？」寒凜指著桌上的水餃皮。

夏恩星將它拿起，「這個是我們今天要做的食材之一，它是水餃皮。今天我們來包水餃吧。」

原本在沙發上滑手機的寒非聽到要包水餃，興致勃勃的靠了過來。

「包水餃！感覺好有趣喔。我也要幫忙。」

這一次寒非終於想要幫忙了。也是因為水餃這種東西也算是他喜歡的料理之一。

只要他學起來，之後可能就可以自己做來吃了。或許以後也可以做給他的家人吃……

夏恩星沒有拒絕，反正多一個人手也是好事。

寒凜聽到寒非也幫忙也毫不示弱，「我也來幫忙。」

然後三個人圍在桌子邊，由夏恩星負責指揮。

她先示範一次，寒凜和寒非都是領悟力極強的人，夏恩星也就放心交給他們去包水餃。

很快的餡料及水餃皮全被用光了。

夏恩星滿意的將包好的水餃放在盤子內，端到廚房去。

寒凜二話不說跟在夏恩星的背後走了進去。

而寒非則是倒頭躺在沙發上假寐。

廚房內的兩人很有默契的分工合作。

由夏恩星負責煎水餃，寒凜負責煮蛋花湯。

沒辦法，寒凜目前最會煮的就是蛋花湯而已，而且夏恩星也喜歡。

在閒暇之餘，寒凜就一直看著夏恩星。

然後他看到夏恩星的臉上沾著麵粉。

他走了過去，用廚房紙巾擦拭她的臉頰，「怎麼包個水餃，就變成小白臉。」

夏恩星看著他傻笑，「嘿嘿，包得太認真沒注意到。凜，謝謝你。」

寒凜看到她的笑容，低下頭在她的唇上落下一吻。

夏恩星閉上眼睛，回應寒凜的吻。

寒凜將夏恩星抱了起來，放到調理臺上，加深這個吻。
舌頭交纏在一起，夏恩星的手緊抓著寒凜的衣服，而寒凜則是越吻越深入。
「咳咳……不好意思打擾兩位的好興致。請問水餃好了沒？我好餓喔。」寒非打斷了兩人的恩愛時刻。
這一次不只是寒凜狠狠瞪著寒非，就連夏恩星也一臉不爽的看著他。
「……呃，我好像不餓了。你們繼續，我不打擾了。」寒非說完話立刻溜走。
夏恩星和寒凜對望許久，寒凜又在夏恩星的唇上輕輕一吻後，才依依不捨的將她抱了下來。
兩個人又緊抱彼此後才各自回到煮飯的崗位上。
此時的寒非躲到寒凜的房間去了。
他知道寒凜這一次不是要殺了他，就是要讓他絕子絕孫了。
一想到他不禁冒了一身冷汗。
半小時後夏恩星和寒凜端著水餃還有蛋花湯從廚房裡走了出來。
接著寒凜大聲的說：「非，你再不出來，你今天就真的沒飯吃了。」
然後就是一陣吵雜聲，寒非匆匆忙忙跑了過來。
「齁，凜你今天真的是來虐待我的。」寒非忍不住抱怨。
寒凜若無其事的回答他，「你自己盡做些找死的事，我也沒輒。」
「……」寒非無法反駁。
但是這也是沒辦法的嘛，難道要讓他們兩個人在廚房內恩愛，自己就要在外頭餓肚子嗎？
但是，現在最重要的當然就是吃飯。他多想嚐嚐自己包的水餃啊。
三個人吃得津津有味，尤其是寒非，他甚至覺得他已經無法自拔的愛上水餃了……

吃到一半時，寒凜和寒非的手機同時響起。

兩個人都是立即拿過手機。

寒凜的臉色瞬間變得嚴肅。

「凜，發生什麼事了？」夏恩星覺得事情一定不單純，要不然寒凜和寒非的神色怎麼會一瞬間變得凝重。

寒凜不想隱瞞夏恩星，「鴞要召開緊急會議，我跟非都要趕回去參加會議。」

「嗯，而且這次好像事態嚴重，不知道首領是因為什麼事情將我們召集起來。」寒非也感到很疑惑。

先前根本沒有召開緊急會議的情況，難道是鴞發生大事？

夏恩星握住了寒凜的手，「凜，我說過了，你不必在意我。你就儘管去工作吧，我會等你回來的。」

寒凜回握她的手，「恩星，我一定會盡快回來的。等我回來後我們就真的不再分開了。」

夏恩星點點頭，雖然覺得在這幸福的時刻分開是一件難過的事，不過，鴞畢竟也是寒凜的家，他回到自己的家也是正常的。

「凜，你一定要平安回來。我在S國等著你。」

這一句話她是鼓起了極大的勇氣才說出口的。

但，身為寒凜女朋友的她，總不能當個任性的人。

「寒非，你也要注意安全喔。還是我要將這件事告訴艾妲琳？」

「不。不要告訴她。有些事情她還是不要知道比較好，況且，我們倆的關係也沒多要好。就算她知道了也沒用。」寒非在說這句話時神情看起來有些悲傷。

夏恩星不想戳破他，她知道寒非對艾妲琳一定有了感情。只是他本人還沒有察覺，或是不願意承認罷了。

吃完水餃後夏恩星便回到自己的套房。

而寒凜和寒非則是負責收拾善後。

「凜，你覺得我們這一次回去要花多少時間才能回來？」寒非問。

他心裡已經有底了，但他想要聽聽寒凜的想法。

「我想這一次應該沒辦法太快回來。首領他好像做出了重大決定了，一時之間，我們倆身為他的兒子肯定會變得非常忙碌。」寒凜平淡的說。

寒非無奈的搖頭，「唉——好不容易我漸漸喜歡上這裡了，沒想到這麼快就要跟它說再見。」

原本只是想要來找寒凜，想要催促他趕緊回到英國。

但到了最後，自己反而愛上這個地方。

而且，他還有了想見面的人。

另一邊夏恩星坐在床上，傳了訊息給艾妲琳。

「艾妲琳，寒非好像要離開了，今晚有什麼話想說的話就趕緊說吧。」

過不到半秒鐘艾妲琳就直接打電話過來了。

「恩星，你說寒非要離開？這是怎麼一回事？他為什麼要離開？」艾妲琳恨不得將內心的疑惑全部說出口。

「你先別著急啦，他又不是不會再來S國了。寒非跟凜都要回英國去，好像是組織有重大的事情要召開會議吧。或許過幾天就回來了。」

「蛤——我還想再約寒非去買東西的。我還設想好，這一次一定要叫他幫我買衣服，反正他那麼有錢。」艾妲琳的語氣聽起來很失望。

夏恩星則是無奈的輕笑，「呵呵——原來你是想要叫他幫你買衣服啊。真是精打細算呢。」

「嗯，不過看來這個計劃要延後了。你覺得我要給他打電話嗎？我要說些什麼？」

這還是艾妲琳第一次如此不知所措。

「想說什麼就說，免得到時候後悔了。」夏恩星真的很看好她跟寒非。

受到鼓勵的艾妲琳覺得此時鬥志激昂，「好！我這就打電話給他。」

「去吧去吧。」夏恩星覺得自己就像是把女兒嫁出去一般。

通話結束後，她躺在床上，想到明天就要與寒凜分開一陣子，她的內心不免感到傷心。

「很快就會再見面的。我一定要乖乖等待他回來。」夏恩星在心裡這麼對自己說。

第十章：殺手與舞者的未來

一大清早的，夏恩星就聽到對面傳來關門的聲音。

她知道寒凜要出發了。

她不打算出去送他離開，這只會讓她更捨不得，不想讓他離開自己身邊。

其實寒凜在離開前也緊盯著夏恩星套房的窗戶。

他的心裡有那麼一點點期待，期待燈光從窗戶透了出來，希望夏恩星向他說句再見。

他也很想直接到她的身邊，給她一個大大的擁抱。

但，他最終還是沒那麼做。

趕回鴞的寒凜及寒非，二話不說直接進到會議室內。

眾多鴞的高層早已就位，寒御天坐在大位上環視在座每一位成員。

寒凜、寒非自動站到寒御天的左右兩側，接著緊急會議就開始了。

「很抱歉如此倉促的將大家集合在此，我寒御天先在此感謝各位的配合。這一次的緊急會議是有關於鴞的首領一職。我將在今日退下首領的位置，交接給下一個人。」寒御天平淡的說出如此驚人的話。

在場的人驚訝不已。

「首領，您為何要在這種時機退位呢？現在正是我們鴞鼎盛時期，您這麼做會打擊我們的士氣的。」

「請首領您再考慮考慮，我們還需要您，您不可在這時退位啊。」

寒御天搖了搖頭，「我已經考慮很久了。而且我心目中已經有合適的人選。」他看向後方的寒凜，「凜，你不會有意見吧。」

寒凜知道寒御天想做什麼，他認為這是最好的選擇。

「首領的命令凜沒意見。」

其他人都猜不透兩個人對話的意思。

「難道要由寒凜即位嗎？不過寒凜跟寒非比起來確實比較優秀。」

「嗯。寒凜在殺手界可是有一定的地位，倒是寒非出任務的次數不多，經驗不足，應該不可能接任首領的職位。」

他們說的話寒凜和寒非都聽得一清二楚。

寒非自己也很清楚。他根本無法與寒凜比擬，而且他也希望寒凜可以成為鴞的首領。畢竟寒凜可是他崇拜的對象。

不過他們都想錯了。

「我心目中的人選並不是寒凜，而是寒非。我要將首領之位交給寒非。」

寒御天此話一出立刻引起許多人的不滿。

「首領，怎麼不是寒凜而是寒非呢？論實力一定是寒凜勝出，您為何不選擇優秀的寒凜，而是沒什麼功勞的寒非！」

「是啊。寒非確實也不錯，但是他出任務的經驗少之又少，要如何率領我們鴞？」

寒御天重重拍擊桌面，「你們這是懷疑我的決定？別忘了是誰在你們執行任務前將資料交給你們的。

若不是有寒非，你們可以如此順利的達成任務嗎？」
「或許非的能力不如凜，但是我相信他更適合首領這個職位。鴞的首領，絕對不是只靠實力來決定的，我們需要的，是一位擔得起重任的人，這才是我們需要的首領人選。」寒御天堅定的說。
寒非倒是滿臉不可置信。
「首領，您如此看重我，寒非感激不盡。但是我真的適合首領的位置嗎？」他真的認為寒凜就是最佳人選，而自己只要做寒凜的副手就已經很足夠了。
寒凜不知何時走到了寒非身邊，拍了拍他的肩，「非，一直以來你做事認真，每次我出任務都是因為你的功勞才得以達成。況且，殲滅黑嶽幫的重大功臣可是你，首領之位只有你能繼承。」寒凜正經的說。
「寒非，你能夠做到的對吧！」寒御天嚴肅的看著寒非。
寒非頓時感到壓力倍增啊。
他怎麼也沒料想到，自己有成為首領的一天。
深呼吸調適心情後，他才開口說：「我一定不會辜負首領的期待的。我寒非願意接下首領的職位！」
寒御天覺得內心的重擔終於可以卸下了。
他也知道沒有與其他成員商討就宣布退位是多麼不負責任，但此時此刻，他有了比組織更深的掛念。
對於寒非接任首領一事顯然有許多高層非常不滿意。
所以寒御天也指派寒凜在寒非身邊幫忙他，直到寒非的地位穩固後才能夠離開英國。
寒凜沒有理由拒絕，承諾會協助寒非。
寒御天點點頭，站起身來逕自走出會議室。
眾人見到他離去，紛紛站起身，對著他的背影深深一鞠躬。

寒御天成為首領後，對鴞帶來莫大的影響。

鴞成為了黑幫中一等一的組織，也是因為有寒御天的指揮，才可以將長期以來的死對頭黑嶽幫剿滅。

寒御天步出會議室後馬上拿出手機，點開聯絡人的欄位，看著那唯一標註我的最愛的電話號碼。

他猶豫不決，他人生中還是第一次如此恐懼。

手指微微顫抖著，他害怕電話打通了，但是他聽到的卻是無盡的痛苦。

但是，他現在的身分已經不一樣的。他不再是鴞的首領，他只是個普通的男人。

手指最終還是點下那一串號碼。

「你好，我是莫霏兒，請問您有什麼事嗎？」

溫柔的嗓音傳入耳中，他多麼想告訴她，他很想她。

「霏兒。」僅僅叫出她的名字就是如此困難。

另一頭明顯也停頓了一下，「御天？你怎麼會打給我，而且這個電話號碼……你竟然還記得。」

「這應該是我手機內留存最久的號碼了。霏兒，我能跟你見面嗎？我有話想跟你說。」寒御天用近乎懇求的語氣對她說。

莫霏兒感到很意外。寒御天不是會對他人示弱的男人，他難道發生什麼事了嗎？

「御天！你怎麼了嗎？這不像你平常說話的語氣啊。」莫霏兒心裡開始著急。

「不，我沒發生什麼事。我只是很想見你，想要跟你說一件重要的事情。」

莫霏兒鬆了一口氣，「沒事就好。時間跟地點你來決定吧。」

寒御天聽到莫霏兒答應了，他的音調忍不住提高，「真的嗎？你願意見我？」

「嗯，我們倆自從義大利分開後就沒再見面了呢。我們倆的確要好好談談。」莫霏兒淡淡的說。

「好，我等等就傳地點給你。霏兒，謝謝你。」
他真的很懷念與莫霏兒在一起的時光。
這一次他絕對不會再放手！

遠在S國的夏恩星，最近正忙著練習新舞步。
亞紗曼學院又要出席一場國際性的表演藝術節。
這一次的演出亞紗曼學院特別重視，所以舞者們的練習也格外辛苦。
「夏恩星，你的重心偏掉了，快點調整回來。」
「是。」夏恩星單腳站立著。
她緩緩將偏掉的身體調正。
這一次的舞曲是莫霏兒自己編曲。
表演的內容為一位少女面對戀愛的不知所措，墜入愛河後卻面臨現實的重重考驗。到了最後兩人還一度分開，而在這一段就是表演的高潮。
少女的悲傷到了最高峰。此時表演又漸漸平淡下來，少女與喜歡的人重新在一起，兩個人隱居起來，遠離紛擾的世界。
莫霏兒特別指定夏恩星飾演那位少女，她是這麼對夏恩星說的，「唯有你可以詮釋出我想要的演出。」
夏恩星隱約發覺，「少女」跟莫霏兒有一點相似。
或許這就是莫霏兒想要傳達的事情。
休息時間，艾妲琳跑到夏恩星身邊坐了下來，「恩星，你知道他們什麼時候會回來嗎？」

夏恩星想也知道「他們」是誰。

「我跟凜私訊的時候，他說可能會比較久。因為組織內的首領換人了。」夏恩星說。

艾妲琳一臉沮喪的看著她，「蛤——要多久也沒給個準確的時間，話說換首領？莫老師的前戀人不當首領了嗎？」

「詳細情形寒凜也沒告訴我，可能對方不是我們認識的人。但是前首領離開的事是事實。」夏恩星淡淡的說。

兩個人還說再聊什麼，但是休息時間也結束了。

他們各自回到自己的站位，繼續練舞。

✦

夏恩星和寒凜分隔兩地，但是他們每一晚都會透過手機私訊，聊聊彼此的生活。

「凜——你什麼時候可以回來？」夏恩星覺得自己會克制不住思念之情，直接搭飛機飛到英國去找寒凜。

「可能還需要一段時間。恩星，抱歉讓你一個人。回去之後我會好好彌補你的。」寒凜的語氣滿是歉意。

他也很想回到夏恩星的身邊，但是寒非還需要他。

「那你有空可以來看我的演出嗎？我們下週六要到英國的表演廳表演，你能抽空來欣賞我的演出嗎？」夏恩星真的很希望寒凜能夠來見她。

寒凜其實有一點猶豫，他該去嗎？可是現在組織的情況他實在不放心讓寒非獨自一人面對。

「……恩星，我沒辦法去。」

夏恩星原本抱持的希望瞬間熄滅，「真的沒辦法嗎？就算只有十分鐘也可以。」

「對不起。」寒凜低聲的說。

夏恩星頓時覺得自己好像在逼迫寒凜，「沒關係沒關係，我們之間不是不須說對不起的嗎？」再悲傷再遺憾，寒凜也不會憑空出現。

她逕自掛斷電話，悲傷的情緒久久無法離去。

要多久，兩個人才可以再見面呢？

雖然她希望寒凜能夠毫無顧慮的繼續他的工作，但是現在分開才知道了想念一個人有多麼折磨。

不過這種情況也發生在艾妲琳身上。

因為實在是太無聊了，所以她把夏恩星約出來，兩個人一起到街上逛逛。

「恩星啊——為什麼他還不回來。」艾妲琳忍不住抱怨。

夏恩星無奈的乾笑，「呵呵，我也很想知道他什麼時候回來。」

兩個人的「他」理所當然不是同一人，但兩個人的心情卻很相似。

「唉——」兩個人同時嘆氣。

犯了相思病的兩人走到了一間連鎖咖啡店。

都點了一杯美式咖啡，那苦澀的味道與他們當下的心情真的很搭。

「恩星寶貝，我現在好像都沒心情演出了。我打電話給寒非他都不接，我連他是死是活都不知道。」

艾妲琳趴在桌上，用手指敲擊桌面。

夏恩星也是一副要死不活的樣子，咬著吸管，看著艾妲琳的眼神是多麼沒有精神。

「凜也說他不能來看我……明明同樣都在英國，但卻沒時間過去欣賞我的演出。」

這時兩個人的電話同時收到訊息。

夏恩星無力的拿過手機，看到手頭顯示訊息的內容後又立即將手機蓋上。

「怎麼了？為什麼要這麼生氣的蓋上手機？」艾妲琳問。

夏恩星不情願的說：「今天下午要去練習……」

艾妲琳聽完後就趴在桌上，堅決不起來。

可是當時間快要到的時候，夏恩星還是拖著艾妲琳來到亞紗曼學院。

他們要進入韻律教室前遇到了莫霏兒。

「艾妲琳同學，我有話想對恩星說，你可以先進去嗎？」

艾妲琳沒有懷疑她，點頭後就先進到韻律教室內。

夏恩星望著莫霏兒，覺得她的臉色看起來不錯。

「莫老師，請問你有什麼話想對我說的？」

莫霏兒走到夏恩星面前握住她的手，「恩星，我跟寒御天要復合了。所以這一次的演出是我最後以指導員的身分指導你們。」

夏恩星一點也不意外，她本來就覺得莫霏兒跟寒御天不該分開的。

他們錯過太多年了，也該讓他們在一起了。

又不是不愛了，又為何要欺騙自己不愛了呢。

能在一起就是幸福，哪像她現在因為無法見到寒凜而心情不好。

「莫老師，我祝福你們。這一次不要再放開寒先生的手囉。如果還有機會的話我們會再相遇的，到時候我一定會成為國際女舞者。」夏恩星信心的說。

她的夢想一定會實現的，因為她的身邊有人支持著她。

家人以及戀人。

莫霏兒激動的抱住夏恩星，「恩星，我是因為你才變得勇敢的。因為你讓我踏出了那艱難的一步，不然我跟御天可能無法重新開始。這一切都是因為你跟寒凜。」

夏恩星也緊緊回抱住她，「莫老師，你能夠重拾幸福是你的努力，我根本沒做什麼。等到你要結婚的時候，記得不要忘記邀請我跟凜參加喔。」

夏恩星最後再補上一句，「您是我一輩子的偶像。」

經過加緊練習後，亞紗曼學院在表演的前一天就已經來到英國，在英國一間高檔飯店入住。

夏恩星當然是和艾妲琳睡一間囉。

夏恩星盯著手機畫面，裡面是她與寒凜的聊天記錄。

最後一次的紀錄落在兩天前，在那之後寒凜便呈現已讀不回的狀態。

「鼽——」夏恩星發出長長的抱怨聲。

她下定決心等到寒凜回來一定要他好看。不然她就要去找別的男人了。

當然第二句純屬氣話。

兩個人在房間內甚至沒了對話，都只想見到彼此掛心的人。

隔天傍晚，亞紗曼學院再過十分鐘就要上臺演出了。

夏恩星抱著最後的希望撥打電話給寒凜。

當電話接通的那一瞬間，她馬上忘了悲傷，興奮的說：「凜，你忙完了嗎？我們等等就要表演了，你能來看看嗎？」

電話另一頭的寒凜用低沉的嗓音，說：「還沒，只是找到空檔休息一下，等等還要繼續忙。很抱歉，我真的很想去，但我抽不出時間。」

「這樣啊……好吧，你要好好休息喔，不要把身體忙壞了。我等你回來。」夏恩星壓抑著失落的情緒，刻意表現出自己沒事的樣子。

寒凜不是傻瓜，當然聽得出夏恩星語氣中帶著悲傷。

「我們要上臺了，我先掛囉。還有，記得要回我訊息喔。」夏恩星說完二話不說掛斷電話，將手機放入包包內。

擦拭掉眼角的淚水，打起精神，要在這個舞臺上展現出她多年來累積的舞蹈技巧，以及熱愛舞蹈的心。

不過，夏恩星不知道的是，在她掛斷電話後，寒凜就馬上向寒非請假，趕到夏恩星表演的現場。入內的通行證夏恩星老早就傳給他了，他走到位置上坐了下來，而布幕也隨之升起。

音樂由小漸大，舞者們身著黑色的芭蕾服飾，在舞臺上來回奔走著。

接著夏恩星飾演的少女登場，她也是穿著黑色的服飾，但是跟其他舞者相比她的服飾的顏色又不如其他舞者來的黑暗，反倒像是深灰色，代表的即是少女面對愛情的不安卻帶著期待。

寒凜的視線沒有從夏恩星身上離開。

他看著她的時候，甚至覺得舞臺上夏恩星詮釋的少女就是她自己。

表演來到中後半段，夏恩星換了一套粉色的服飾，她的整體動作也變得輕盈。

此時少女已經與喜歡的人在一起，兩個人過著幸福的日子。
情侶間的小爭執在所難免，吵架過後感情反而升溫。
後半段時，換成黑色服飾的夏恩星再次出現，她的臉色看起來很慌張，眼神很無助。
她被迫與戀人分開，即使不願意她也無能為力。
寒凜想到自己受傷時夏恩星那麼擔心他，甚至因為他而面臨危機，他的心不禁隱隱作痛。
接著來到最後一節的演出，發誓絕不分開的兩人，開心的過著兩人世界。
他們選擇離開吵雜的市區，到偏鄉過著隱居的生活。
她不再是黑色的服飾，而是穿上了白色的連身裙。
就讓我們的人生變成一片空白吧。讓我們來重新為人生上色，活出多彩多姿的人生吧。
表演結束，布幕放了下來。
隨著此起彼落的掌聲響起，寒凜也站起身來。
他認為現在還不是他們見面的最佳時機，所以他直接步出了表演廳，走到了外頭。
當他們下次見面，他會準備一份大禮送給她。
他希望夏恩星會喜歡他的這份大禮。

✦

亞紗曼學院在英國的演出大受好評，不只在英國人的腦海中留下深刻的印象，聲名遠播，就連國際舞界都知道亞紗曼學院。
而夏恩星的人氣也直線飆升，成為眾人矚目的焦點。

她很高興，但她同時也感到遺憾。

因為她無法與寒凜分享這個好消息。

不過她想開了。就算無法即時與他分享喜悅，她也可以累積所有的快樂，等到見面後再跟他說也可以啊。

不過，究竟還要多久呢？

兩年後——

「夏學姐，你明天就要畢業了，亞紗曼學院少了你真的是一大損失啊。」

「對啊對啊。我還想近距離看學姐的舞姿呢，只是學姐要畢業了……覺得好難過哦。」

留著一頭烏黑長髮的夏恩星，滿臉笑容的說：「謝謝學妹，時間到了總是要畢業的嘛，要不然也可以來看我的表演，我會寄邀請函給你們的。」

兩位學妹聽到後激動的跳上跳下，「學姐謝謝你，我們一定會去看的！」

夏恩星拍了拍他們的肩膀，「嗯，希望能見到你們喔。」

「恩星——」

夏恩星看到艾妲琳在遠方向她揮手，她也揮手回應她。

「抱歉，我要先離開了。以後再聊喔。」

「好的。學姐慢走。」兩位學妹恭敬的說。

他們倆看著夏恩星的背影，是帶著無盡的崇拜。

就如同夏恩星看著莫霏兒一樣……

夏恩星走到艾妲琳身邊，艾妲琳的手勾住她的脖子，開玩笑的說：「怎麼，現在已經有女粉絲了。要是他知道了會嫉妒嗎？有一大堆人在跟他搶女友呢。」

夏恩星無奈的笑了笑，「呵呵，就算是這樣他也拿我沒辦法啊，反正他人又不在這裡。」

「這麼說也是啦。」艾妲琳想想，確實是這樣沒錯呢。

「不過恩星啊，你明天就要畢業了，他還不來見你嗎？都已經兩年了，總要回來了吧。」艾妲琳替夏恩星打抱不平。

夏恩星等得這麼辛苦，結果寒凜卻從沒親自來見她，頂多在她生日的時候寄了禮物過來而已。

夏恩星也很苦惱，寒凜再不回來夏丞風都快對他失去信心了。

「我在私訊的時候有跟他說，但是他說他最近有點忙，所以還不確定可不可以來參加。」夏恩星淡淡的說。

艾妲琳輕輕環抱她，「你要相信他，當你畢業後你們不就可以名正言順的有進一步的關係嗎？」

夏恩星的臉不禁發紅，「你……你這什麼話啊，我一點也不期待更進一步的關係呢。」

艾妲琳戳了戳夏恩星的臉頰，「還說沒有，臉都紅了，我們恩星真可愛。沒想到你真的很期待跟他更進一步啊。」

「……」夏恩星怎麼覺得艾妲琳越來越會捉弄她了。

說期待嗎，呃……她也不知道。

想想她跟寒凜距離上次親親我我也不知道是多早以前的事。

她真的好想緊緊擁抱寒凜喔。

想要被寒凜寵溺的摸摸頭，窩在他的懷裡，再也不離開了。

艾姮琳看到她又一臉犯相思病的樣子，忍不住搖頭，「嘖嘖……恩星啊，你真的病了。而且病了好久啊。」

夏恩星無法反駁，畢竟她的確得了相思病許久了。

「對了對了，今天晚上舞會的衣服你有準備了吧。你應該沒有忘記吧。」艾姮琳問。

「當然沒忘囉，早就買好啦。」夏恩星泰然自若的回答。

艾姮琳好奇的看著她，「喔——那你這次露多少啊，該不會是深V吧。還是說穿旗袍開高衩？」

夏恩星扶額，「拜託你不要胡思亂想好嗎，我怎麼可能穿那樣出席舞會啊，我做不到。」她頓了一下，「我穿的是一般的晚禮服好嗎。」

艾姮琳聽完她的回覆後竟然還露出失望的表情，「真是遺憾呢。我還以為可以見到性感的恩星。」

性感的恩星！真不知道這兩年艾姮琳的腦部運作是哪裡出了問題。

到了夜晚，夏恩星換上她在一個月前就買好的純白色晚禮服。

戴上一條心型的項鍊，腳下踩著銀白色的高跟鞋。

她上了淡淡的妝，濃妝不適合她，她覺得淡淡的就很好看了。

拿出手機撥打電話給艾姮琳，「喂——艾姮琳，你準備好了嗎？我要出門囉。」

另一頭傳來東西倒塌的聲音，「喂喂，恩星寶貝啊，我這裡出了點小意外，可能會遲到一下，你就先去吧。」

「喔，我知道了。」夏恩星本來就不太期待艾姮琳能夠準時出門了。如果她準時，夏恩星可能還會懷疑今天的天空是不是要下紅雨了。

不管了，她一定要趕緊出門，要不然真的會遲到呢。

她搭著計程車來到亞紗曼學院的校門口，她一下車瞬間吸引周遭人的目光。

「欸欸，那個女生好正喔，不知道她有沒有男朋友了。」

「齁，拜託，那是夏恩星耶，現在的她可是國際舞界上知名的女舞者呢。她這麼有才華的人怎麼可能沒有男朋友啊。」

夏恩星沒有聽到他們的對話，自顧自地走進了亞紗曼學院的大禮堂。

禮堂內滿滿都是人，進到會場時夏恩星拿到了一副面具，據說每一位參加舞會的人都必須戴上。

她不以為然直接戴了上去，反正到時候艾妲琳找不到她，她也省了一樁麻煩事。

戴上面具的夏恩星在會場內遊蕩著，拿了盤子夾了幾塊小蛋糕後就找了個位置坐了下來。

時不時就有男生來搭訕她，她都以委婉的語氣拒絕他們了。

這時有一個戴著黑色面具的男人緩緩走向她。

夏恩星不知道為什麼，覺得這個男人給她的感覺竟如此的熟悉。

「這位小姐，請問你可以賞臉跟我跳一支舞嗎？」

男人低沉的嗓音傳入夏恩星耳裡。她頓時忘記如何回應他，只是一味的點頭。

男人向她伸出手，夏恩星原本還在猶豫，但最後她還是牽上他的手。

當她碰到他的手的那一刻她更加確信，這個男人她一定認識。

但是他戴著面具，她不太能夠確定他的身分。

他領著她走到舞池的中央，其他人不由自主的讓出一個空間。

漸漸的音樂響起，兩個人緩緩地擺動起來。

跳舞對夏恩星來說是輕而易舉的，但是眼前這個男人他的舞技也不錯，在她的印象中好像沒有認識跳舞很好的男人啊。

「還想不起我嗎？」男人的嘴巴靠在夏恩星的耳邊輕聲地說。

夏恩星在腦內拚命思考聲音的主人，「抱歉，請問我們認識嗎？」

男人的嘴角微微勾起，「看來需要再好好調教一番呢。」

夏恩星還沒反應過來，男人就揭開她和自己的面具，唇就這樣貼了上來。

她瞪大眼睛身體僵在原地，現在發生什麼事她完全不清楚，唯一知道的是，她被吻了。

男人吸吮著她的雙唇，就在舞池中央大膽親吻她。

就連遲到的艾姮琳看到這一幕也不經愣在原地，嘴巴張得大大的。

她和夏恩星唯一的差別在於，夏恩星不知道正在親吻她的男人是誰，但是她可是看得清清楚楚。

最後兩個人拉開了一點距離，夏恩星才能夠好好看清楚男人的面目。

那個男人除了他還會是誰啊！

她的眼淚也隨之落下。

思念成災的人突然出現在她的面前，這段時間的寂寞感瞬間爆發。

「恩星，我回來了。」寒凜含笑著說。

✦

夏恩星完全無法控制眼淚流下來，這是她心心念念，渴望見面的寒凜啊。

「凜，你什麼時候回來的？不是說最近很忙可能無法過來嗎？」夏恩星哭著問。

寒凜上前輕輕抱住她，手還在她的背後輕拍著，「別哭了，這樣我會難過的。我其實昨天就已經回到S國了，我是想要給你一個驚喜，才故意欺騙你的。不過沒想到你竟然連我的聲音都認不得呢。」寒凜忍不住調侃她。

夏恩星哭笑不得，隔著面具她完全無法辨識聲音的主人是誰。覺得很熟悉但卻無法確認嘛。

「凜，你別生氣，我不是忘記你，只是聽不太出來……」說到後面她越來越心虛。

寒凜只是再次覆上她的唇，等到夏恩星快沒氣時才鬆開她，「真的需要好好讓你記得我呢。讓你身上的每一處都記得。」

夏恩星臉瞬間炸紅，這樣的寒凜真的太霸道了，而且他現在說話怎麼越來越直接啦！

「凜，現在我們在舞池中央，還是不要太引人注目。」

「我們已經夠顯眼了。」寒凜淡定的說。

夏恩星聽完後才想到這件事，「嗯，好吧。」真的無奈啊。

舞池旁圍觀的人對於這件事展現了極高的好奇。

「喂喂，那個帥哥是夏恩星的男朋友嗎？也太大膽了吧。當眾接吻耶。」

「不是啊，那個男人好帥啊！他們站在一起，郎才女貌，好適合。」

夏恩星聽到周遭的討論，泛紅的臉埋在寒凜的胸前。

寒凜輕笑一聲，「呵，他們想看就讓他們看，反正等等還有更精彩的。」

夏恩星疑惑的抬起頭，「咦？什麼更精彩？」

這時寒凜突然跪了下來。

夏恩星看到他的舉動，手摀著嘴巴，一臉驚訝的樣子。

「夏恩星。」寒凜輕喚她一聲，然後從他的西裝內側拿出一個小木盒，將它打了開來，「我從沒想過我的人生中會出現這一顆閃亮的星星，我也從沒想過我有機會擁有這顆星星。你等了我足足兩年，我希望用上十年甚至是幾十年的時間陪伴你，讓我愛你。」

聽到這邊夏恩星的淚水就難以克制的流了下來。

「恩星，不知道你願不願意成為屬於我的那顆星星，你願意成為我人生中最重要的另一半嗎？」

夏恩星哭得不成人樣，眼淚根本停不下來。

她怎麼可能說出不願意呢？她等了他兩年，她早已迫不及待想要跟他永遠在一起！她不想再跟他分開了。

夏恩星向他伸出右手，聲音顫抖地說：「我早已做好準備，心裡面也一直期盼著這一天的到來。除了願意之外我還有別的選擇嗎？」

寒凜沒有遲疑，將木盒中的戒指取出，戴到夏恩星右手的無名指上。

「因為你還沒畢業，所以我無法直接把你娶回家。但，我已經預訂了你身邊的位置，等到明天，你就名正言順的屬於我了！」寒凜說完，在她戴著戒指的部分輕輕一吻。

夏恩星感動不已，她上前抱住寒凜，緊緊抱著他。

「凜，我愛你，人生中可以遇見你真的是太幸福了。」

寒凜也回抱住她，「我也愛你。」

在舞池外圍看著中央緊緊擁抱住對方的艾妲琳，內心除了羨慕，還是羨慕。

自家好友已經有了好歸屬，但是她仍找不到那個人，那個會陪伴在她身邊的人。

她落寞的走到角落，一個人喝著紅酒。
突然，有人輕拍了她的肩膀。
她轉過頭去，看到了一張熟悉的面孔。
「嗨——好久不見了。」寒非一手舉起，向艾姮琳打招呼。
艾姮琳沒有立刻回應他，就只是呆呆的站在原地。
寒非覺得很奇怪，明明她剛才看起來很寂寞的樣子，現在怎麼就傻了！
「艾姮琳——艾姮琳——」寒非的手在艾姮琳的面前揮啊揮。
艾姮琳抓過他的手，用力拉了過來。
寒非重心不穩，向前傾斜。
然後他被艾姮琳抱住了。
「你真的很討厭，我討厭你討厭你……」講到最後艾姮琳甚至開始哽咽。
寒非不知所措，只是手放在她的背上，輕輕拍打著，「好了，別哭了。都已經夠難看了，哭了還得了。」
艾姮琳的手伸到他的肚子，用力掐了一下。
「啊——你真的很暴力耶！」寒非臉色難看的看著艾姮琳。
艾姮琳高興的說：「嘿嘿，我就是暴力，怎麼樣！」
寒非看到她一臉得意的樣子，臉上的笑容慢慢浮現。
然後，在艾姮琳還沒反應過來時，在她的臉頰上輕輕一吻。
「沒關係，你的暴力我承受得了。」

艾妲琳錯愕的看著他，手捂著被寒非親吻的臉頰，臉蛋紅得像個紅透的蘋果。
艾妲琳害羞的急忙跑開，而寒非也笑著跟了上去。
明天，就是夏恩星和艾妲琳的畢業典禮……

從舞會離開的夏恩星和寒凜，搭著車回到小套房。
一路上，夏恩星的目光就沒從寒凜身上離開。
她好像怎麼看他都不膩呢。
「再看下去，我可能會忍不住在這裡要了你。」寒凜輕描淡寫的說。
夏恩星故作生氣的打了他一下，「怎麼講話越來越不正經了。」
寒凜笑而不語，只是伸出手握住夏恩星的手。
他們來到寒凜的小套房內，寒凜進到室內後不禁挑眉，「你有幫我整理？」
夏恩星點了點頭，「因為擔心你隨時會回來，所以我固定時間幫你打掃家裡。反正我也知道解鎖密碼多少嘛。」
寒凜的小套房的解鎖密碼其實就是她的生日，這也是她偶然發現的。
寒凜摸了摸她的頭，「嗯，謝謝你。」
「嘿嘿，不客氣。」夏恩星對著他傻笑。
寒凜直接抱起她，以公主抱的方式將她抱到臥室。
輕輕放到床上後就奪過了她的唇。
他吻的很急很強勢，而這一次夏恩星不再是一味的承受，而是熟練的回應他。

寒凜其實蠻訝異的，但是現在根本顧不得那麼多，他只想要好好親吻她。

房間內的溫度悄悄上升，寒凜的手不安分的伸進夏恩星的衣服內，在她的背上來回遊走，夏恩星不習慣的來回扭動著。

心裡有點害怕，但是她同時也很期待。

寒凜的呼吸變得急促，但是他的理智告訴他時機尚未成熟。

手從她的衣服中伸了出來，撐起身子，也順便將夏恩星的衣服拉好。

夏恩星臉上的潮紅還沒來得及退去，她現在還處於恍惚狀態。

其實她不知道寒凜為什麼突然停了下來，明明他們都很期待擁有彼此的。

「恩星，你是不是很想要？」

「噗哧——」夏恩星沒忍住，寒凜這麼會這麼問她。

「沒……沒有啊。」

寒凜的嘴角勾起淡淡的笑容，然後湊到她的耳邊，小聲的說：「可是我等不及了。」

話一轉，他又說：「雖然等不及，但是你明天才畢業。到時候你就知道了。」

夏恩星頭腦昏昏沉沉的，什麼明天你就知道了，這句話到底是怎樣？

明天真的要有大事發生了？

她很想問寒凜，但他完全不給她機會，直接走向浴室，在裡頭待了許久才出來。

夏恩星也早已累得躺在床上睡著了。

寒凜無奈的搖搖頭，然後拉開棉被也躺了進去。

亞紗曼學院的畢業典禮，許多國際舞界以及政商界的大佬都會出席。

在尚未出門前，夏恩星還躺在床上夢周公。

而寒凜則是含笑看著躺在床上的她。

把她臉頰上的髮絲撥到一邊，手指在她的粉唇上來回磨蹭著。

他不禁感慨，等待真是一件辛苦的事……

「唔……」夏恩星覺得嘴唇乾乾的，用舌頭舔了舔嘴唇。

寒凜看到這一個小舉動，目光變得深沉。

感覺到有人正注視著她的夏恩星，努力睜開疲倦的眼皮。

「嗯……凜？」夏恩星的聲音啞啞的。

寒凜在她的額頭上落下一吻，「嗯，我在。」

夏恩星微笑看著他，「你一直在我身邊陪著我嗎？」

寒凜輕輕點了頭。

「難怪睡起覺來特別舒服。」她往寒凜的身邊靠了過去，還蹭了蹭他的胸脯。

寒凜立刻發現事情不對勁，自己的身體自己最清楚了。

「恩星，你先回自己的套房去，我等等載你去學院。」

夏恩星抬起頭，不甘願的說：「為什麼，我想再跟你多待一會兒嘛。」

「我怕我真的會吃了你。」寒凜的聲音聽得出來是有點壓抑。

夏恩星馬上起身，像逃難一樣的離開現場。
寒凜則是躺回床上，看著天花板嘆了一口氣。
過了一個小時後，夏恩星梳洗完畢，也換上了一套淺藍色小洋裝，站在寒凜的套房門前。
過了一會兒寒凜開了門走了出來。
夏恩星看到寒凜穿著深藍色西裝，打了一條黑色的領帶，忍不住開始犯花癡了。
寒凜沒有說話，牽過她的手就直接帶著她來到停車場。
他今天決定開著黑色敞篷跑車載著夏恩星到亞紗曼學院。
夏恩星也像是習慣了，對寒凜擁有如此高檔的車子已經不會感到驚訝。
車子來到亞紗曼大門口時，現場早已擠滿了人。
「恩星——我在這裡——」
夏恩星不用回頭就知道是誰在叫她了。
她先下了車，緩緩走到艾妲琳身旁。
不過，艾妲琳的身邊早就站了一個人。
「夏恩星早安啊。看來你昨晚跟凜相處不錯嘛。你們倆昨天應該很甜蜜吧。」寒非笑著說。
夏恩星聳聳肩，就算處得很好，她也沒必要告訴他不是嗎？
寒非一臉好奇，他真的很想知道隱忍兩年的寒凜會做出什麼舉動。
該不會已經……
「非，你在想什麼。」
此時寒凜已經停好車走了過來，還很順手的摟過夏恩星的腰。

「嘖嘖，恩星寶貝，你家男人的佔有慾很強呢。宣示所有權也不是這樣的吧。」艾妲琳忍不住吐槽。

夏恩星理智氣壯地說：「怎麼樣？羨慕嗎？這樣你也快點成為他最重要的人啊。不要老是羨慕我跟凜嘛。」

艾妲琳狠狠瞪了夏恩星一眼，「好啊，現在真的變成重色輕友了。夏恩星，我怎麼會有你這樣的好朋友啊。」

「彼此彼此。」夏恩星一臉無所謂的說。

接著夏恩星和艾妲琳就先進到了畢業典禮會場，寒凜還有寒非則在外頭討論一件大事。

「都準備好了？」寒凜問。

寒非拿出手機，將畫面轉向寒凜，「已經都確認完畢，只需要等時間一到，我們把人帶到那裡就好了。」

寒凜默默點頭，「嗯……非，真的很謝謝你。」

寒非不好意思地搔搔頭，「哪裡的話。凜你幫我的忙遠遠不及我才對啊，要不是因為我，你也不會和夏恩星分開兩年的時間。也是因為有你，我的地位才可以不被旁人所推翻，這一切都是我要感謝你的。」

這兩年的時間，他最常看到寒凜獨自一人拿出與夏恩星合照的相片，坐在角落看著它。

他知道他很想她，寒凜為了他而留在英國，少了與夏恩星相處的時光。

這一次換他來回報他了。何況這還是寒凜的人生大事。

在寒凜準備進到會場前，他接到了夏丞風的電話。

「小子，你現在人在哪？該不會還在英國吧？」

寒凜不急不徐的說：「伯父你好，我現在人已經回到S國，我目前在亞紗曼學院畢業典禮會場的外頭。」

「哦，看來你終於捨得回來了。我跟恩星的媽媽還有奶奶已經在會場內，可以的話就過來找我們吧。」夏丞風淡定的說。

寒凜怎麼會拒絕呢，這是夏丞風釋出善意的作為呢。

「好的，寒凜等等就過去找你們。」

「嗯。」

夏丞風發出簡短的鼻音後就掛斷了電話。

一旁的寒非經不起好奇心，「該不會是岳父大人打電話來的吧。不知道那件事被他知道了他會有何反應呢。」

寒凜一臉鎮定的說：「反正時間到了他總會知道，況且她要畢業了，他理當沒理由干涉的。」

寒非就是佩服寒凜有這般勇氣，「你真的都不怕岳父大人生氣呢。不過，這樣才是凜嘛。做事果斷，這才是殺手的作風。」

兩個人就這樣並肩走入會場。

這一屆的畢業生高達上千人，而夏恩星是畢業生代表，由此可知她無論是在舞蹈或是課業上都有很高的水準。

寒凜從沒體驗過當畢業生的經驗，雖然心裡有小小的遺憾，不過看到夏恩星穿著學士服笑得開朗的模樣，自己好像也感同身受。

等到開始散場，寒非帶著夏恩星的家人先坐車離開了。

而寒凜則載著夏恩星和艾妲琳一起離開。

一路上寒凜不發一語，而夏恩星也發現他的怪異之處。

「凜，你怎麼了？為什麼都不說話啊？還有，我們這是要去哪？剛剛我的家人怎麼都不見了。」

寒凜趁著紅燈的空檔，對夏恩星說：「我準備了一份畢業禮物要送給你。你的家人先到那裡去等我們了。就快到了。」

夏恩星楞楞的點了頭，雖然不知道寒凜在打什麼主意，反正寒凜都說是要給她驚喜了，總不會是壞事。

車子來到一間酒店前。

夏恩星看到酒店的名字後嚇了一跳。

因為這間酒店可是S國最有名的酒店，同時也是許多國際外賓入住的地方。

「凜，我們來這裡到底要做什麼？」夏恩星真的不想等下去了，她想要立刻知道寒凜準備的禮物是什麼。

不過，他只是淺笑了笑，說：「別急，等等就知道了。」

夏恩星就這樣被帶進了酒店內，三個人搭著電梯來到某一個樓層。

進到樓層後她馬上被帶了開來。

隨後有幾個服務人員將她團團包圍，以迅雷不及掩耳的速度幫她換上了一套酒紅色的婚紗。

她完全是狀況外，自己為什麼要換上婚紗她也不知道。

接著，又有人幫她上妝，戴上耳飾以及項鍊。

「啊——這是我們家恩星寶貝嗎？怎麼這麼美！」艾妲琳穿著一身白色小禮服站在夏恩星的身邊。

夏恩星困惑地看著她，「艾妲琳，你知道現在是什麼情況嗎？為什麼我要穿上婚紗？」

艾妲琳無奈地搖搖頭，「唉唉——今天可是你結婚的大好日子，你竟然還問我你為什麼要穿婚紗！不然你想裸體嗎？」

「蛤！結婚！我？」她用手指指向自己。

艾妲琳用力的點頭，「是你沒錯。」

夏恩星簡直不敢相信。

沒想到寒凜準備的大禮竟然是結婚典禮！

而此時寒凜推門而入，艾妲琳識趣地先行離開。

工作人員也全數離去。

「凜，你早就策劃好了？」夏恩星問。

「嗯。就等你畢業。」寒凜淡淡地說。

夏恩星有點小生氣，畢竟他根本就沒有提前跟她說。但感動多於生氣。

她一直都知道她很幸福，但今天的事讓她體會到自己被珍視的感受。

寒凜牽起她的手，「恩星，兩年的時間內，除了工作之外，我就一直在策畫著今天的婚禮。我想要讓你成為最幸福的新娘。讓你久等了，我的新娘。」

「凜，謝謝你。」夏恩星微微抱住他。

她一直忍著淚水，要不然等等妝都花了。

兩個人手牽著手一起走向婚宴會場外頭的大門前。

夏丞風看到自家女兒穿著婚紗的樣子也忍不住落淚。

「恩星，你竟然要嫁人了。我真的很捨不得啊。」夏丞風流著淚看著夏恩星。

她好不容易忍住的情緒再也壓抑不了，她上前緊緊擁抱自己的父親，「爸爸，真的很謝謝你養育我。你別擔心，我會時常回去看你的。」

夏丞風拍了拍夏恩星的背，「如果受到欺負就回來吧。爸爸會替你作主的。」

「嗯……」她哭得泣不成聲。

然後他看向了寒凜，「寒凜，我把寶貝女兒交給你了。」

寒凜正經地看著他，「感謝您，我一定會好好對待恩星的。」

接著婚禮就開始了。

寒凜先一步進到會場內，在紅毯的中段等著他的美嬌娘。

大門開啟，夏丞風和夏恩星走進了會場。

他依依不捨地將夏恩星的手放到寒凜的手上。

由寒凜牽著夏恩星一起走向舞臺上。

在眾人的面前喝下交杯酒，在眾人的面前交換了戒指。

在眾人的面前親吻對方，許下永恆的誓言。

婚禮結束後，夏恩星和寒凜入住了酒店的總統套房。

夏恩星已經洗完澡，坐在床的邊緣，緊張的看著地面。

有一雙腳進到了她的視線內。

她慢慢抬起頭來，看到腰間只用一條浴巾遮住下半身的寒凜。

她的臉不禁泛紅。

寒凜的眼神緊盯著她，然後直接撲倒在她身上。

無法克制的慾望，使得他變成了一頭野獸。
原先輕吻的舉動開始變得狂野，唇也移到了她的脖子上。
或輕或重地，在她的身上留下屬於自己的痕跡。
揭開她的浴袍，手來回遊走著，惹得她發出小聲的呻吟。
待時機成熟後，他緩緩進入她的體內，兩個人終於合而為一。
而他擁有了她。
原本是不可能在一起的兩個人，因為命運的安排而相遇。
她為他帶來了光明，融化他冰冷的內心。
他們不受身分的限制，不會因為困難而分開。
儘管再危險，只要兩個人在一起，任何事都能迎刃而解。
誰說殺手不能談戀愛呢？殺手談起戀愛可是不得了呢！
這，就是殺手的戀愛之道。

【正文完】

番外：殺手的西洋情人節

二月十四日，西洋情人節。

婚後的夏恩星和寒凜依然過著忙碌的日子。

夏恩星忙著練舞，寒凜則會回到組織協助寒非處理事情。

但是即使再忙碌，他們倆依然沒有忘記這個重要的日子。

夏恩星在廚房內忙進忙出，手上還有臉上都沾著巧克力。

是的，她正忙著做巧克力，等到寒凜回家時她就要給他一個驚喜。

只不過，這還是她第一次做巧克力。以前情人節的時候都是她負責收巧克力的呢。

當然，這件事絕對不能被寒凜知道，要不然依寒凜的性子，絕對又會吃醋了。

夏恩星一邊看著手機螢幕上的教學影片，手一邊攪拌鍋子內的巧克力。

和寒凜大約有一個月沒有見面了，她很想念他，同時她也希望他喜歡這個驚喜。

忙了大概兩個多小時，夏恩星將巧克力冰到冰箱內，等到巧克力凝固後就可以準備包裝了。

這時她的手機響了，「喂，凜，你什麼時候會到家？」

「恩星，我可能晚上才會回到家，餐廳的時間可以改嗎？還是我們換約別天？」

夏恩星聽到寒凜會晚一點才能回到家，心裡不禁感到小小的失望，「沒關係啦，要不然就取消好了。

今天是情人節，晚上的時間一定都客滿了。你不用急沒關係，安全最重要。」

「抱歉，因為今天出任務時遇到一點狀況，我現在才準備去搭機。」寒凜的語氣中有藏不住的歉意。

「沒關係，我說了，你安全最重要。我剛才接到艾妲琳的電話，她約我去逛街，我要先去換衣服了，先掛了喔。」

夏恩星說完便急忙按下結束通話的按鍵。

她根本沒有要外出，但她卻說謊了。

今天一整天她最期待的就是見到寒凜，並且給他驚喜。

「唉——」夏恩星嘆了口氣。接著環視了整個廚房。

看到廚房的桌子、流理臺還有地上都有沾著巧克力，她苦笑了笑，便趕緊收拾。

另一頭，寒凜早就已經回國了，他同樣對夏恩星說謊了。

原因是，他正在挑選要送給夏恩星的禮物。

他其實已經在英國買好了禮物，但是他覺得這一點禮物遠遠不能傳遞他對夏恩星的愛與思念。

因此回國後他來到一間著名的蛋糕店，站在櫥窗前，挑選蛋糕快要一個小時，但他遲遲無法挑出滿意的蛋糕。

這時，他看到了蛋糕店外張貼了一張可以體驗做蛋糕的活動。

「既然櫥窗內沒有我滿意的蛋糕，不如就自己動手做一個吧。」寒凜自言自語道。

既然下定決心，寒凜馬上走進店內向店員詢問體驗做蛋糕的活動。

很快的，寒凜一身廚師服，翻閱著蛋糕的樣品圖。

在他身旁有一位專業的蛋糕師傅向他一一說明每個蛋糕的難易度。

寒凜看完後，看上了巧克力心型千層蛋糕。他知道夏恩星最喜歡千層蛋糕了，她一定會很高興的。

在專業蛋糕師的引導之下，寒凜便開始動作。

千層蛋糕最費工的就是煎餅皮，但是為了夏恩星，再費工的工作他都做得來。

在蛋糕店忙了四個多小時的寒凜，終於完成了巧克力心型千層蛋糕。

完成之時，成就感充斥心中。他一想到夏恩星對他露出崇拜的表情，他臉上的笑容就藏不住。

搭乘計程車回到家門外頭，看著屋內，燈光亮著，他知道夏恩星一定等他很久了。

走上階梯，轉動門把，推開門，「老婆，我回來了。」

寒凜才剛推開門，就被人緊緊抱住，「老公，你回來啦。我好想你哦。」

夏恩星仰起頭，對著寒凜莞爾一笑。

寒凜也露出了笑容，「怎麼，有這麼想我？」

「嗯，當然想你囉。都一個月沒有見面了，我可是一直期盼著今天的到來呢。」

夏恩星低下頭，看到寒凜手裡提著一個禮盒，「這是什麼？」

寒凜沒有回答她，摟著她的腰走到客廳。

他與夏恩星雙雙坐下後，他將禮盒放在桌上，小心翼翼的將它開啟。

「天啊！是蛋糕耶！老公，這是你買的嗎？」夏恩星好奇的問。

寒凜搖了搖頭，「你說錯了，這不是我買的，是我做的。」

「你做的！」夏恩星驚訝的看著他。

寒凜挑眉，「就是我做的。為了老婆，我第一次動手做蛋糕。我的許多第一次都是獻給你的。」

夏恩星又驚又喜，她側身環住寒凜的腰，「哇！老公，謝謝你。我好感動喔。」

她想起了她準備的驚喜，從寒凜懷中離開，匆匆忙忙地跑到廚房，接著又急忙跑了回來。

「這是我要給你的禮物。」夏恩星將包裝精美的盒子遞給寒凜。

寒凜接過後，拉開上頭的緞帶，將蓋子開啟，「這是巧克力，你做的？」

夏恩星笑著點頭，「嗯，我做的。我也是第一次親手做巧克力呢，我的第一次也獻給你囉。」

寒凜的眼眸中有著藏不住的笑意，心裡感到很幸福。

他在夏恩星的嘴唇上輕輕一吻，覺得不太過癮，再次吻上他想念許久的紅唇，並加深這個吻。

舌尖探入夏恩星的口腔內，勾引著她，與之共舞。

夏恩星閉上眼，專注於親吻。

寒凜的手來到她的背後，試圖掀起她的衣服。

但是卻被夏恩星阻止了。

「老公，雖然我真的很想你，但是我現在肚子好餓喔，我們可以先去吃晚餐嗎？」

寒凜一臉淡定的說：「可以啊。現在你先將蛋糕還有巧克力冰到冰箱去，好嗎？」

夏恩星傻傻地照著寒凜的話，將東西冰到冰箱。

「老公，原本預定好的餐廳已經取消了，還是我們今天去夜市吃飯？我現在真的好餓哦。」

「沒關係，等一下就不餓了。」

「咦？」

「乖，閉上眼睛。」

夏恩星閉上雙眼。

「乖孩子，那我開動了。」

寒凜一把抱起夏恩星，不等她說話直接走進房間。

沒多久，從房間內就傳來微弱的呻吟聲，一室旖旎。

等到夏恩星離開房間的時候，她已經餓到下不了床，不，準確來說是雙腳使不上力了。

反倒是寒凜，心滿意足的離開房間，將冰在冰箱的蛋糕拿了出來，將它切塊後，端到房間內，一口一口餵夏恩星。

番外：殺手的西洋情人節【完】

後記

各位讀者大家好，我是摸西摸西。

《誰說殺手不可以談戀愛》（原書名為《殺手也想談戀愛》）是我參加華文大賞的作品。那年我身為準考生，仍利用瑣碎的時間完成這部作品，雖然當時未能入圍決賽，但現在有這個機會讓這本書出版真的很高興，也感謝出版社給我這個機會。

這個故事的簡單架構是我和同班同學一起構思的。從大綱，到人物設定，甚至是命名，我的幾位朋友都參與其中，所以我也特別感謝他們。

當初，我也只是正好想到這個題材，覺得若是能寫一個有關殺手的故事，想必非常有趣，我擬好大綱，拿給朋友看過之後，他們都覺得很有趣，想要看到這本書的內容，所以，我就決定，要完成這部作品。

殺手這本書，從誕生到完結的過程中，我必須感謝許多人。

無論是現實生活中，或是在平臺上認識的筆友。若不是有他們的支持與加油打氣，我也不可能在短時間內完成這本書。

最後這本書可以出版我真的很感動，除了這是我個人很喜歡的作品之外，能夠出版，也代表著我被認同，真的是特別感謝出版社還有我的編輯啊！

本書的主角，寒凜和恩星經歷過許多事，或許他們相愛的太早，但是時間也證明，他們的愛是如此堅定不移。

常常在小說或是生活當中看到很多案例，在許多長輩眼裡，他們都希望自己孩子的另一半是個有出頭，而且門當戶對的對象。

但是他們錯了，即使門當戶對，但若是彼此間沒有感情，這樣的婚姻是不會幸福的。

無論身分高低，無論身分特異，每一個人都有談戀愛的資格。

即便是殺手，他們也是人，他們仍可以為了自己的幸福而追求愛情。

希望看過本書的讀者，在面對愛情的時候能夠勇敢一點，雖然這條路上會很艱辛，但是沒有努力過，怎麼知道會不會成功呢？

最後，再次感謝我的朋友以及筆友的鼓勵，沒有你們，這本書就不會誕生。

要青春75　PG2501

要有光 FIAT LUX

誰說殺手不可以談戀愛

作　者	摸西摸西
責任編輯	石書豪
圖文排版	周妤靜
封面設計	王嵩賀

出版策劃	要有光
發 行 人	宋政坤
法律顧問	毛國樑　律師
印製發行	秀威資訊科技股份有限公司 114台北市內湖區瑞光路76巷65號1樓 電話：+886-2-2796-3638　傳真：+886-2-2796-1377 http://www.showwe.com.tw
劃撥帳號	19563868　戶名：秀威資訊科技股份有限公司 讀者服務信箱：service@showwe.com.tw
展售門市	國家書店（松江門市） 104台北市中山區松江路209號1樓 電話：+886-2-2518-0207　傳真：+886-2-2518-0778
網路訂購	秀威網路書店：https://store.showwe.tw 國家網路書店：https://www.govbooks.com.tw
總 經 銷	聯合發行股份有限公司 231新北市新店區寶橋路235巷6弄6號4F 電話：+886-2-2917-8022　傳真：+886-2-2915-6275

出版日期	2021年2月　BOD一版
定　價	350元

國家圖書館出版品預行編目

誰說殺手不可以談戀愛 / 摸西摸西作. -- 一版.
-- 臺北市 : 要有光, 2021.02
面； 公分. -- (要青春 ; 75)
BOD版
ISBN 978-986-6992-62-9(平裝)

863.57 109022357

讀者回函卡

感謝您購買本書，為提升服務品質，請填妥以下資料，將讀者回函卡直接寄回或傳真本公司，收到您的寶貴意見後，我們會收藏記錄及檢討，謝謝！

如您需要了解本公司最新出版書目、購書優惠或企劃活動，歡迎您上網查詢或下載相關資料：http:// www.showwe.com.tw

您購買的書名：________________________________

出生日期：________年________月________日

學歷：□高中(含)以下　□大專　□研究所(含)以上

職業：□製造業　□金融業　□資訊業　□軍警　□傳播業　□自由業

　　　□服務業　□公務員　□教職　□學生　□家管　□其它____

購書地點：□網路書店　□實體書店　□書展　□郵購　□贈閱　□其他

您從何得知本書的消息？

□網路書店　□實體書店　□網路搜尋　□電子報　□書訊　□雜誌

□傳播媒體　□親友推薦　□網站推薦　□部落格　□其他________

您對本書的評價：（請填代號　1.非常滿意　2.滿意　3.尚可　4.再改進）

封面設計____　版面編排____　內容____　文／譯筆____　價格____

讀完書後您覺得：

□很有收穫　□有收穫　□收穫不多　□沒收穫

對我們的建議：________________________________

____

____

____

請貼
郵票

11466
台北市內湖區瑞光路 76 巷 65 號 1 樓
秀威資訊科技股份有限公司 收
BOD 數位出版事業部

（請沿線對折寄回，謝謝！）

姓　　名：＿＿＿＿＿＿＿＿＿＿　年齡：＿＿＿＿　性別：□女　□男

郵遞區號：□□□□□

地　　址：＿＿＿＿＿＿＿＿＿＿＿＿＿＿＿＿＿＿＿＿＿＿＿＿＿

聯絡電話：(日)＿＿＿＿＿＿＿＿＿＿＿＿(夜)＿＿＿＿＿＿＿＿＿＿＿＿

E-mail：＿＿＿＿＿＿＿＿＿＿＿＿＿＿＿＿＿＿＿＿＿＿＿＿＿